Hamid Sadr · Gesprächszettel an Dora

Hamid Sadr

GESPRÄCHS-ZETTEL AN DORA

Roman

Deuticke

PROLOG

In Max Brods Buch über Kafka las ich:
»1924. Berlin bis 17. März. – Prag. – Am 10. April ins Sanatorium Wienerwald abgereist. – Klinik Prof. Hajek in Wien. – Dann Sanatorium Kierling bei Wien, mit Dora und Robert Klopstock.
Tod am 3. Juni. In Prag bestattet.«

Im gleichen Buch auf Seite 178 schrieb Max Brod über Kafkas Unbehagen, in einem Mehrbettzimmer zu liegen:
»Werfel setzte sich energisch für Franz ein, aber der recht herz- und kulturlose Professor erklärte ebenso energisch, in Kafka nichts anders zu sehen als den Patienten auf Zimmer Nummer soundsoviel: ›Da schreibt mir ein gewisser Werfel, ich soll etwas für einen gewissen Kafka tun. Wer Kafka ist, das weiß ich. Das ist der Patient auf Numero 12. Aber wer ist Werfel?‹«

*

Und so entstand die Neugier in mir.

DIE DOHLE, WIEN UND DIE DREI ZIMMER

Kafka war nicht geneigt, zu sterben, nehme ich an. Aber um das zu belegen, werden drei Zimmer, eine Dohle und Wien – als Stadt – nötig sein.

WIEN existiert noch.

Ob die drei Zimmer auch noch existieren? Diese drei Zimmer, in zwei Sanatorien und in einem Krankenhaus, brauche ich, weil ich glaube, sie besitzen wie alle anderen Zimmer ein Zimmergedächtnis. Da der sterbende Franz Kafka in all diesen Jahren nicht der einzige sterbende Bewohner dieser Zimmer war, und das Zimmergedächtnis durch einige Renovierungen (und den Zweiten Weltkrieg?) nicht lückenlos bewahrt bleiben konnte, ist es möglicherweise sinnlos, sie überhaupt zu fragen. Andererseits soll die Hoffnung, daß die Wände dieser drei Zimmer über ein gutes Zimmergedächtnis verfügen, und das Erinnern an das Sterben Kafkas ihnen nicht schwerfällt, nicht aufgegeben werden. Für die Schärfung des Zimmergedächtnisses wird es aber nötig sein, die drei oben erwähnten Räumlichkeiten an den gleichen Tagen und in der gleichen Jahreszeit aufzusuchen und zu befragen, während der Kafka dort lag. Ob die Befragung bei gleicher Wetterlage und gleicher Tageszeit das Gedächtnis noch mehr schärft, ist abzuwarten.

Auf jeden Fall ist es ratsam, wenn ich die drei oben genannten Zimmer zwischen dem 5. April und dem 3. Juni nach Kafkas Befinden befrage.

Außer der Stadt Wien und den drei Räumlichkeiten gibt es noch die DOHLE als Zeuge. Nach ihr zu suchen, kann einige Mühe kosten. Aber da das Sanatorium Wienerwald (Pernitz) am Ende des Feichtenbachtales, die Klinik von Prof. Hajek im alten Wiener Allgemeinen Krankenhaus und das Sanatorium Kierling in Klosterneuburg liegt, es also überall Bäume gibt, wird die Suche nach einem Vogel nicht schwer fallen. Doch es entstehen zugleich allerlei Fragen nach dem bevorzugten Standort des gesuchten Vogels.
Ob ich zum Beispiel zuerst die Eichen oder irgendwelche anderen Bäume nach ihm absuchen soll? Diese Verwirrung hat eigentlich Kafkas Vater, Hermann, verursacht, als er bei der Suche nach einem Motiv für das Emblem seines Geschäftes die Dohle auf zwei verschiedene Arten von Bäumen zeichnete; die Dohle auf eine Eiche für den deutschnationalen Bereich und die Dohle auf einen unbestimmbaren Zweig für den Rest der Welt. Es ist aber schon beruhigend, daß die Dohle – auf tschechisch eine Kavka – auf beiden Zeichnungen die gleiche ist.
Ob ihre Neugier auf Kafkas Ende durch ihr Kavka-sein begründet werden kann? Die Hoffnung, daß eine jener tschechischen Dohlen, die unserer Erfahrung nach viel gesprächiger sind als östereichische, uns mehr über Kafkas Ende erzählt, erscheint uns jedenfalls nicht ganz abwegig.
Inzwischen ist aber die gesuchte Dohle schon gestorben, sagen die Skeptiker, was auch stimmt. Wir müssen also hoffen, daß sie viel Nachwuchs hinterlassen hat (was bei der tschechischen Art keine Seltenheit ist), und daß die-

sem Nachwuchs auch von der Mutter viel über die Vergangenheit erzählt wurde.
Es ist also nicht ganz auszuschließen, daß die Dohle zuerst Kafka zum Sanatorium Wienerwald und dann zu den zwei anderen Aufenthaltsorten bis zu seinem Tod begleitet und die Geschichte ihrem Nachwuchs weitererzählt hat.
So oder so, es eignet sich diese Jahreszeit noch nicht dafür, die Suche nach der Dohle (Kavkanachwuchs) in den Bäumen um die Sanatorien und die Klinik aufzunehmen, daher ist auch momentan die Frage, ob der Vogel Kafka vom Baum, Fenster oder Balkongeländer beobachtet hat oder nicht, überflüssig.

Um zu belegen, daß K. nicht zum Sterben geneigt war, habe ich also bis April Zeit, und dabei nichts zu tun als zu warten.
Gibt es sonst einen anderen ansprechbaren Zeugen?
Ich werde mich bis dahin (jetzt sind wir noch im Februar) mit einigen Briefen und Mitteilungen begnügen müssen. Kann man aber dem geschriebenen Wort Glauben schenken?

DIE MITTEILENDEN

1) Die Döblinger Krankenschwester Hermine Burgmüller (eine fesche und resolute Person), zu der K., als er nicht mehr sprechen konnte, an den Rand der Druckfahnen vom ›Hungerkünstler‹ schrieb: »Geben Sie bitte acht, daß ich Sie nicht anhuste«, ist eine von diesen Personen. Ist sie auch dieselbe Krankenschwester, die, als K. sie, auf seinen Hals deutend, fragte: »Wie mag's drinnen aus-

schauen?«, aufrichtig antwortete: »Wie in der Hexenküche«? Und dieselbe Krankenschwester, deretwegen K. auf ein Gesprächsblatt, während er auf das gebrochene Glas am Boden zeigte, schrieb: »Dem Mädchen muß man von dem Glas sagen, es kommt manchmal bloßfüßig«? Das sind Fragen, die, falls die Schwester nicht mehr lebt, an die Zimmerwände gestellt werden sollen.

2) Die Gesprächsblätter (auch Gesprächszettel genannt). Mit ihrer Hilfe mußte sich K. verständigen, als ihm die Schweigekur verordnet wurde, während der ihm nicht einmal Piepsen und Pfeifen (wie Josefine, die Sängerin) erlaubt war.
Nur ein Beispiel: K. schrieb auf einen Zettel für Dora Diamant: »Gib mir einen Augenblick die Hand auf die Stirn, damit ich Mut bekomme.« Daraus kann man ableiten, daß Dora nahe bei ihm gestanden ist, er Angst hatte und sich von ihr berühren lassen wollte.
Also diese Zettel oder Blätter, vor allem aus den Zeiten im Sanatorium Kierling, die von Robert Klopstock aufgehoben wurden, können uns bei manchen Fragen weiterhelfen. Nur, ob es sich bei dem, was wir besitzen, um alle diese Zettel handelt?

3) Die Blumen können wir vielleicht auch als Zeugen mit einbeziehen, vor allem diejenigen, die zur fraglichen Zeit in Klosterneuburg (bei Wien) blühen. Sie werden hie und da erwähnt, zum Beispiel: »Und Flieder in der Sonne«, schreibt Kafka auf einen Gesprächszettel; oder »Sehen Sie den Flieder, frischer als ein Morgen«; oder »Zeig mir die Aglaja, zu grell, um mit anderen beisammen zu stehen«; oder »Rotdorn ist zu sehr versteckt, zu sehr im Dunkel«; oder »Goldregen kann man nicht bekommen?«

4) Dann haben wir Leopold Geschirrmeister als Zeugen. Er hat als junger Friseurgehilfe seinerzeit in Kierling die Gesichter der Patienten rasiert. Bei K. hatte er wahrscheinlich größte Mühe, ihn bei der Rasur nicht zu verletzen: »So eingefallen sind seine Wangen«, oder »Wie ein Knochengerüst schaut er aus«, soll er einmal beim Weggehen Zitterpappeln erzählt haben. Welchen Zitterpappeln hat er das erzählt?
»Und was erzählt er von sich«, sollen ihn die Bäume dann gefragt haben. »Nichts« antwortete er, »ich glaube, er kann nicht Deutsch.«

5) Dann steht uns auch Wieshaider Lorenz (genannt Wieshaider Lenzl) als Zeuge zur Verfügung.
Er soll damals in Klosterneuburg (Sanatorium Dr. Hoffmann in Kierling) unter anderem auch K. ein- oder zweimal mit seinem Einspänner (einmal mit Dora und einmal ohne sie vielleicht?) in den Ort gefahren haben. Sein Pferd ist schon damals (oder später?) photographiert worden. Ob es uns etwas sagen wird, das Pferd? Lenzl kommt als Zeuge nicht in Frage, weil er schon vor Jahren, wenn nicht im Krieg, dann zu Hause, gestorben ist. Es wird aber nicht so leicht sein, das Pferd zu fragen. Pfer-de sind, wie bekannt, anständige Tiere, sie reden nicht über die Toten.

*

So wie es aussieht, bleibt uns dann – falls alle anderen Zeugen nicht mehr vorhanden sind – immer noch das hölzerne Geländer. Das Geländer des Balkons vor Kafkas Sterbezimmer im Sanatorium Kierling.
Es ist ein letzter, leicht erreichbarer und verläßlicher Zeuge, der immer noch da ist, und es ist auch während all dieser Jahre immer dort gestanden. Wir können es jetzt

noch aufsuchen. Nur, Geländer sind, wie bekannt, selten zum Plaudern bereit.

PERNITZ

Das Wetter ist nach Auswertungen und Aufnahmen der Hohen Warte am 5. April 1924 um 7 Uhr folgendermaßen: Der Himmel total bedeckt, Lufttemperatur 4 Grad, nördliche Windrichtung und die Windgeschwindigkeit 2.1 Meter pro Sekunde. K. flüstert – wegen der Stimmstörungen – in der Halle des Südbahnhofs seiner Schwester zu, sie solle ihm bitte noch einmal genau und, wenn möglich, ein wenig lauter, den Text vorlesen. Die Schwester sieht ihn geduldig lächelnd an und liest aus dem Prospekt ›Sanatorium Wienerwald‹ vor, so daß K. sie trotz des Südbahnhoflärms (dieser Bahnhof ist inzwischen umgebaut) hören und verstehen kann:
»Reiseverbindung: Das Sanatorium liegt zirka 20 Minuten Wagenfahrt von der Station PERNITZ – MUCKENDORF der Leobersdorf-Gutensteiner Linie der k.k. Staatsbahnen entfernt. Man erreicht diese Station von Wien aus mit der Südbahn über Leobersdorf in zirka zwei Stunden. Bei der Fahrt vom Süden oder von Süd-Ungarn ist es zweckmäßig, von Wiener Neustadt aus mit der Schneebergbahn weiterzureisen.
Tag und Stunde der Ankunft wolle man rechtzeitig vorher anmelden, eventuell telegraphisch oder telephonisch.
Auf Verlangen werden die Gäste durch den Anstaltswagen in PERNITZ abgeholt.«
Sie werden also, so gesehen, über die Leobersdorf-Gutensteiner Linie in etwa drei Stunden dort sein, denkt sich K., man muß nur vorher die Ankunft telephonisch melden.

Die Fahrt geht zuerst unter grauem, von Wolken bedecktem Himmel durch den Morgennebel weiter, später lockert sich der Himmel auf. K. beobachtet durch das Zugfenster, wie die Landschaft langsam sichtbar wird.

*

Die Bahnstation Pernitz – Muckendorf liegt, dreistöckig und weiß, halbversteckt an den Biegungen der Schienen. Ob die Dohle ›Kavka« hier auf die beiden aufmerksam geworden ist?

Der Anstaltswagen ist noch nicht da, sie müssen warten. Im kühlen Warteraum hockt K. schweigsam am Rande der Holzbank und unterdrückt das Husten, wegen der Ansteckungsgefahr.

*

Um 14 Uhr ist es sonnig, und die Lufttemperatur steigt auf 9.1 Grad.

K. beobachtet, vom offenen Anstaltswagen aus, die ganze Strecke (5 km ist es von Pernitz bis zum Dorf Ortmann), ein Seitental der Gutensteiner Bahnstrecke. Man kann den Frühling schon spüren.

*

Als K. das Sanatoriumsgebäude mit seinen Türmen und Balkonen erblickt, ist er vorerst einmal erleichtert. Der im Grünen eingebettete Bau sieht nicht so düster aus, wie er gefürchtet hatte.

An den Lufthütten und freien Liegehallen vorbei, wo die Kranken in der Sonne liegen, fahren sie bis zur Rampe.

K. läßt sich dort in der ›Aufnahme‹ geduldig als »Kafka Franz, Dr.« unter »Nr.: 2557« ins Patientenverzeichnis des Sanatoriums eintragen.

Wir wissen nicht, ob er zuerst untersucht wurde, bevor man ihm die Räumlichkeiten gezeigt hat, oder umgekehrt. Vermutlich hat er beides erdulden müssen: Zuerst die Untersuchung und dann die Besichtigung, der Lesesaal, der Aufenthaltsraum mit Klavier (und Zeitungen), der Speisesaal und die Apotheke. Da wir aber wissen, daß er jeglichen Kontakt mit anderen Patienten und Menschen vermied, können wir vermuten, daß ihn all das nicht interessierte und er so schnell wie möglich in sein Zimmer gehen wollte. Hier soll gesagt sein, daß er in dieser Zeit in Winterkleidern 49 Kilo wog. Daher auch die Vermutung, daß man ihn, wenn nicht am Vormittag, so doch noch am gleichen Nachmittag untersucht hat.

*

Im Sanatorium Wienerwald herrscht strenge Ordnung. Das Leben hier ist diszipliniert. Die Diakonissenschwestern achten streng auf die Einhaltung der Vorschriften und auf den geregelten Alltag. So muß auch, als die Besuchszeit um ist, Kafkas Schwester sich verabschieden.

*

K. bleibt niedergeschlagen auf dem weißen Stuhl im Zimmer zurück. Wann wird Dora ihn besuchen kommen? Er hat sie in Wien, wo sie in einer vorübergehend gemieteten Wohnung lebt, schon benachrichtigt.

K. geht zum Balkon und beobachtet, wie seine Schwester mit dem Wagen wegfährt, und betastet dann seinen Hals, der den durch die Traurigkeit gesammelten Speichel nicht schlucken kann. Die Schmerzspuren vom Kehlkopfspiegel – dieses metallische Instrument hat ihm während und nach der Untersuchung wehgetan – verschwinden nicht.

Er geht ins Zimmer zurück und dort langsam zum Waschbecken, um zu spucken. Er vermeidet es dabei, in den Spiegel zu sehen.

Er setzt sich an den Tisch, holt den Füllfederhalter heraus, beugt sich über die Postkarte und überlegt, wem er

zuerst schreiben soll: Max, den Eltern oder Robert Klopstock?
Zuerst an Robert schreiben, meint er, dies wird ihm helfen, seinen Zustand aus rein medizinischer Sicht zu erklären. Er hat viel gehört. Falls er es nicht gleich niederschreibt, wird er vielleicht alles vergessen:

»Lieber Robert, nur das Medizinische, alles andere ist zu umständlich, dieses aber – sein einziger Vorteil – erfreulich einfach. Gegen Fieber dreimal täglich flüssiges Pyramidon – gegen Husten Demopon (hilft leider nicht) – und Anästesienbonbons: Zu Demopon auch Atropin, wenn ich nicht irre. Hauptsache ist wohl der Kehlkopf. In Worten erfährt man freilich nichts Bestimmtes, da bei der Besprechung der Kehlkopftuberkulose jeder in eine schüchterne ausweichende starräugige Redeweise verfällt. Aber ›Schwellung hinten‹, ›Infiltration‹, ›nicht bösartig‹, ›Bestimmtes kann man noch nicht sagen‹, das in Verbindung mit sehr bösartigen Schmerzen genügt wohl. Sonst: gutes Zimmer, schönes Land, von Protektion hab ich nichts bemerkt, Pneumothorax zu erwähnen hatte ich keine Gelegenheit, bei dem schlechten Gesamtzustand (49 kg in Winterkleidern) kommt er ja auch nicht in Betracht. – Mit dem übrigen Haus komme ich gar nicht in Verkehr, liege im Bett, kann ja auch nur flüstern (wie schnell das ging, etwa am dritten Tag in Prag begann es andeutungsweise zum erstenmal), es scheint ein großes Schwatznest zu sein von Balkon zu Balkon, vorläufig stört es mich nicht.«

*

Das Schwatzen der Kranken hört dann gegen Abend langsam auf. Die Stille kommt. K. ist erschöpft. Was tut er nach dem Briefschreiben? Legt er sich auf das Bett?

Geht er noch einmal zum Balkon? Hustet er, wie alle anderen, zum Fenster hin?

Gedanken aus der Berliner Grunewald-Straße an die Decke malen:
»... Robert ... 38 Grad ist zum täglichen Brot geworden, den ganzen Abend und die halbe Nacht. Es war vorigen Monat in Berlin. Robert ... Ich wehre mich gegen ein Sanatorium, auch gegen eine Pension, aber was hilft es, da ich mich gegen das Fieber nicht wehren kann.« Und weiter: »Sonst ist es ja sehr schön hier, auf der Veranda zu liegen und zuzusehen, wie die Sonne an zwei der Schwere nach so verschiedene Aufgaben arbeitet: mich und die Birke neben mir zu natürlichem Leben zu wekken. Die Birke scheint den Vorsprung zu haben ...«

Und weiter?
»... ist manchmal der Gedanke, sich lebend friedlich im Sanatorium zu begraben, gar nicht sehr unangenehm ... Der stundenlange Morgen- und Abendhusten da und das fast täglich volle Fläschchen ...«
Und was dann?

*

Es ist 21 Uhr.
(Fußnote: Der Brief, den wir am 28. 1. 1992 an die Zentralanstalt für Meteorologie und Geodynamik, Wien, Hohe Warte, geschickt haben, ist heute, am 4. 2. 1992, beantwortet worden. Demnach war um 21 Uhr, das heißt im Augenblick, in dem K. die Gedanken an die Decke malte, der Himmel in Pernitz und Umgebung wolkenfrei, die Windrichtung nordwestlich, und die Temperatur betrug 6 Grad.)

K. kann in dieser Nacht nicht schlafen. Bedrückende Düsternis drängt durchs Fenster herein. Die Bäume husten trockenen Staub an die Scheiben. Das Fläschchen Codein von Robert ist leer.

KEHLKOPF

Am 6. April 1924 am Morgen schwillt der Kehlkopf so an, daß das Schlucken noch schmerzhafter wird. Und das Essen? K. wird weiter abmagern, und das Schlucken wird ihn mehr und mehr schmerzen. Man wagt es nicht, ihm zu sagen, daß es mit der Besserung nicht gut steht.
»Eine Alkoholinjektion in den Nerv und wahrscheinlich sogar eine Resektion werden nötig sein«, flüstert Dr. Baer einer Diakonissenschwester zu.
Dazu fehlen aber hier im Sanatorium die Möglichkeiten, antwortet die Schwester.
Wer soll K. dies mitteilen? Wo ist diese Frau, die ihn hierher begleitet hat? Die Frau ist seine Schwester gewesen. Gut, wo ist seine Schwester?

K. steht auf und schreibt auf die Karte:
»... Liebste Eltern«, und er meint, wie immer, die Mutter, »ich werde vorläufig nichts loben, mit dem Loben komme ich niemals sehr weit, ich werde mich also nur an Tatsachen halten und zwar an die nicht lobenswerten. Gewicht etwa 50 kg. Temperatur wird hinuntergehn, denn ich muß dreimal täglich Pyramidon nehmen, Husten wird sich bessern, denn ich bekomme ein Mittel dagegen, der Hals wurde untersucht, das scheint nicht schlimm zu sein, genaues weiß ich allerdings darüber noch nicht, übrigens auch ein Mittel dagegen.«

(Er hört Husten aus dem Feichtenbachtal herauf. Ob er in diesem Moment aufsteht und, anstatt den Brief zu Ende zu schreiben, zum Fenster geht? Wo ist Dora? Wir müssen uns auf die Gesprächslust seiner Zimmerwände im Wienerwald-Sanatorium verlassen.)
K. schreibt weiter:
»... Um doch mit etwas Lob zu schließen, das Zimmer ist gut, die Gegend prachtvoll (– wir müssen hier die Dohle fragen, ob er beim Schreiben dieses Satzes zum Fenster hinausschaute oder nicht –) und nun wollen wir weiter sehn.
herzlichste Grüße.«
Er steht auf und geht zum Fenster. Er hat etwas vergessen. Zurück zum Tisch. Er schreibt weiter:
»Wenn jemand von uns mit Dora sprechen sollte: sie soll mir ihre Wiener Adresse schreiben und nicht früher nach Pernitz fahren (unendliche Reise) ehe ich ihr darüber nach Wien geschrieben habe. Spricht niemand mit Dora, ist es kein Unglück, nur übergroße Vorsicht meinerseits.«
Er unterschreibt mit ›F« und geht auf den Gang, dort sieht er sich um, ob eine von den Krankenschwestern die Karte zur Post bringen kann.
(Fußnote: Die Karte, auf die er schreibt, ist 14 x 9 cm groß. Poststempel: 7 April 1924. Adresse: Hermann K., Prag, Altstädter Ring 6, III Stock. Briefmarke 900 ö Kronen. Hat Dora diese Karte zur Post getragen? Unmöglich. Dora war noch nicht da.)
Es ist niemand da, er geht wieder ins Zimmer zurück und legt die Karte auf den Tisch. Es sieht nicht gut aus, wenn die Leute im Sanatorium von seinen Geldsorgen erfahren.
Wo bleibt Dora?

*

Was sollte er vom zugeknöpften Dr. Baer erwarten? Dr. Kraus, ein Bekannter seines Onkels, ist gestern auf Urlaub gefahren, hat man ihm mitgeteilt. Wer wird den versprochenen Preisnachlaß und die Protektion bei der Kur zur Sprache bringen? Ob Max durch den Druck von ›Josefine‹ helfen kann?

SCHWEIGEKUR.

Der Wald kann im alles zudeckenden Nebel kaum atmen. K. steht angelehnt an das Balkongeländer und sieht voll Angst in die Bäume: Hat er Angst, die Schmerzen nicht ertragen zu können, oder Angst, süchtig zu werden?
Es wird K. angeraten, nicht zu sprechen. Die Herstellung von Gesprächszetteln wird ihm empfohlen.
Vom Balkon aus erwartet er den ganzen Vormittag lang den Anstaltswagen, der die Kranken oder ihre Angehörigen aus Pernitz bringt. Dora läßt aber auf sich warten. Nur sie könnte sich über einen etwaigen Preisnachlaß informieren, er ist nicht dazu fähig.

*

Wo bleibt Dora?
Der Balkon, die Spatzen, der Durst und der Wind werden ihm langsam zuviel.
Er geht ins Zimmer zurück. Dort reißt er leere Blätter aus einem der Oktavhefte. Er zerteilt das Blatt in kleinere Blätter, er läßt sich sehr viel Zeit dabei. Er nennt sie dann ›Gesprächsblätter‹. Jedes ist so groß wie eine Visitenkarte. Er ordnet die Zettel schreibbereit auf dem Tisch, und mit dem Füllfederhalter in der Hand wartet er auf jemanden, der herein kommt und ihn nach etwas fragt. Es kommt aber niemand.

Diese Art, zu warten, ist ihm schon vertraut, durch dieses Schreiben sich mitteilen zu wollen, auf diese Art jemanden zu rufen ...
... aber es kommt niemand.

*

Er steht auf und formuliert im Kopf:
»... nach dem heutigen Vormittag – aber es täuscht ja alles – «, und geht dann zum Schreibtisch. Er beugt sich über eine der weißen Postkarten und denkt mit der Füllfeder in der Hand nach. Die Kosten bereiten ihm große Sorgen. Kann Max da nicht ein wenig mithelfen?

»Lieber Max, es kostet und wird unter Umständen entsetzliches Geld kosten, Josefine muß ein wenig helfen, es geht nicht anders. Biete sie bitte Otto Pick an (aus ›Betrachtung‹ kann er natürlich drucken, was er will), nimmt er sie, dann schicke sie bitte später der ›Schmiede‹, nimmt er sie nicht, dann gleich. Was mich betrifft, es ist doch offenbar der Kehlkopf. Dora ist bei mir, grüß Deine Frau und Felix und Oskar.«
Dora ist noch nicht bei ihm.

Er legt sich auf das Bett. Auf die Decke starrend erinnert er sich an einen Winterabend, Max und er kamen von Felix, auf dem Nachhauseweg sagte er zu Max:
»Auf dem Sterbebett werde ich, vorausgesetzt, daß mir die Schmerzen nicht zu groß sind, sehr zufrieden sein.«
Er soll soviel wie möglich Codein verlangen. Warum die Angst, daß er süchtig wird? (Fußnote: Die Fähigkeit, zufrieden zu sterben: Solche Stellen gehören zu den besten, die er geschrieben hat, und das nicht ohne Grund. Bei allen diesen guten und sehr überzeugenden Stellen handelt es sich immer darum, daß jemand stirbt, daß es ihm sehr

schwer wird, daß darin für ihn ein Unrecht und wenigstens eine Härte liegt, und daß das den Leser rührt.)
Und jetzt er selbst, der glaubte, auf dem Sterbebett zufrieden sein zu können? Solche Schilderungen waren (insgeheim vielleicht) nichts anderes als ein Spiel: »Ich freute mich ja, in dem Sterbenden zu sterben, nutzte daher mit Berechnung die auf den Tod gesammelte Aufmerksamkeit des Lesers aus, (ich bin bei viel klarerem Verstand als er), von dem ich annahm, daß er auf dem Sterbebett klagen wird. Und nun? Wer liegt da im Bett?« fragt er sich bei den Gedanken, die er einmal in einem der Oktavhefte notiert hatte.

*

K. fiebert, und zwar sehr stark; zur Ablenkung steht er auf, setzt sich über den Brief. Jedoch sieht er, auf die Worte konzentriert, wie sie auf dem Wege zum Adressaten von Gespenstern ausgetrunken werden.
»... und meine Klage ist daher möglichst vollkommen, bricht auch nicht etwa plötzlich ab wie wirkliche Klage, sondern verläuft schön und rein. Es ist so, wie ich mich der Mutter gegenüber immer über Leiden beklagte, die bei weitem nicht so groß waren, wie die Klage glauben ließ. Gegenüber der Mutter brauchte ich allerdings nicht so viel Kunstaufwand wie gegenüber dem Leser.«
(Fußnote: Und was meinen die Wände seines Sanatoriumszimmers dazu? Codein, sagen sie, ein schmerzstillendes Mittel wäre nur Codein, alles andere wäre überflüssig, würden sie vielleicht sagen.)

*

Kafka geht auf den Balkon zum Abendhusten. Ins dunkle Grün starrend murmelt er zu sich, wenn es mit ihm so weiter geht, wird er bald weder essen noch schlucken können. Er betastet seinen geschwollenen Kehlkopf: »... in der Mitte ein facettierter Stein, zur Seite die Sägen, sonst alles leerer, trockener Auswurf.«

*

Am 7. April steht er höchstwahrscheinlich mit der Sehnsucht nach Dora auf. Außer dem Wetterbericht ist eigentlich nichts zu berichten.

*

Am nächsten Tag ist es stark bewökt, Nebel (bis 14 Uhr), östliche Windrichtung. Es regnet nicht. Die Kranken vom Sanatorium versuchen vom Balkon aus die Geister im Nebel anzuhusten, sie von den Fenstern fernzuhalten, und so fängt der Morgen des 8. April im Sanatorium Wienerwald mit dem üblichen Morgenhusten an.

DORA

Nach unten gebeugt, bemüht er sich um ein Lächeln für sie, wodurch seine starrgewordenen Wangen schmerzen.
Wie er sich so über das Geländer beugt, macht er trotz des Lächelns keinen guten Eindruck. Dora winkt zurück und verschwindet dann besorgt unter dem Balkon.
Kafka geht zurück ins Zimmer und setzt sich an den Tisch. Mit der Füllfeder in der Hand ordnet er mit kindlicher Freude die leeren Gesprächszettel, er starrt zur Tür. Es wird viel zu erzählen sein. »Sie ist sicher vom Arzt aufgehalten worden, ich bin neugierig, was man ihr über mich da erzählen wird.«
Sie kommt herein und bringt den Geruch der Nadelbäume vom Feichtenbachtal mit sich, so heftig und vehement, daß er sich zurückziehen muß. Er will vermeiden, daß sie ihn umarmt, wegen der Ansteckungsgefahr. Sie hängt sich aber an ihn und schüttelt ihn heftig. Ein Sack voll Kno-

chen, denkt sie. Nur seine Augen leuchten, nur seine Augen, und sonst nichts.
»Wie geht es dir«, fragt Dora. Kafka geht zu den Gesprächsblättern, um die Frage zu beantworten.
Die Dohle, so neugierig, wie eben Dohlen sind, fliegt aus dem Baum und setzt sich zu ihnen auf das Holzgeländer des Balkons. Kafka schreibt mit der Füllfeder auf den ersten Gesprächszettel:
»Ich habe Robert geschrieben, auch Max und den Eltern. Was hat Dr. Baer dir gesagt?« Dora flüstert ihm zu:
»Sie erzählen von Alkoholinjektionen in den Nerv. Man muß sogar mit einer Resektion rechnen, ich verstehe alles nicht.«
Kafka auf das nächste Blatt:
»Sie bemühen sich sehr, aber mir kommen sie ein wenig hilflos vor.«
Dora schaut sich um.
»Und kannst du essen und trinken?«
Kafka schüttelt den Kopf, er schreibt dies nicht. Er schreibt:
»Du sollst bitte zurück nach Berlin, Du verlierst sonst Deine Arbeit.«
Dora liest das Blatt und lächelt:
»Die Wiener Wohnung habe ich aufgegeben, ich bleibe aber hier bei dir.«
Kafka piepst und pfeift unruhig zu ihr:
»Das geht nicht, im Sanatorium gibt es keine Gästezimmer.«
»In der Nachbarschaft finde ich etwas, ich lasse dich nicht mehr allein«, sagt sie. Auf dem nächsten Zettel schreibt Kafka:
»Es wird unter Umständen entsetzliches Geld kosten.«
Dora sieht den Zettel, sie fragt:

»Und was ist mit den 10% Preisnachlaß?«
Kafka flüstert ihr zu:
»Von Protektion haben sie mir bis jetzt nichts gesagt.«
Dora flüstert zurück:
»Ich bleibe aber trotzdem bei dir, ich werde im Dorf ein Zimmer finden.«
Kafka flüstert ihr müde zu:
»Ortmann, das Dorf heißt Ortmann ... wird aber schrecklich viel Geld kosten.«
Sie hält seine rechte Hand in ihrer und schüttelt heftig den Kopf. Kafka sucht mit den Augen nach der Karte, die er an Max geschrieben hatte. Sie soll sie bitte für ihn aufgeben. Dora beim Gehen:
»Brauchst du etwas vom Dorf, Papier, Tinte oder ähnliches?«
Kafka sieht sie lange an. Er will nicht, daß sie von ihm weggeht. Er schüttelt den Kopf, nur die Postkarte wegschicken, mehr braucht er nicht, deutet er an.
Und nachdem sie die Tür hinter sich geschlossen hat, geht er zum Schreibtisch und sieht auf die Zettel und geht lächelnd langsam zum Balkon. Er beugt sich über das Geländer und wartet, bis sie aus dem Gebäude herauskommt. Wie sich das Mädchen – ein Mädchen zum Berühren, Streicheln und Anfassen – mit dem offenen Haar im Grünen entfernt, erinnert an die Falter, die jetzt langsam auftauchen müßten. Er hält sich mit beiden Händen an dem Holzgeländer fest und spürt wieder die Messerstiche, die durch das Drehen in seinem Herz eine Wehmut verursachen.

*

Dora setzt sich zum Weinen irgendwo unterwegs auf eine nasse Wiese und liest die Karte an Max ganz genau durch. Sie sollte Max mitteilen, daß der Zustand des Patienten ernst ist. Beim Schreiben dieser Gedanken an Max weint sie. Da stöhnen die Pappelbäume entsetzt: »Aber, aber, aber ...« Und als sie mit nassen Augen verwundert hinaufschaut, flüstern die Bäume: »Sie ist restlos verliebt.« Sie wackeln mit den Köpfen und sehen einander verständnislos an. Dora schreibt weiter, und bis zum Postamt in Ortmann schluchzt sie, nachher aber nicht.

*

Kafka liegt die ganze Zeit über im Bett und wartet. Er wartet geduldig auf Doras Zurückkommen. Im Warten ist er immer unschlagbar gewesen. Nur leidet er zusätzlich unter den Schmerzen des Sehnsuchtsmessers, das in seine Augen sticht, in seine an die Decke gerichteten Augen: »... dagegen das Gefühl des Kinderlosen: immerfort kommt es auf dich an, ob du willst oder nicht, jeden Augenblick bis zum Ende, jeden nervenverzehrenden Augenblick, immerfort kommt es auf dich an ohne daß ein Ende abzusehen wäre«, schreibt er an die Decke. Die Sanatoriumskranken husten ihren Abendhusten aus.

*

Kafka wartet vor dem Fenster auf das chassidische Mädchen, das sich mit dem Kommen Zeit läßt.

Ob sie dort in Ortmann im Bauernhof ein Bett gefunden hat?

Endlich.

Durch die Kanaansgerüche, die sie in Wald und Wiese zurückläßt, betäubt sie lange die herumstarrenden österreichischen Gänseblümchen.

Die Waldvögel sind sprachlos.

Als sie ins Zimmer kommt, riecht sie nach den frischen Gräsern. Die Dohle fliegt zu ihrem Baum zurück und läßt sich dort nieder, sie schaukelt mit den Zweigen im Wind hin und her: Dora, du solltest ihm jiddisch bei-

bringen, sagt die Dohle, nur so kann er sich die Buchbinderei in Palästina ermöglichen.
Kafka will ihr erzählen, was er sich alles die ganze Nacht und den Vormittag die Zukunft betreffend durch den Kopf gehen lassen hat. Aber Josefine, die Sängerin, pfeift und piepst aus seinen Stimmbändern heraus, so daß ihm nach einigen unverständlichen Tönen der Hals weh tut. Er wird stumm.
Dora erzählt von dem Zimmer im Bauernhof und den Leuten. Kafka will die Unterhaltung mit Gesprächsblättern aufheitern, er muß resignieren, Dora ist viel zu schnell beim Erzählen. Es bleibt ihm nichts anderes zu tun, als zuzuhören. Er beginnt dann eine zweite Karte an die Eltern zu schreiben. Er schreibt gespannt an der Karte. Dora wird langsam stumm und beobachtet ihn, angelehnt an den Türrahmen, beim Schreiben. Ich will ihn jetzt fest umarmen, denkt sie. Sie nähert sich Kafka, während er schreibt, und hält seinen Kopf mit beiden Händen. Kafka zu den Eltern:
»Liebste Eltern, verzeiht die anfängliche Unregelmäßigkeit der Post, es ist hier ein wenig entlegen, jetzt wird es aber schon in Ordnung kommen. Der Hals ist noch immer das Unangenehmste neben dem Husten, aber ich bekomme verschiedene Sachen dagegen, heute zwei neue, morgen eine dritte, irgendwie wird es schon gelingen und viel Geld kosten wird es freilich auch. Vielleicht könntet Ihr dem Onkel schreiben, daß mir die 10%, die ihm zugesagt wurden, auch abgezogen werden, ich selbst will davon hier nicht reden. Übrigens ist der Arzt, der ein Bekannter des Onkels ist, seit gestern auch auf Urlaub. – D. ist bei mir, das ist sehr gut, sie wohnt in einem Bauernhaus neben dem Sanatorium, nur ein paar Tage dann fährt sie nachhause. Herzlichste Grüße allen. F.«

Und er flüstert Dora zu, ob sie nicht auch ein paar Zeilen dazu schreiben will. Dora setzt sich neben ihn und schreibt an den Rand der Karte:

»Viele herzliche Grüße. Es ist noch nicht sicher, daß ich nach Hause fahre. Wenn es möglich ist, werde ich die Reise hinausschieben. Für den schönen lieben Brief tausend Dank. D.«

Kafka steht auf und legt sich müde auf das Bett. Dort verstellt er sich, tut, als ob er ihr genauestens zuhöre, während er sie nur anschaut, unersättlich lange anschaut. Sie fragt, ob er gegessen hat, ob er jetzt leichter trinken kann als vor ein paar Tagen. Sie fragt, ob die Medikamente gegen Schmerzen wirken und ... Kafka schaut sie nur an.

*

Bis Dora von der Diakonissenschwester auf das Ende der Besuchszeit aufmerksam gemacht wird, erzählt sie, und Kafka hört ihr zu. Sie hat aber noch nicht alles erzählt. Noch nichts über den hebräischen Kommentar zu Salomons Hohelied und den absurden Traum – die Eröffnung des Restaurants in Palästina (darüber haben sie in der Grunewaldstaße so oft gesprochen: Sie sollte im Lokal Köchin sein, ohne jemals als Koch gearbeitet zu haben, und er wollte dort servieren, wobei er niemals in seinem Leben serviert hatte).
Beim Weggehen fragt sie K., ob sie ihm morgen vom Dorf etwas mitbringen soll. K. lächelt nur stumm. Sie ist lebhaft, denkt er, sie kann mein Schweigen schwer aushalten. Er begleitet sie bis zur Tür und sieht ihr lange nach.

*

Dora weint auf dem Treppenabsatz und den ganzen Korridor entlang. K. legt sich auf das Bett und spürt, wie er wieder allein gelassen worden ist.
Das Messer sticht ihn, dieses Mal nicht nur ins Herz und in die Augen, sondern auch in die Kehlkopfhaut. Das Messer ist aber nicht scharf genug, denkt er, das ist ja das ganze Dilemma.

*

Nach schlechtem Schlaf und bösen Träumen eilt sie zum Sanatorium. Unterwegs wird ihr Herz schwer, wie Regenwetter, das sich nach einem Wolkenbruch sehnt. Und still ist es im Wald. Was wollt ihr wissen, fragt sie die Bäume. Über ihn alles, was sie nur erzählen kann:
»Als ich ihn zum ersten Mal sah, war er groß und schlank, hatte eine dunkle Haut und machte große Schritte, so daß ich zuerst glaubte, er müßte ein Halbblut-Indianer sein und nicht ein Europäer. Er schwankte ein wenig, hielt sich aber immer sehr gerade. Nur seinen Kopf ließ er immer leicht nach einer Seite hängen, er hatte die Haltung des Einsamen ...«

*

Sie läuft die Treppen hinauf, man hat ihr gesagt, Dr. Baer will mit ihr dringend sprechen. Ängstlich geht sie zu seinem Ordinationszimmer.
Eine neue Entscheidung ist notwendig, sagt er. Dora sieht die im Wartezimmer hängenden Fotos an. Sie liest, was unter den Fotos steht: »Gesunder männlicher Kehlkopf in Originalgröße mit geschlossenen und geöffneten Stimmbändern.« Und links: »Ein an Tuberkulose erkrankter Kehlkopf.«

*

»Was soll man jetzt tun?« fragt sie. Man beruhigt sie: Ob sie jemals von der besten und größten laryngologischen

Klinik der Welt gehört habe? Sie schluchzt, nein. Von Professor Markus Hajek auch nicht?

*

Der Lärm der Vögel ist am Abend unglaublich. Was plappern sie da so laut? Kafka sitzt beim Tisch. Dora steht an der Tür und sieht ihm lange zu, sie geht dann zu ihm. Kafka schaut sie gespannt an. Als sie nichts sagt, schreibt er auf einen Gesprächszettel: »Gib mir einen Augenblick die Hand auf die Stirn, damit ich Mut bekomme.«
Dora tut es, und weil sie die Tränen nicht zeigen will, sieht sie zum dunkel gewordenen Fenster. Was plappern die Vögel so laut?

*

Am 10. April regnet es. Der Sturm kommt zuerst aus westlicher und dann aus nordwestlicher Richtung; Windstärke 14,2 m/sek., Feuchtigkeit 82, Temperatur 5.2.
Dora eilt regennaß zum Sanatorium, das Zimmer im Bauernhof hat sie schon gekündigt, und das Kofferschleppen im Regen ist nicht angenehm.
Dr. Baer ist noch nicht da. Sie soll sich beruhigen, sagt man. Das Entlassungsverfahren dauert nicht sehr lange. Der Wagen, der gestern zum Transport bestellt wurde, wird jede Minute da sein. Sie soll ihn nur gut und regenfest bekleiden. Der offene Wagen eignet sich nicht für dieses Wetter. Es ist aber ein vorübergehender Morgenregen, der bald aufhören wird. Wichtig ist nur, daß er sich von dem nassen Regen nicht eine Erkältung holt, diese kann in seinem Zustand tödlich sein. Bitte packen gehen! Die Koffer werden dann abgeholt. Besser kein Frühstück.
Die Klinik in Wien ist schon benachrichtigt, ja, und das Bett ist auch reserviert.

*

Kafka sitzt angezogen am Tisch und starrt auf die Regentropfen an den beschlagenen Fensterscheiben. Er ist froh, vom Sanatorium Wienerwald wegzukommen, nur, warum ist dieses verdammte Fieber gerade heute so stark gestiegen? Er schreibt in Eile eine neue Postkarte an die Eltern:

»Liebste Eltern, vielen Dank für Brief und Sendung. Leider ändert sich ab heute meine Adresse. Mit dem Hals werden sie hier nämlich nicht fertig, ich muß Alkohol-Injektionen in den Nerv bekommen, das macht nur ein Specialist, ich übersiedle daher nach:
Universitätsklinik
des Prof. Dr. M. Hajek
Wien IX Lazarettgasse 18 (14 oder 18)
Dumm ist, daß diese Injektionen einigemale wiederholt werden müssen, der Aufenthalt dort daher einige Wochen dauern wird. Daß ich dort gleich aufgenommen werde, verdanke ich der Fürsprache des Arch. Leopold Ehrmann, der wie immer auch diesmal äußerst lieb zu mir war. Ich hätte sonst in irgendeines der wahnsinnig teuren Stadtsanatorien gehen und einen Specialisten kommen lassen müssen. So wird es in dieser Hinsicht wenigstens erträglich sein, und das für die paar Tage hier hinausgeworfene Geld verschmerzen lassen. Natürlich hätte ich diese ganze Unternehmung ohne D. nicht machen können, so aber ging es, wenigstens bis jetzt, ganz leicht. Ich werde regelmäßig schreiben, aus Wien kommt die Post schneller, ein Vorteil.
Herzl. Gr.
F.
D. läßt grüßen, sie packt ein.
Bitte, *laßt Max Brod meine neue Adresse sagen.*«

Ob Dora nicht etwas hinschreiben will? Sie will. Als Kafka aufsteht und zum Fenster geht, schreibt sie mit Bleistift an den Rand der Karte:
»Wenn es irgendwie möglich wäre, daß der Onkel oder sonst jemand herkommt, wäre es gut«, und sie hofft, daß K. das, was sie eben geschrieben hat, nicht liest. Beim Kofferpacken steckt sie dann die Postkarte in die Manteltasche.
Sie müssen gehen. Aber Kafka beginnt mit der zweiten Karte. Als sie ungeduldig und verzweifelt am Bettrand sitzt und zum Fenster schaut, schreibt er an Robert Klopstock:
»Liebster Robert, ich übersiedle in die Universitätsklinik des Prof. Dr. M. Hajek, Wien IX Lazarettgasse 14. Der Kehlkopf ist nämlich so angeschwollen, daß ich nicht essen kann, es müssen (sagt man) Alkoholinjektionen in den Nerv gemacht werden, wahrscheinlich auch eine Resektion. So werde ich einige Wochen in Wien bleiben.
Herzliche Grüße. F
(PS)
Ich fürchte mich vor ihrem Kodein, heute habe ich das Fläschchen nicht nur schon verbraucht, sondern nehme nun Codein 0/03.
›Wie mags drinnen ausschauen?‹ fragte ich jetzt die Schwester. ›Wie in einer Hexenküche‹ sagte sie aufrichtig.«
Und er legt müde die Füllfeder auf den Tisch und schaut Dora an, die alles eingepackt hat und nur auf ihn wartet. Sollte man die zwei Postkarten hier in Ortmann aufgeben oder in Wien?

*

Dora eilt in den Verwaltungszimmern des Sanatoriums umher. Dann ist es endlich soweit, das Datum der Abrei-

se des Kranken Nr. 2557 wird im Patientenverzeichnis mit 10. 4. 1924 vermerkt.
Die Fahrt in einem offenen Auto, im Regen und Wind, erschreckt alle Sanatoriums-Patienten, die hinter den Fenstern Kafka beobachten. Als sie aber sehen, wie Dora mit ihrem Mantel den Kopf und Körper von Kafka umwikkelt – sie versucht sich beim Fahren stehend zu halten – atmen sie erleichtert auf. Sie verfolgen den Wagen so lange, bis er im Wald unter den tropfenden Bäumen verschwindet. Morgenhusten breitet sich dann im Sanatorium aus, sie gehören eben nicht zu den akut Gefährdeten. Noch nicht.

*

Als Dora unterwegs aus dem Wagen aussteigt, um die Post aufzugeben, fühlt sich Kafka wie ein im Regen zurückgelassenes Kind. Er sieht ihr nach, wie sie im Regen zum Postamt läuft, während sie den Rock mit einer Hand hochhebt und die Wasserlacken und den Schlamm meidet.
Vom Sanatorium an hat Kafka im Dunkel ihres Mantels das Husten zurückgehalten. Jetzt kann er einige Male ruhig husten. In der Brust- und Halsgegend breitet sich ein stechender Schmerz aus.
Sie kommt und das Auto fährt los. K. wärmt sich an Doras Körper und fühlt sich gleich besser. Ist es Mutter- oder Milenageruch, fragt er sich verzweifelt, und schämt sich zugleich wegen dieses Gedankens. Angenehm, sehr angenehm, ist es aber trotzdem. Die Wärme verschafft ihm eine gespannte Freude. Eine kindische Freude? Frühling?

*

»... und Deine Hand ist in meiner, solange Du sie dort läßt«, grübelt er über das, was er einmal Milena geschrieben hatte, und ... »in Dein linkes Ohr gesprochen, während Du da liegst auf dem armen Bett in einem tiefen Schlaf guten Ursprungs und Dich langsam ohne es zu wissen von rechts nach links wendest, meinem Mund zu.«

Und nach einer Biegung weiter:

»... deshalb weil es mir Zeit wegnehmen wird und ich alle Zeit und tausendmal mehr als alle Zeit und am liebsten alle Zeit, die es gibt, für Dich brauche, für das Atmen in Dir.«

Das Dunkel im Mantel hindert ihn nicht daran, den Wienerwaldgeruch zu riechen und aufzunehmen, und weiter:

»... was soll ich tun, wenn mir statt des Herzens diese Angst im Leibe klopft?«

Er wirft durch die Spalte des Mantels einen Blick auf die rechte Seite des Tals, und als er durch den Nebel Milenas Wienerwald wiederentdeckt, erinnert er sich weiter an eine andere Stelle im Brief:

»... ich bin müde, weiß nichts, und wollte nichts als mein Gesicht in Deinen Schooß legen, Deine Hand auf meinem Kopf fühlen und so bleiben durch alle Ewigkeiten...«

Dora hält seinen Kopf fest. »Halte mich fest«, denkt er, »Ja, nur so!«

Die Fahrt im Regen macht die Dohle, die das Auto verfolgt, müde. Die Frühlingswärme steigt schon aus dem Boden, denkt die Dohle, aber nicht hoch genug, um das Fliegen zu einer freudigen Vogelfahrt zu machen.

Dora, so wie alle anderen chassidischen Mädchen, weiß instinktiv, was man alles mit der Körperwärme (Liebe?) heilen kann, sie flüstert ihm nun, gegen Sturm und Regen, ins Ohr: »Wir sind schon fast da«, ohne zu ahnen, daß Kafka das Gegenteil ersehnt. Er spürt den kalten

Regen nicht. Er spürt nur diese schützende Körperwärme. Durch den Mantelspalt hört er den Kies unter den Autoreifen wegfliegen und stellt sich Milena vor, und an sie schreibend:

»... Du Begriffstutzige! Wie das Meer einen winzigen Kieselstein auf seinem Grunde lieb hat, genau so überschwemmt Dich mein Liebhaben – und bei Dir sei ich wieder der Kieselstein, (wenn es die Himmel zulassen) liebe ich die ganze Welt und dazu gehört auch Deine linke Schulter, nein es war zuerst die rechte und darum küsse ich sie, wenn es mir gefällt (und du so lieb bist die Bluse wegzuziehen) und dazu gehört auch die linke Schulter und Dein Gesicht unter mir im Wald und das Ruhn an deiner fast entblößten Brust.«

Und er unterschreibt den Erinnerungsbrief zuerst mit »Franz Kafka«, dann nur mit »Franz«, dann nur noch mit »Dein«, schließlich schreibt er: »Franz falsch, F falsch, dein falsch / nichts mehr, Stille, tiefer Wald.«

*

Ist es der Dorakörper oder die Frühlingswärme, die in meinen gefrorenen Knochen fließt, fragt sich Kafka erstaunt. Als der Wagen die gepflasterten Straßen Wiens erreicht, wird er traurig. »Ist es schon vorbei mit dem Fest?«

Durch den Spalt im Mantel sieht er, wie die Regentropfen in der Stadt braun und schwarz auf die Häuser und die Menschen fallen. Der Schluckschmerz meldet sich wieder: »Allgemeines Krankenhaus, guten Tag!«

Und ein wenig lauter erwidert er heiser in den Wind:

»Prof. Dr. Markus Hajek! Guten Tag! Ich heiße Franz Kafka.«

Dora tröstet ihn:

»Wir sind gleich da.«

Und Kafka will nicht aufhören, aus Doras Mantel den Rest der Wienerwaldluft langsam in sich aufzunehmen.

KLINIK

Er wird dieses Mal zum Patienten Nr. 2235 und als Patient dieser Nummer in das Patientenverzeichnis eingetragen.

*

Man schickt ihn zur Station B, Nr. 12, im ersten Stock des westöstlichen Traktes. Der Weg ist kompliziert, die Türschilder und die Nummern zahlreich, die Koffer sind schwer, die umherstehenden Kranken krank, die Wolken grauenhaft grau, und die Korridore unendlich lang.
Überall riecht es nach Arzneimitteln und jüngst verstorbenen Kranken.
Er hat Angst, und er kann es nicht vertragen, in einem Mehrbettzimmer neben Fremden zu liegen. Wie soll ich mich unter fremden Blicken ausziehen und umziehen. Wie kann ich ihre Blicke ertragen, wenn sie ihre Neugier mich betreffend stillen wollen?
Im Zimmer Nr. 12 angekommen, läßt er sich Zeit. Die Stationsschwester wartet. Dora auch.
»Ich hatte damals auf den Schwimmschulen in Prag, Königssall und Czernoschitz aufgehört, mich für meinen Körper zu schämen, und jetzt?« fragt er sich ängstlich.
Er täuscht Atembeschwerden vor. Er will sich nicht vor den Augen der Leute ausziehen.

*

Es dauert lange, bis er sich unter der dünnen Decke wenigstens bis zum Kopf geschützt und sicher fühlt. Warm wird ihm aber nicht. Wütend denkt er an die

Prager Schwimmschule zurück, und haßerfüllt flüstert er: »Vater, ich war ja schon niedergedrückt durch deine bloße Körperlichkeit ... wie wir uns öfters zusammen in einer Kabine auszogen ... Ich mager, schwach, schmal, Du stark, groß, breit. Schon in der Kabine kam ich mir jämmerlich vor, und zwar nicht nur vor Dir, sondern vor der ganzen Welt ... Traten wir dann aber aus der Kabine vor die Leute hinaus, ich an Deiner Hand, ein kleines Gerippe, unsicher, bloßfüßig auf den Planken, in Angst vor dem Wasser ...«

*

Er muß in den Kurssaal. Von einem der Zimmernachbarn hört er, »Oje, heute ist Donnerstag!« Alle bemitleiden ihn mit ihren kranken Blicken. Kafka steht auf und geht langsam zum Kasten. Er grübelt beim Anziehen des Mantels über das Anstaltshemd nach: »Wie ich wohl darin aussehe?« Dora und die Schwester begleiten ihn bis zum Kurssaal. Vorlesunglärm. Kafka schrickt zurück, er weiß schon, was ihn erwartet.

*

Er sitzt mit allen anderen Kranken in einer Reihe ängstlich auf dem Stuhl und macht wie alle anderen den Mund auf. Prof. Hajek kommt im weißen Kittel mit der Stirnlampe herein, und in der Mitte des Raumes sagt er zu den Studenten:
»Wir behandeln heute nicht die äußerst seltene primäre, sondern eine sekundäre Kehlkopftuberkulose, und das als Folgeerscheinung der Lungentuberkulose.«
Er kommt dann zu Kafka, wirft einen Blick in seine Kehle und sagt zu den Studenten:
»Hier bei ihm ist durch die Berührung des Kehlkopfes mit dem bazillenhaltigen Auswurf der erkrankten Lunge eine Kontaktinfektion entstanden ...«

Die herumstehenden Studenten wollen alle einen Blick in die Tiefen der Kehle Kafkas werfen. Prof. Hajek: »... diese wird oft erst in jenem Stadium erkannt, in dem die Zerstörung des Gewebes längst begonnen hat.«
Er versucht dies dann bei der Kehlkopfspiegelung den Studenten zu demonstrieren. Eine mehrmalig beabsichtigte Kehlkopfspiegelung, das Einführen des Instruments in den Hals, ruft bei Kafka Würgen hervor. Die Assistenten eilen zu ihm. Würgen kann nur durch Coffein verhindert werden. Als die Gruppe dann zu den anderen erschrokkenen Patienten, die der Reihe nach auf den anderen Stühlen warten, zieht, hält sich K. das blutige Tuch vor den Mund. Das erste Mal war es auch genauso viel, der schwere Blutsturz kam um vier Uhr morgens, er wachte auf, weil er viel Speichel im Mund fühlte; er spuckte ihn aus, und als er sich dazu entschloß, das Licht anzuzünden, sah er auf dem Taschentuch wie heute einen großen Flecken Blut.
Um nicht zusehen zu müssen, wie es jetzt dem nächsten Patienten bei der Kehlkopfspiegelung ergeht, starrt er zum Fenster.
Ein Vogel sitzt dort draußen auf einem Zweig und schaut neugierig herein.
»Ist sie nicht eine Kavka?« fragt sich Kafka.
»Was macht eine Kavka in der Stadt?«

*

Dora hält ihn unter dem Arm. Unterwegs zum Zimmer fühlt er sich nur schwach, appetitlos und leer, und das ist alles.

*

Dora sitzt neben dem Stuhl am Bettrand und hält seine Hand in ihrer, sie müsse leider gehen, sagt die Schwester, die Besuchszeit ist nur von 13 bis 16 Uhr.

Dora sieht zum Bett nebenan. Den Schnurrbart des Patienten findet sie lustig und flüstert Kafka zu:
»Vor Tagen ist er eingeliefert worden, alles mußt du auch so machen wie er, alles sollst du so sorglos hinnehmen.«
Dora drängt ihn, zu sagen, was sie für ihn besorgen soll. In Wirklichkeit will sie nicht weg von ihm. Kafka hört ihr nicht zu, er schreibt an einem Brief, der heute weggeschickt werden soll, falls die Füllfeder ihn nicht in Stich läßt.

»Liebste Eltern, so bin ich hier sehr gut untergebracht, unter der besten ärztlichen Aufsicht, die man in Wien haben kann, von Ärzten behandelt, die ich mir, wenn ich z. B. in einem Privatsanatorium wäre, erst auf eigene Kosten kommen lassen müßte. (Ich kann nicht schreiben, Dora stört mich immerfort mit Fragen, was sie mir bringen soll). Jetzt handelt es sich nur darum, wie lange die Sache dauern wird, denn so schön es hier auch ist, im Wienerwald ist es zweifellos schöner. Aber solange ich nicht gut essen kann, muß ich natürlich bleiben. Herzlichste Grüße Euch und allen.
F«

*

Dora – von der Dohle bis zum Haupteingang zur Alser Straße begleitet – weint ihren Kummer aus.
Vom »Doktor Kafka«, wie die Kinder ihn damals in Müritz genannt haben, ist fast nichts mehr übrig geblieben; auch von seinen damaligen Händen nicht, die sich vor dem Kerzenlicht für Kinderaugen paarten und falteten, und an der beleuchteten Wand Kaninchen-, Katzen- und Hundeschatten in Bewegung setzten. Sie hat sich über das Staunen der Kinder des Jüdischen Volksheimes

und ihr Glücksgeschrei gefreut. Diese Hände sind nicht mehr zum Spielen aufgelegt.
»Weine nicht, Mädchen!« sagt die Dohle, so wie die Dohlen sprechen, »warum bist du hierher gekommen? Was hat ein Mädchen aus dem chassidischen Polen hier in Wien verloren?«

GOLGATHA

Es ist winterkalt, am Morgen des nächsten Tages um 7 Uhr. 0.9 Grad und grau (Wienergrau). Tau (...), Reif (...) steht unter den Bemerkungen über diesen Tag im Bericht der Hohen Warte.

*

K. wird von der Schwester wieder zum Untersuchungsraum, einem kalten, kachelweißen leeren Raum, geführt. Zwischen dem Waschbecken und einem Schrank mit vielen medizinischen Geräten sitzt er auf dem Stuhl und wartet mit dem Rücken zur Wand auf den Arzt. Oben über seinem Kopf auf einem Schild steht:
»1. Ass. Dr. Wessely«.
Er starrt auf den Klavierhocker davor und wartet. Angst vor Schmerzen steigt über dem Glanz der Instrumente auf, vor allem über dem gefürchteten Kehlkopfspiegel.
Dr. Wessely kommt und wäscht zuerst gründlich die Hände, bevor er sich auf den Hocker vor ihn setzt:
»Mund auf, bitte!«
Und zur Krankenschwester:
»Schreiben Sie, stark abgemagert (ca. 50 kg) Dämpfung:
r. h. o. bis 6. Dorn
l. h. o. 4. Dorn
Darüber schwarz Bronchiales mit kleinblasigen Rasseln.

l. h. ü. Atmung abgeschwächt mit seltsamen feuchten Rasseln.
Vorne ist die Dämpfung nur ... ausgesprochen, sonst ... o. bis VI., u. bis V Dorn; darüber unbestimmbar Atmen mit ... – weiße kleinblasige Rasseln ...«
Er beobachtet ihn, und weiter zur Schwester, die schweigsam notiert:
»Mittelgroßer, stark abgemagerter Patient. Haut blaß, an den Wangen leichte Röte. Schleimhäute blaß.
Hirnnerven frei.
Pupillen normal. Reagieren prompt. Patient ist leicht heiser, Hals ohne Befund, Nase: beidseitig sehr weit. Krusten am Septum, rechts auch an der Muschel und über der unteren. Nach Entfernung der sehr locker haftenden Krusten ist nichts pathologisches zu sehen. Im Nasenrachenraum Schleim.
Rh. post: ohne Kokain nicht durchführbar.
Mund: Weicher Gaumen, sehr blaß.
Rachen: ohne Befund.
Larynx: Beide Aryknorpel ödematös. Hinterwand leicht infiltriert. Taschenbänder gerötete Stimmbänder ohne Befund. Bewegen sich sehr gut. Glottis weit. Weicher, sehr blasser Gaumen ... Die leichten Verdickungsherde an der Hinterwand des Kehlkopfes ... Und die von Ödemen befallenen, neben den Stimmbändern liegenden Aryknorpel halten fest.
Die Bronchialatmung mit allen Anzeichen eines Verdichtungsherdes in der Lunge. Diagnose: ›Tbc Laryngis‹.«

Während er die Pinselspritze sterilisiert, sieht ihm Kafka angstvoll zu. Die Bespritzung des Kehlkopfes bringt die erwarteten Schmerzen. Dr. Wessely atmet mit ihm auf, und sagt dann mehr zum Trost:

»Es war ein 20prozentiges Mentholöl«, und als er die Stirnlampe wegnimmt, darf K. den Mund wieder schließen. Die Schwester hilft ihm beim Aufstehen. Er geht, damit er nicht umfällt, langsam, zur Tür.

*

Blaß und wackelig, die Fingerspitzen an der Wand, biegt Kafka ins Zimmer Nr. 12 und schleppt sich zum Bettrand. Der Waldviertler, Herr Schrammel, begleitet ihn vom Korridor bis zum Bett, beide Hände bereit, ihn beim eventuellen Taumeln aufzufangen. Er legt sich abgekämpft hin und läßt sich von der Schwester zudecken:
»Brav, sehr brav«, sagt sie. Mit dem Thermometer im Mund und geschlossenen Augen wartet er, bis die Schwester es wegnimmt. Sie liest es ab, notiert die Zahlen auf der Fieberkurve. Sie zeigt ihm die Karte, damit er sich freut. Die Kurve neigt sich seit gestern nach unten. K. folgt im Halbschlaf, Halbtraum der Kurve bis 37 Grad. Er lächelt der Schwester zu und begleitet sie mit den Augen bis zur Tür. Dann sieht er zum Fenster: Weit weg, an einem sehr weit zurückliegenden Tag, als er nach einem kurzen Nachmittagsschlaf die Augen öffnet, hört er seine Mutter vom Balkon hinunterfragen: »Was machen Sie?«
Eine Frau antwortet aus dem Garten:
»Ich jausne im Grünen.«

*

Er sieht nur das Fenster. Ein Regenguß schlägt auf die Fensterscheiben. Halbschlaf, Halbtraum:
»Stelle dich dem Regen entgegen, laß die eisernen Strahlen dich durchdringen, ... gleite in das Wasser, das dich fortschwemmen will, aber bleibe hoch, erwarte so aufrecht, die plötzlich und endlos einströmende Sonne ...
Stell' dich dem Regen entgegen, laß die eisernen ...«

*

Und wie er so da liegt als Nummer so und so, in einem Zimmer Nummer so und so, neben Nachbarn, die er kaum kennt, die aber, durch die gleiche Krankheit und das gleiche Krankenhemd, zum selben Regiment gehören, findet er keine Ruhe, weil er eben eine Nummer ist, und trotzdem allein.
Gegen dieses Gefühl setzt er sich im Bett auf und schreibt:

»Liebste Eltern, von eurer Karte, die ihr nach Pernitz geschickt habt, wurde ich heute Vormittag aus dem Dösen geweckt, aber die Weckung stand dafür. Wenn ich natürlich auch auf die veralteten Fragen keine Antwort geben kann, so habe ich doch auch nichts Schlechtes zu berichten. Ich habe mich hier gut eingewöhnt und wenn ich natürlich auch ein paar Kleinigkeiten entbehren könnte, ist es doch so, daß mir der Betrieb hier besser entspricht als im Wienerwald Sanatorium, nur ist es freilich nicht Waldluft, die durch die Fenster hereinkommt. Von 2 – 4 ist D. immer bei mir, ja sie kommt schon nach 1 und ich fürchte, sie wird die ganze Krankenhausorganisation zerstören. Heute werde ich die Injektion bekommen und dann wollen wir weiter sehn. Herzlichste Grüße Euch und allen.
F.«

Nach dem Brief schläft er ein, mit dem Gefühl, nicht meht schreiben zu können.

*

Unter Doras kalter Hand auf der Stirn wird er wach. Sie riecht nach dem Frühlingsregen der Alser Straße. Die Haare sind naß, die Wangen gerötet. Sie fordert Zuneigung: ein wenig Lächeln, oder wenigstens einen Finger-

druck auf die Hände, während sie damit das kühle Gesicht hält.
Kafka neigt den Kopf zum Nachbarn, er will wissen, ob er sie beobachtet. Schrammel schaut ihnen zu. Sehnsucht? Kafka entdeckt Traurigkeit in seinen glänzenden Augen. Dora zieht sich zurück und legt die Postkarte von Robert auf die Bettdecke. Kafka nimmt die Postkarte und tut so, als ob er sie lese. Dora flüstert ihm zu:
»Er ist Schuhmachermeister, sagt die Stationsschwester. Die Frau, sie heißt Leopoldine, kann ihn nicht besuchen kommen, weil sie kein Geld für die Reise nach Wien auftreiben konnte, und außerdem ist niemand da, der auf die drei Kinder aufpassen könnte.«
Kafka dreht den Kopf zu Schrammel (Josef), der mit zwei Luftröhrenschnitten im Bett liegt und ihnen zunickt. Trotz Atemnot und Fieber sieht er mit dem sehnsuchtsvollen Lächeln nicht schlecht aus. Er ist nie in seinem Leben krank gewesen. Zum ersten Mal ist er im Krankenhaus. Dora steht auf und flüstert Kafka ins Ohr, sie sollten in den Korridor gehen, sie wolle allein sein mit ihm.
»Gut«, flüstert er, und versucht aufzustehen.
Daß er für diesen dünnen Wintermantel auch hier, in der Klinik, eine Verwendung finden könnte, hätte er nie gedacht.
Im Korridor fragt er Dora, warum eigentlich die Frau des Schuhmachers nicht zu Besuch komme. Dora flüstert ihm, ein wenig erstaunt darüber, daß er das, was sie ihm vorhin erzählt hat, nicht begriffen hat, zu: »Seine Frau kann die drei Kinder nicht alleine zu Hause lassen.«
Er fühlt sich wieder im Unglück glücklich, er hat keine Kinder. Er setzt sich auf die Holzbank und sieht beim Korridorfenster hinaus, welches Glück, das Elend dieser Welt nicht den Kindern weitergeben zu müssen. Doras

Gesicht ist von ihrem Haar verhangen, er will es auf die Seite streichen, will ihr die Stirn und die Schläfen streicheln und sie zwischen den Händen halten.

*

Karl Hermann, der Schwager, taucht regennaß am Ende des Korridors auf. Er geht unsicher von einem Türschild zum anderen, er hat lange gebraucht, um zur Station B zu finden. Jetzt sucht er die Zimmernummer. Kafka hält Doras Hand zum Abschied fest und steht auf. Er will nicht, daß sie bleibt, eine unsichere Angst. Er will nicht, daß man über sie urteilt, noch nicht.

Karl kommt mit sicherem Schritt zu ihnen, er hat von den Eltern einen Brief und ein Paket mitgebracht. Dora verabschiedet sich widerwillig und läuft schnell zum Treppenabsatz.

*

Unten, unterwegs zum Haupteingang, hat sie das Gefühl, aus dem Krankenhaus nicht weggehen zu wollen. Es regnet immer noch.

Sie schreibt unter dem Bogen am Ausgang zur Alser Straße in Eile mit Bleistift auf die Karte:

»Herr Hermann eben gekommen. Das ist sehr schön. Jetzt wird alles wieder gut. Ich bin zu dumm. Tausend Dank für die schönen neuen Grüße. Erwidere sie aufs herzlichste. D

Franz munter u. vergnügt.«

Und als sie zum Ausgang gehen will, hört sie die Dohle in der Alser Straße und dreht sich um:

»Ja?«

»Froh bist Du, Mädchen? Du denkst, er kann wieder gesund werden?« fragt die Dohle.

»Oh ja«, sagt sie, und dann noch einmal »Oh, ja«, bevor sie zum Postamt eilt.

DIE STEPPDECKE

Frühmorgens am 12. April ist es stark bewölkt. Schneeregen (Nebel und Schnee – kein Normalstand), Frühtemperaturen 0, Tageshöchstwerte 5 Grad, Feuchtigkeit 90, lebhafter westlicher Wind.

Die Kranken des Allgemeinen Krankenhauses staunen am Fenster stehend oder vom Bett aus den Schneeregen im April an.

Das Fieber ist heute bei K. konstant niedrig geblieben. Dagegen geht es dem Schuhmachermeister schlechter. Josef Schrammel kann sich kaum mehr bewegen, der Krankenpfleger hatte Mühe, die beschmutzte Bettwäsche auszuwechseln. Während der Schuhmachermeister hin und her geschubst wird, rückt Kafka unbemerkt zum Fenster. Der Wind treibt die schwachen Schneeflocken gegen das Fenster und wieder zurück in den Klinikgarten. Die Forsythien frösteln, und die gekränkten Bäume denken im kalten Wind ernstlich nach, ob es eine gute Idee war, dem Frühling so eilig entgegen zu kommen.

Kafka bekommt einen Schüttelfrost. Der Pfleger ist mit Schrammel fertig, jetzt kann er sich wieder ins Bett legen. Die Decke ist aber zu dünn, um ihn vor der Welt und dem Lärm zu schützen. Alle Türen hört er schlagen, das Öffnen und Schließen dieser Türen, die Schritte von Krankenschwestern in Holzschuhen und Pflegern und das Aufschlagen von Besteck oder anderen Metallinstrumenten auf Porzellan ...

Um die schneidenden starren Augen der Neugierigen zu fliehen, ist aber mehr Dunkelheit nötig. Und um die Kälte abzuwehren, vor allem die Kälte, braucht er eine Zentralheizung im Bett ...

Ob sie ihm eine zusätzliche Decke geben können? Auf

Doras Ankunft wartend sitzt er im Bett, mit diesem ständigen Zittern auf der Stirn.
Wie genau soll er ihnen seine Krankengeschichte erzählen?
»Jeden Abend hustete ich ununterbrochen von neun Uhr bis Viertel vor elf, dann schlief ich ein, aber um Mitternacht, wenn ich mich von rechts nach links drehte, begann ich wieder zu husten bis um ein Uhr. Und das war in der Zeit...«, soll er es so schildern?

*

Doras Gesicht in der Türspalte ruft ihn, er zieht sich schnell den Mantel an und geht schweigsam hinaus. Beide gehen zum Ende des Korridors und setzen sich auf die gewohnte Bank. Kafka sieht sie lange an, der Lärm, die neugierigen Augen und die Kälte nehmen langsam ab. Dora macht die Tasche auf. Eine neue Karte von Robert. Kafka denkt: »Klopstock drängt schon wieder, nach Wien zu kommen«.
Dora sieht ihn lächelnd an und beginnt alles zu erzählen, was sie von gestern abend bis heute morgen erlebt hat, und Kafka hört ihr gerne zu. Sie steht auf, will für ihn kochen, sie hat eine Überraschung, und dazu gehören die Zutaten in der Einkaufstasche. Und um Kafkas ängstliches Starren ein wenig zu besänftigen, fügt sie hinzu:
»Ich habe die Erlaubnis bekommen, hier für dich das Essen zuzubereiten, ich muß jetzt gehen, die Schwesternküche steht mir nicht alleine zur Verfügung«, flüstert sie. Kafka schaut ihr zu; hat es aber wie immer schwer, zu zeigen, daß er sie lieber bei sich hätte. Er spürt ihre ganze Energie und Unruhe, und gerade dies benötigt er jetzt mehr als Essen.
Dora setzt sich hin und seufzt. Kafka will an die Eltern schreiben, und sie soll auch was dazu schreiben, sagt er,

aber er hat seine Füllfeder in der Nachttischlade im Zimmer vergessen. Dora gibt ihm die ihre. Neben ihr zu schreiben, erinnert ihn an die ruhigen Berliner Zeiten in der Grunewaldstraße.
Er beginnt:
»Liebste Eltern, gestern gegen Ende der Besuchsstunde spaziert da plötzlich Karl durch den Korridor. Das war eine hübsche Überraschung. Dann Euer lieber vernünftiger Brief, in welchem nur einzig und allein der tägliche R...«
Das Wort Regen wird fast ganz von einem Tintenklecks verdeckt. Kafka sieht zu Dora und dann zum Fenster und schreibt weiter: » ... (nicht mein Fehler, sondern der von Doras Füllfeder) Regen in Venedig mir gar nicht gefällt. Ganz und gar sinnlos und für mich sehr traurig wäre es, wenn der Onkel so grundlos, vor allem für mich zwecklos, in seiner Reise gestört würde. Nun, hoffentlich erreicht ihn Euer Telegramm nicht, das ist meine einzige Hoffnung. Dem Dr. W. dürft Ihr nicht besonders böse sein, soviel wie das Mittelmaß versteht er auch, nur war er zu faul, den Kehlkopfspiegel mitzubringen und der von ihm empfohlene Kaugummi war freilich auch nicht das richtige Mittel. Gestern bekam ich eine Mentholeinspritzung, die recht gut gewirkt hat. Eben kommt wieder Karl.
Herzliche Grüße Euch und allen
F.«

Dora steht auf, und als sie mit der Karte in der Luft fächelt, sieht sie bittend zu Kafka, sie will noch einige Sekunden bleiben. Kafka flüstert ihr im Stehen zu: »Dora, kannst Du bitte die Schwestern fragen, ob sie mir zusätzlich eine Decke geben könnten?« und drückt ihre Hand sanft und entschuldigend.

Karl Hermann bleibt einige Schritte weit von ihnen entfernt stehen und wartet, bis die beiden sich verabschiedet haben.

*

In dem düsteren Postamt Nußdorferstraße schreibt sie auf die Karte: »Bitte, wenn es irgendwie möglich ist, eine Daunensteppdecke oder einfache Steppdecke und ein Polster zu schicken. In der Klinik bekommt er nur das Notwendigste, und er ist doch ein wenig verwöhnt. Kaufen ist teuer.
Herzlichst. D.«
Sie legt die Karte vor den Beamten.
»1400 Kronen«, sagt er.

*

Tags darauf steigt Kafkas Fieber, und er ahnt Schüttelfrost und hohes Fieber und glaubt auch zu wissen warum: Schrammel (Josef) schafft es nicht mehr.
Im Halbschlaf:
Die erste Ansichtskarte: Schloß Friedland
Das Schloß ist mit Efeu überwachsen, in den Loggien reicht er bis zu halber Höhe. Nur die Zugbrücke gleicht jenen Nippsachen, um deren Ketten und Drähte man sich nicht kümmert, weil es eben Nippsachen sind und trotzdem hat man sich sonst in allem Mühe gegeben. Dem roten Dach unten muß man nicht glauben.
Die zweite Ansichtskarte: Grottau
Die Leute haben schon Amseln im Volksgarten singen gehört – die Karosserie der Hofequipagen muß man, wenn die Herrschaften aussteigen, hinten festhalten wegen der starken Federung – heute sah ich auf der Herfahrt eine Ente am Flußrand im Wasser stehn – ich bin mit einer Frau gefahren, die der Sklavenhändlerin aus »die weiße Sklavin« sehr ähnlich gesehen hat usw.

»Dora? Bist du es?«
Die dritte Ansichtskarte: Zittau
Hier auf dem Berg Oybin sitzen über 200 verdrießliche Gäste ...

*

Die Schwester weckt ihn auf: »Post!« Sie legt ein Bündel Prager Zeitungen auf das Bett. Sie sind veralteten Datums und vom Regenwasser naß und schmutzig.
Die vierte Ansichtskarte: Goethes Sterbezimmer
Liebste Eltern und Schwestern, wir sind glücklich in Weimar angekommen, wohnen in einem stillen schönen Hotel mit Aussicht in den Garten (alles für 2 Mark) ...
Und nicht mehr im Halbschlaf beginnt er im Kopf den Brief an die Eltern zu formulieren:
» ... Liebste Eltern, ... eben kam die zweite Zeitungssendung, vielen Dank, aber nächstens ein wenig besser einpacken, es kommt schmutzig an.«

*

Nach der Rückkehr vom Behandlungsraum (noch langsamer konnte er nicht gehen) sucht er bessere Formulierungen, ein wenig beschönigendere Worte für den Brief an die Eltern:
» ... mir geht es recht gut, wie Euch ja auch Karl bestätigen wird. Ich habe schon 3 Einspritzungen bekommen, heute keine, was freilich ganz besonders angenehm ist ... «
Und dabei erreicht er endlich den Bettrand. Er legt sich hin und merkt kaum, wie der Halbtraum ihn wie ein Nebel umfaßt:
... Dir wird ängstlich beim Gedanken an den Tod? Ich habe nur entsetzliche Angst vor den Schmerzen. Das ist ein schlechtes Zeichen. Sonst aber kann man den Tod wagen ...

»Dora?«

Sie ist da, aber Dora, was ist mit deinem Händdruck auf meiner Stirn?

Sie reibt sich die Hände, sie glaubt, daß die Hände zu kalt wären für seine fieberheiße Stirn. Weiß sie nicht, daß er sie gerade jetzt mit ihrer Kälte braucht?

»Kalt will ich sie haben, Dora«, flüstert er zu ihr.

»Was willst du haben?«

Kafka nimmt ihre rechte Hand und legt sie auf seine Stirn. Er ringt sich ein schwaches Lächeln ab, in der Bedeutung: Das wollte ich haben. Dann neigt er den Kopf zum Schuhmachermeister. Sie merkt, was er damit andeuten will. Die Frau vom Schuhmacher ist immer noch nicht da. Zur Ablenkung flüstert sie ihm zu:

»Der Schnee draußen wird die Blumen am Leben lassen.«

Kafka, während er weiter Schrammel anstarrt, nickt zustimmend. Dora flüstert weiter:

»Bitte, ich habe seit zwei Tagen die Erlaubnis, hier in der Schwesternküche für dich zu kochen.«

»Die ganze Nacht ging es ihm so, schwere Atemnot und hohes Fieber«, murmelt er ihr zu, und wendet das Gesicht mehr ab, bis er den Kopf ganz von ihr weggedreht hat. Als er die Augen zumacht, rinnen Tränen wie Kerzenwachs aus seinen Augen und rollen über die Wangenknochen zum Mund. Er preßt die Augen zusammen. Dora glaubt, er will jetzt, daß sie hinausgeht. Im Korridor fragt sie erschrocken nach Prof. Hajek. Er ist zur Zeit nicht auf der Station, erst morgen.

*

Dora wird vor der Eingangstür beim Öffnen des Regenschirms gefragt:

»Wohin so eilig?«

Es ist wieder die Dohle, wer sonst.

»Max Brod in Prag anrufen«, sagt sie. »Robert Klopstock auch, und die Eltern, alle muß ich anrufen, Franz soll weg aus diesem Zimmer, man soll ihn auf der Stelle in ein Einzelzimmer verlegen, sonst wird er neben und mit dem Schuhmacher sterben«, hört sie sich zum Baum sagen.
Die Dohle schaut sie sprachlos an.

*

(Fußnote. Am gleichen Nachmittag und am Tag darauf wird Max Brod mit Telephonaten bombardiert, er wendet sich an Franz Werfel, einen gemeinsamen Freund aus Prag, mit der dringenden Bitte, etwas für Kafka zu tun. Werfel schickt eine mit ihm befreundete Ärztin zu Prof. Hajek: Vielleicht ist es möglich, Dr. Kafka in ein Einzelzimmer zu verlegen? Prof. Hajek zeigt Unverständnis.)

DACHGARTEN

Der Internist schreibt am (Montag) 14. IV. 1924:
»Gut. Er schluckt leichter.«
Kafka will ihm mehr erzählen: Über die Angst vor dem Vater und den Horror vor Geräuschen; dem zarteren, zerstreuteren, hoffnungsloseren Stimmengeräusch der zwei Kanarienvögel im Zimmer der Schwester.

*

Nachmittags sitzt K. in eine Wolldecke gewickelt vor dem offenen Fenster und leidet still vor sich hin. Dora hat ihm beim Weggehen gesagt, morgen werden die Kranken mit dem Bett auf den Dachgarten gebracht, und er könne vom Dachgarten aus einen Blick über ganz Wien haben. Ob morgen auch die Sonne so stark scheinen wird wie heute?

*

»... jetzt da es warm wird,« schreibt er auf die Karte, »zeigen sich besonders die Vorzüge meines Zimmers, das riesige Fenster ist offen, viel Sonne. Übrigens ist auch für noch schöneres Wetter vorgesorgt, dann kommt man mit dem Bett auf den Dachgarten, von dem man, da das Gebäude auf einer Anhöhe liegt, einen Überblick über ganz Wien haben soll. Das ist doch nicht übel. Auch über das Essen ist nicht zu klagen, heute mittag z. B. Hühnersuppe mit Ei, Huhn mit Gemüse, Biskuittorte mit Schlagobers, Bananen, allerdings, um nicht zu übertreiben, so lebt nicht das ganze allgemeine Krankenhaus, sondern nur der für den D. kocht.
Herzlichste Grüße.
F.«

Er fächelt mit der Karte, damit die Tinte trocknet, und steckt sie in den Roman von Werfel, ›Verdi‹.

Robert ist eine nicht groß genug einzuschätzende Drohung. Er kündigt wieder seine baldige Reise nach Wien an.
Kafka sucht eine leere Karte und beginnt mit:
»Robert, lieber Robert, keine Gewalttaten«, aber die Art, wie der Schuhmachermeister den Rest seines schon durch die 41 Grad Fieber abgewrackten Körpers ausschwitzt und dabei stöhnt, hindert ihn beim Schreiben. Hie und da hört er einige Namen auf seinen trockenen Lippen; Leopoldine kommt öfter vor als die Namen der Kinder.

*

Dora setzt sich im Hof der Klinik unter den dünnen Baum und liest vergnügt die zwei Karten, die Kafka an die Eltern und Robert schickt, sie will das Krankenhaus nicht so schnell verlassen. Merkwürdig, obwohl alles, was in den Briefen steht, den Tatsachen entspricht, klingt alles ein wenig anders, ein wenig heiter. Vor allem die Stelle über das Essen.

»Glaub ja nicht, daß man, was er da geschrieben hat, glauben wird«, sagt die Dohle von oben. »Oh, ja! Alles, was da steht, ist wahr«, sagt Dora und liest weiter.

Sie sieht dann finster zu den Zweigen hinauf, bevor sie ihren kleinen Bleistift herausholt, und auf den noch freien Platz der Karte schreibt:

»Ich hab die Erlaubnis, für Franz hier zu kochen. Heute der Pelz gekommen. Zustand viel besser. Kein Anlaß zu Unruhe oder Verzweiflung. Abends schreibe ich ausführlich. D.«

*

Am Mittwoch, dem 15. April 1924, herrscht Tauwetter.

Schrammel atmet schwer, sein schweißnasses Bett riecht nach schmutziger Armut und Tod. Jedes Mal, wenn die Zimmertür aufgeht, kommen statt seiner Frau und den Kindern andere Menschen herein.

Der Internist ist der letzte, der Schrammel in seinem endlosen Warten bitter enttäuscht. Er geht schnurgerade zu Kafka, nimmt die Krankentafel vom Kopfende des Bettes weg und notiert:

»Kafka: 15. IV. 1924, derselbe Status.«

»Wir müssen auch die Krankengeschichte ergänzen, würden Sie bitte, in zwei Stunden circa, zur Aufnahme kommen?« sagt er leise zu Kafka.

*

Es wird ein Frühlingstag, behaupten alle auf der Station, und es ist auch etwas daran. Nach dem Wetterbericht von der Hohen Warte, scheint 7,7 Stunden lang (von 9 bis 17 Uhr) die Sonne an diesem Tag.

*

Kafka sitzt in der »Aufnahme«. Der junge Internist sagt: »Also fangen wir an!« Und er schreibt murmelnd:
» ... Tag der Aufnahme: 15. April 24, Name?«
»Dr. Kafka Franz.«
»Alter, Stand, Beschäftigung?«
»41 Jahre, Beamter in Pension, ledig, mosaisch.«
»Geburtsort und derzeitiger Wohnort?«
»Prag Altstädterring 6«
»Diagnose: Tbc laryngis«
Der Internist steht auf und legt ein Formular vor Kafka hin:
»Würden Sie bitte lesen und mir dann antworten?«
»Familienanamnese« steht darauf. Der Internist fragt, Kafka beantwortet die Fragen, und der Internist notiert. »Sämtliche Familienangehörigen gesund, keine Tbc. Kinderkrankheiten: Keuchhusten.«
Kafka denkt zurück und beantwortet abwesend die Fragen, während er durchs Fenster hinausschaut. Obwohl er immer schwächlich war, sagt er, fühlte er sich als Kind ziemlich gesund. Auch die große Müdigkeit und Schlaflosigkeit erwähnt er nicht. Warum eigentlich nicht?
Der Internist wiederholt dann, was er bereits notiert hat:
» ... Patient war immer schwächlich und sehr zart gebaut, fühlte sich aber gesund. Vor 6 Jahren Haemopathie, es wurde eine Lungen-Tbc diagnostiziert. Das Lungenleiden wechselt im Laufe der Jahre an Intensität. Patient hat Zeiten, in denen er sehr gut ausschaut und sich relativ wohl fühlt. Stimmt es so?« Kafka nickt.
» ... In den letzten 7 Monaten hat der Patient ca. 6 kg abgenommen und fühlt sich jetzt schlechter als während der vergangenen Jahre. Vor 2 Wochen wurde der Patient heiser. Seit 5 Tagen bestehen brennende Schmerzen beim Schlucken besonders rechts, oft auch unabhängig davon,

die ihn manchmal aus dem Schlafe wecken. Patient ist völlig appetitlos und fühlt sich sehr schwach.
Stuhl: öfter Verstopfung ... Kein Nikotin- und Alkoholkonsum. Status praesens: Temp. 37,6. Danke, das war alles.«

NEBENDIRSITZEN

Kafka sitzt durstig und allein vor dem Fenster: Dora wird heute nicht herkommen, erinnert er sich zum zehnten Mal. Auch der Schuhmacher leidet unter Durst. Beiden ist das Trinken untersagt. Gut so, tröstet sich Kafka, er wird dann auch nicht mit den unerträglichen Schmerzen bei jedem Schluck bestraft werden. Aber es bleibt ein schwacher Trost.
Der Kehlkopf ist heute angeschwollen, spürt er, und das Fieber ist auch gestiegen. Essen kann er nicht, schlucken kann er nicht, und Dora wird auch nicht vorbeikommen. Ein jämmerlicher Frühlingstag also. Er sucht eine leere Karte zum Schreiben, mit der Vorahnung, daß dies kein optimistischer Brief wird, er weiß aber nicht, wie er den ganzen Tag den Durst ertragen soll.

»Liebste Eltern, schon ziemlich lange ohne Nachricht von Euch. Das Wetter ist sehr schön geworden, das Fenster den ganzen Tag offen. Mit den Einspritzungen habe ich heute zum zweitenmal ausgesetzt, was auch zur Verschönerung der Tage beiträgt. Wenn Ihr einen guten Rat annehmen wollt, so trinkt viel Wasser, ich habe darin einiges versäumt und jetzt darf ich es nicht nachholen. Das Leben hier gefällt mir sonst auch weiter recht gut, es ist ein allerdings sehr kleiner und schwacher nachträg-

licher Ersatz für das militärische Leben, das mir gefehlt hat. Um 1/2 6 steht man auf, um 1/2 7 ist alles fertig, freilich ist bei der Waschschüssel kein großes Gedränge (Fließendes warmes und kaltes Wasser ist im Zimmer.) Und auch sonst mag manches vom Militär verschieden sein, z.B. der Schlaf der Leute. Das Essen, soweit ich daran teilnehme, ist immer ausgezeichnet zubereitet, auch ist immer eine gewisse Auswahlmöglichkeit. Herzl. Grüße
Euer F«

Er schraubt langsam den Verschluß der Füllfeder zu, steht auf, geht zum Bett und legt sich dort zum Schlafen hin. Im Brief hatte er nur mit dem Vergleich Klinik/Militär eine kleine Schmeichelei für den Vater angedeutet, mehr nicht.
»Dora?« hört er sich unter der Decke rufen. Sie fehlt ihm jetzt, sehr sogar, mehr als ein ganzes Schwimmbekken voll Wasser, das kaum seinen Durst stillen könnte.

*

Dora ist zur Besichtigung des neuen Sanatoriums nach Klosterneuburg unterwegs.
Sie starrt durch die Autobusscheibe auf das Wasser der Donau. Dora murmelt zu ihrem eigenen Spiegelbild im Fenster: »Herr Doktor, dort liegt er mit mehreren anderen Schwerkranken in einem Zimmer zusammen, in diesem Zimmer wartet man jede Nacht auf den Tod des Schuhmachers, Franz mag diesen vergnügten Gesellen, dies alles auszuhalten vermag er nicht. Der Schuhmacher lief am Anfang, trotz der Operation, herum und hatte Freude am Essen, obwohl man ihm in die Kehle einen Schlauch eingesetzt hatte. Die Stationsschwestern sagen, trotz seines Schnurrbarts und der strahlenden Augen kann er jeden Augenblick sterben, bitte...«

Dora grübelt weiter über den bevorstehenden Dialog mit Dr. Hoffmann. Und dann weiter zu sich selbst:
» ... Das Spiel nannte er in Berlin ›Den Kalender befragen‹. In der Glasschüssel wusch ich Weintrauben, (Weintrauben und Ananas ißt er besonders gern), als die Schüssel zerbrach, tauchte er sogleich mit dem Kalender in der Hand in der Küche auf und sagte mit weit aufgerissenen Augen:
›Ein Augenblick kann alles zerstören!‹ Dann gab er mir ein Blatt.« Beim Gedanken an ›ein Augenblick kann alles zerstören‹ fängt sie an, leise zu weinen. Sie möchte gerne jemandem sagen: » ... mit diesen weit aufgerissenen Augen, ja, das markanteste in seinem Gesicht sind seine Augen, die offen, mitunter sogar weit offen sind, er möchte reden oder zuhören ..., sie sind sehr offen.«

*

Als vor dem Gasthof ›Zum Grünen Baum‹ der Autobus bremst, trocknet sie die Wangen und steigt aus: Zwei grüne Hügel sieht sie dort; links der Kahlenberg, rechts der Leopoldsberg, und in der Mitte die Sonne. Gleich fühlt sie sich besser, sie fragt nach der Kierlinger Hauptstraße Nr. 71.

FRÜHLINGSNACHT

In der Nacht von Mittwoch auf Donnerstag konnte man, wenn man neugierig war, am dunklen Himmel über dem Wiener Allgemeinen Krankenhaus einen Kranz um den Mond sehen. Was die Bäume und Blumen mitsamt allen Amseln, Kanarien- und anderen Arten von Vögeln in und um das Krankenhaus schon längst gemerkt hatten.
Die Fenster mußten trotz der milden Luft verschlossen

bleiben, obwohl die Temperatur zum ersten Mal in diesem Jahr über 12 Grad beträgt.
Hie und da hustet einer, sonst Totenstille. Für Kafka ist diese Stille voller Lärm. Das Geschrei von Halsgewebe- und anderen kranken Zellen, die beim Husten von Tuberkulosebazillen getötet werden, ist unüberhörbar.
Schrammel bleibt zäh, er will das Leben nicht aufgeben, zumindest solange nicht, bis er sich von Leopoldine und den Kindern verabschiedet hat.
Drei Tage lang 41 Grad Fieber auszuhalten ist nicht normal, war gestern abend von den Pflegern zu hören gewesen. Heute nacht aber, sagten sie, heute nacht wird er es nicht mehr schaffen; der Hexenkessel wird endgültig überlaufen.
Kafka liegt mit offenen Augen im Bett und wartet.
»Mein lieber Max – es ist halb ein Uhr Nacht, also eine ungewöhnliche Zeit zum Briefschreiben, selbst wenn die Nacht so heiß wie heute ist. Nicht einmal die Nachtfalter kommen zum Licht ...«
Und wie geht es dann weiter?
»Weimar:
Restaurant auf dem Hauptplatz, viele Schalen guter Erdbeeren. Max holt sie und ißt. Sie stillen den Durst, vor allem den Durst.«
Warum kann er nicht weiter denken? Er kann sich nicht einmal in sich selbst zurückziehen. Er ist dazu verdammt, mit dem Schuhmacher ein- und auszuatmen, alle seine Schmerzen mitzuspüren und mit ihm im fieberhaften Traum Schritt zu halten. Und wenn einmal dessen Atem aussetzt, muß auch er stillhalten.
Schrammel spricht im Waldviertler Dialekt unverständliches Zeug, in einer Sprache, die komischer klingt als das Jiddische, schwerer sogar. Sind es die veränderten Nach-

silben und Endungen und Lautgruppen, die die Sätze, die durch die ausgetrocknete rauhe Kehle kommen, so unverständlich machen? »Schloffa«, »Kinda«, »Gawü«, »Bua, Bua«, »Jua«, »Jua« …
»Schrammel!« (hört er sich zu ihm sagen), »hörst Du den Wagen? Verliere nur keine Zeit, man hat Dich schon seit vorgestern aufgegeben.« Schrammel hört ihn nicht.

*

Kafka hört aber ›Gregor Samsa‹ aus seinem Munde zu ihm sagen:
»Und jetzt?« … fragte er sich und sah sich im Dunkeln um. »Er macht bald die Entdeckung, daß er sich überhaupt nicht rühren konnte …
Er hatte zwar Schmerzen im ganzen Leib, aber ihm war, als würden sie allmählich schwächer und schwächer und würden schließlich ganz vergehen … In diesem Zustand leeren und friedlichen Nachdenkens blieb er, bis die Turmuhr die dritte Morgenstunde schlug …
Dann sank sein Kopf ohne seinen Willen gänzlich nieder, und aus seinen Nüstern strömte schwach sein letzter Atem hervor.«
Kafka steht auf und geht langsam zum Spiegel, der über der Waschschüssel hängt, um zu überprüfen, ob er noch lebt. Dort hört er im Spiegel sagen:
»Gewiß«, sagte der Bürgermeister: »Sie wurden mir heute in der Nacht angekündigt. Wir schliefen längst. Da rief gegen Mitternacht meine Frau: ›Salvatore‹, so heiße ich – ›sieh die Taube am Fenster!‹ Es war wirklich eine Taube, aber groß wie ein Hahn. Sie flog zu meinem Ohr und sagte: ›Morgen kommt der tote Jäger Gracchus, empfange ihn im Namen der Stadt.‹«
Der Kopf des Schuhmachermeisters, so wie er liegt, wird im Spiegel zum Kopf des Bürgermeisters von Riva.

Kafka fragt sich entsetzt: »Schon Morgen?« Und er piepst und pfeift gegen den Spiegel: »Ohne daß er die Kinder vorher gesehen hat?«
Er versucht mit dem Blick zum Fenster den Tag abzuwarten. Durch die Augenlider sieht er endlich den Tag mit einem herrschaftlichen Blau in den Garten reiten. Kafka piepst und pfeift durch die Lippen:
»Dora?«
Sie ist nicht da.

DER WAGEN

Kafka träumt: »Läufst du immerfort vorwärts, plätscherst weiter in der lauen Luft, die Hände seitwärts wie Flossen, siehst flüchtig in Eile alles an, woran du vorüberkommst, wirst du einmal auch den Wagen an dir vorüberrollen lassen.«
Dora hält ihm die Hand, sie fragt:
»Warum weinst du so?«
Und Kafka sucht im Kopf nach dem Ende des Zitats, er will es unbedingt dem Schuhmacher als Reiseproviant mitgeben. Er wiederholt den letzten Satz, und er ist zufrieden, das richtige Ende gefunden zu haben:
»... die unveränderliche dunkle Ferne sehn, aus der nichts kommen kann als eben nur einmal der Wagen, er rollt heran, wird immer größer, wird in dem Augenblick, in dem Augenblick ...«
Dora blickt in die Runde, sie hat Angst, sie schiebt die Haarsträhnen zur Seite und drückt das rechte Ohr auf Kafkas Mund. Sie hört ihn nur flüstern und geht ängstlich hinaus auf den Korridor. Die Schwestern beruhigen sie:
»Hohes Fieber, sonst nichts.«

Sie kommt ins Zimmer zurück. Außer Kafka und Schrammel ist keiner von den Kranken im Zimmer. Dora kniet vor dem Bett und sucht seine Hand. Kafka flüstert mit stillem Weinen zu Dora:
»... in dem Augenblick, in dem Augenblick, in dem er bei dir eintrifft und du versinkst in ihm wie ein Kind in den Polstern eines Reisewagens, der durch Sturm und Nacht fährt.«
Und atmet auf. Das war es. Nach dem langen Überlegen sieht er in Dora erschrockenes Gesicht und sagt:
»Du sollst alles auf ein Stück Papier schreiben und es dem Schrammel mitgeben.«

*

Dora sitzt unter dem Baum im Klinikgarten auf der vom Morgenregen naß gewordenen Holzbank und weint sich zuerst einmal den ganzen Kummer aus. Die Dohle schreit ihr zu:
»Na, na, na!« so daß Dora aufhört und hinaufsieht zu ihr und sagt:
»Er will sterben.«
»Das glaubst du! Bildest du dir nur ein.«
»Bitte, hör auf!«
Sie putzt sich die Nase und sucht ungeduldig in der Ledertasche nach einem Brief an die Eltern und dem kleinen Bleistift.
Sie schreibt auf die leere Stelle:

»Klosterneuburg-Kierling
Sanatorium Dr. Hoffmann
Inzwischen ist das große Unternehmen gereift. Franz geht Samstag ins Sanatorium. Es ist 25 Minuten von Wien. Der Arzt wird zur Behandlung hinkommen. Ich war heute dort, ein prachtvolles Balkonzimmer im Süden gewon-

nen. Es ist eine Waldgegend, liegt wunderbar. Ab Sonnabend Adresse: Sanatorium Dr. Hoffmann. Klosterneuburg-Kierling.«

Und beim Aufstehen fühlt sie sich durch den leichten kühlen Wind ermuntert. Die Sonne läßt sich durch die weglaufenden Wolken sehen, und nasse Zweige schütteln im Wind einige Regentropfen auf ihren Kopf und ihr Gesicht.

*

Freitag, der 18. April 1924, beginnt mit Tau, Halo um die Sonne kommt später, und trotzdem bleibt es den ganzen Tag dicht bewölkt mit zeitweilig großen Regentropfen. Temperatur: durchschnittlich 8 Grad.
Als Kafka sich zu Schrammel umdreht, sieht er einen abgemagerten Bauarbeiter steif neben Schrammels Bett auf einem Stuhl sitzen. Er beobachtet schweigsam die Schläuche, die beim schweren Atmen zittern. Es ist ein entfernter Verwandter, der, weil er in der Nähe des Krankenhauses arbeitet, hergeschickt wurde. Er bleibt eine Stunde lang dort sitzen, hört geduldig dem Schuhmacher beim Atmen zu, und beim Weggehen verabschiedet er sich von allen Anwesenden kopfnickend, auch von Kafka.

*

Kafka an Robert Klopstock (er hofft mit dem Schreiben dieses unkontrollierbare Weinen stoppen zu können):
»Robert, lieber Robert, keine Gewalttaten, keine plötzliche Wiener Reise, Sie kennen meine Angst vor Gewalttaten und fangen doch immer wieder an. Seitdem ich aus jenem üppigen, bedrückenden und doch hilflosen (allerdings wunderbar gelegenen) Sanatorium weggefahren bin, geht es mir besser, der Betrieb in der Klinik (bis auf Einzelheiten) hat mir gut getan, die Schluckschmerzen und

das Brennen sind geringer, es wurde bisher keine Injektion gemacht, nur Mentholöl-Bespritzungen des Kehlkopfs. Samstag will ich, wenn kein besonderes Unglück dazwischen fährt, in Dr. Hoffmanns Sanatorium, Kierling b. Klosterneuburg, Niederösterreich ...«

*

Als Dora ihm beim Aufstehen helfen will, ist er noch im Halbschlaf, er muß ein wenig im Korridor mit ihr auf und ab gehen, sagt sie. Er beobachtet kurz des Schuhmachers Kopf, und wieder rollen die Tränen.

Dora gibt nicht auf. Die Fieberkurve ist über 38 gestiegen, sagen die Schwestern, sonst sei alles beim alten. Während Dora in der Schwesternküche eine Suppe kocht, starrt Kafka hinaus, auch die Sonne scheint nicht. Er spürt mit den Fingerspitzen die Schmerzstelle am angeschwollenen Kehlkopf und murmelt vor sich hin:

»... die ergiebigste Stelle zum Hineinstechen scheint zwischen Hals und Kinn zu sein. Man hebe das Kinn und steche das Messer in die gestrafften Muskeln. Die Stelle ist aber wahrscheinlich nur in der Vorstellung ergiebig. Man erwartet dort ein großartiges Ausströmen des Blutes und ein Flechtwerk von den Sehnen und Knöchelchen, die zerreißen, wie man es ähnlich in den gebratenen Schenkeln von Truthähnen findet.«

Er hatte dies damals an Pollak geschrieben, lange, sehr lange, bevor dieser im Krieg fiel. »Wie lange ist es schon her? Zwanzig Jahre? Oder mehr?«

Auf jeden Fall hatte er noch nie so nahe und so langsam den Tod gespürt, erlebt und gesehen, wie schon seit vier Tagen bei Schrammel.

*

Die Ärzte machen schon am Vormittag Feierabend, und man wünscht sich ein schönes Wochenende. Nur wenige

bleiben am Wochenende in der Klinik. das Fieber von Schrammel wird nicht mehr gemessen, merkwürdig genug, daß er noch lebt.
Dora kommt mit der heißen Suppe aus der Schwesternküche und stellt den Teller auf den Tisch.
»Morgen werden wir zu Mittag im Sanatorium Kierling essen, ich habe hier alles aufgeschrieben, was du gerne ißt. Ich darf auch die ganze Zeit bei Dir bleiben, Tag und Nacht.«
Kafka läßt sich von Dora die salzigen Spuren der Tränen abwischen, er bemüht sich, ein Lächeln zustande zu bringen, vielleicht ein kindisches.
Es ist nicht leicht, die Schmerzen zu ertragen, die die Suppe an der ausgetrockneten Wunde in seinem Hals verursacht. Dora sieht auf den Zettel und liest leise vor:
»Sonntag Grünkohl mit Ei überbacken, mit Vollkornbrot. Tags darauf Griesbrei mit Himbeersoße, Kopfsalat mit Rahm und Stachelbeerwein, den nächsten Tag Kartoffelpüree mit passiertem Gemüse, als Nachspeise dann Apfelmarmelade ...«
Daraufhin muß er die Suppe auslöffeln und darf die Schmerzen nicht auf dem Gesicht zeigen.

REGENBOGEN

Als Schrammel stirbt, verpaßt er seinen letzten Regenbogen, der zwischen 15.25 und 17.25 die grauen Wolken über dem Allgemeinen Krankenhaus bunt färbt. Die Patienten halten sich zwei Stunden lang am Fenster auf und beobachten den Bogen am Himmel, während der Pater und seine Ministranten sich für das Sterbesakrament der Letzten Ölung vorbereiten.

Der Priester ist ein Rheinländer Pater von der Krankenseelsorge, und sein Gehilfe ist vom Pflegeorden der Kamillianer, beide sitzen ruhig zu beiden Seiten des Bettes (und dann die Geduld, ein Warten ins Uferlose, bis zu der Sekunde des Todes). Der Gehilfe bereitet die Letzte Ölung vor. Bevor es ganz dunkel wird, schlägt Schrammel heftig um sich, so daß der Schlauch aus seinem Hals herausfällt, ob auch Blut herausspritzt, fragt sich Kafka. Man hört dann eine halbe Stunde lang nur die tierischen Schmerzensrufe, schlachthofähnliche Hilferufe. Er hat Angst zuzusehen, aber will einmal noch würdig und anständig den Tod aus der Nähe erleben.

*

Als man Schrammel aus dem Zimmer schafft, werden die Fenster geöffnet. Abendluft bringt Frühling in den stickigen Raum, und die Patienten kehren langsam zurück, das übliche Abendbrot wird zum schweigsamen Leichenschmaus. Alle meiden das leere Bett.

*

»Regenbogen, Regenbogen?« fragt er sich, und er erinnert sich, wann er einmal darüber geschrieben hat, und an wen. An wen? Er ruft das Gedächtnis, und das Gedächtnis läßt ihn nicht im Stich:

»Es ist eine wunderliche Zeit, die ich hier verbringe, das wirst du schon bemerkt haben, und ich hatte so eine wunderliche Zeit nötig, eine Zeit, in der ich stundenlang auf einer Weinbergmauer liege und in die Regenwolken starre, die nicht weg wollen von hier, oder in die weiten Felder, die noch weiter werden, wenn man einen Regenbogen in den Augen hat, oder in der ich im Garten sitze und den Kindern Märchen erzähle oder Sandburgen baue oder Verstecken spiele oder Tische schnitze, die – Gott sei mein Zeuge – niemals gut geraten ...«

KIERLING

Samstag, den 19., fällt die Sonne auf die ganze Breite des ›Allgemeinen‹. Und die Sperlinge samt den Kranken und den Krankenschwestern schwatzen über den Frühlingsausbruch. 12 Grad! Und fast windstill.
Kafka sitzt seit sieben Uhr im blauen Anzug im Korridor und wartet reisefertig und abfahrbereit auf Dora. Er verdrängt das trockene schmerzhaften Husten, um nicht daran erinnert zu werden, wie es wirklich mit seiner Gesundheit steht. Trotz der Schmerzen im Hals und des steigenden Fiebers will er sich einreden, ihm gehe es eigentlich ein wenig besser als am Tag zuvor. Er will leben.
Schrammels Bett, frisch bezogen, erinnert sich kaum mehr an einen Patienten namens Schrammel, so sind die Betten in einem Krankenhaus.
Die Taschenuhr liegt auf dem Tisch neben der Füllfeder und dem Brief von Max, er schreibt:
»Werfel hat mir geschrieben, Professor Hajek hat behauptet, es wäre für Kafka die einzige Möglichkeit, im Spital zu bleiben, weil alle Heilbehelfe und Kurmöglichkeiten bei der Hand sind. Er hat sich geradezu gesträubt, ihn wegzulassen ...«
Kafka liest den Brief noch einmal genau und greift dann zur Füllfeder, die neben der leeren Karte in der Sonne auf dem Tisch warm wird, und schreibt:

»Liebster Max, eben bekomme ich Deinen Brief, der mich ungemein freut, so lange schien es mir, daß ich kein Wort von Dir gehört habe. Vor allem verzeih den brieflichen und telegraphischen Lärm, der meinetwegen rings um Dich gemacht worden ist. Es war zum großen Teil unnötig, von schwachen Nerven veranlaßt (wie groß ich rede und habe heute schon einigemale grundlos geweint, mein Nachbar ist in der Nacht gestorben) und dann allerdings von dem bösen bedrückenden Sanatorium im Wienerwald. Hat man sich einmal mit der Tatsache der Kehlkopftuberkulose abgefunden, ist der Zustand erträglich, vorläufig kann ich wieder schlucken. Auch der Aufenthalt im Krankenhaus war nicht so schlimm, wie Du Dir vorzustellen scheinst, im Gegenteil, in mancher Hinsicht war er ein Geschenk. Von Werfel habe ich auf Deinen Brief hin Verschiedenes, sehr Freundliches erfahren:

Den Besuch einer ihm befreundeten Ärztin, die auch mit dem Professor sprach, dann hat er mir auch die Adresse des Prof. Tandler angegeben, der sein Freund ist, dann hat er mir den Roman (ich war gräßlich hungrig nach einem Buch, das für mich in Betracht kam) und Rosen geschickt, und obwohl ich ihn hatte bitten lassen, nicht zu kommen (denn für Kranke ist es hier ausgezeichnet, für Besucher und in dieser Hinsicht auch für die Kranken abscheulich), scheint er nach einer Karte heute doch noch kommen zu wollen, abends fährt er nach Venedig.

Ich fahre jetzt mit Dora nach Kierling.

Vielen Dank auch für alle mühseligen literarischen Geschäfte, die Du für mich so prachtvoll durchgeführt hast.

Alles Gute Dir und allem, was zu Deinem Leben gehört.

F.

Meine Adresse, die vielleicht von Dora den Eltern undeutlich angegeben wurde:

Sanatorium Dr. Hoffmann

Kierling bei Klosterneuburg, Niederösterreich.«

Und als er hinauf sieht, streichen die Haare von Dora über sein Gesicht, und wie sie in der Sonne schimmern, riechen sie nach frischen Blumen im Garten des Krankenhauses.

SANATORIUM

»Ein herrlicher Tag, an dem ...«, wollen die leise grünwerdenden Bäume in der Frühlingsluft entlang der Donau singen, während Kafka, der den Kopf an Doras Schulter lehnt, sie durch das Wagenfenster vorbeifliehen sieht.

»Ein Ausflugstag«, sagt Dora und drückt sich an ihn. Kafka nickt, er ist aber zu schwach, um mit diesen andauernden Schluckschmerzen alle diese Bilder aufzunehmen: die langen Lastkähne auf der Donau, das glitzernde Wasser, die geduldig wartenden Angler und die sitzenden Ausflügler, die aufs Wasser sehen. In Klosteneuburg steigen sie aus. Der Bahnhof steht oben im schwachen Schatten des jungen Laubes, von oben, vom Gleis aus, kann man den Autobus sehen, der auf Fahrgäste Richtung Kierling wartet. Auf der Treppe hinunter zum Bus kommt Kafka unter der Last des kleinen Handkoffers in Atemnot, bis Dora es merkt und ihn von dem Koffer befreit.

Im Bus, mit dem Gesicht am Fenster, begleitet er den Kierlingbach, der in die Gegenrichtung, nach Klosterneuburg zurück, fließt.

*

Während Kafka unter dem Kastanienbaum neben den Koffern wartet, bis Dora mit dem Hausdiener zurückkommt, läutet die Glocke eines nahe stehenden Kirchturmes dreimal. Kafka sieht auf die Taschenuhr, es ist viertel vor eins. Die Schule, die vor ihm steht – auf der

Stirnseite des Hauses die Zahl 1902 – schaut zu ihm hin. Sonnig und grün ist es hier, und auf beiden Seiten im Tal weiß und gelb von Löwenzahn und Gänseblümchen. Am Kierlingerbach stehen Weiden.

*

Dora hilft ihm beim Gehen. Der Hausdiener mit den Koffern geht vor. In der Kierlinger Hauptstraße Nr. 71, auf der linken Seite, steht das einsame dreistöckige Haus in Weiß, auf der Vorderseite fünf Fenster in jedem Stock: und zwischen der zweiten und der dritten Fensterreihe in der Mitte groß die Aufschrift »Sanatorium«.

*

Kafka hält die Luft an, bevor der hölzerne kleine Aufzug sich rumpelnd und ratternd in Bewegung setzt. Eine Aufzugserinnerung:

Spätabends: 13. August 1912, Prag. Max Brod, seine Frau und er begleiteten Felice in ihrem weiträumigen Hotel (auch in einem Aufzug) hinauf zu ihrem Zimmer. Kafka brennt darauf, daß ihm Felice, ohne Rücksicht auf den Direktor Brod, ins Ohr flüstert: Komm auch du nach Berlin, laß alles stehen und liegen und komm. Wie schade, daß sie es nicht tat. Die Straße nach Palästina führt nicht über Berlin. Fünf Jahre warten und Tbc?

Der Aufzug ist schon längst da, die Holztür steht offen. Dora sagt:

»Komm! Wir sind da.«

Kafka steigt vorsichtig aus. Im kleinen Korridor im zweiten Stock eine »Bassena«, rechts eine offene Tür. Ein gartenseitiges Zimmer, sagt Konrad, der Hausdiener.

DAS ZIMMER

Im Zimmer strömt ihnen weißes Licht mit Blumengeruch entgegen. Das Zimmer ist einfach, alles in sauberem Weiß. Kafka setzt sich erschöpft aufs Bett, er ist müde. Zwischen den Farbtupfen der frischen Blumen weht eine frische Brise, die den dichten weißen Leinenvorhang vor der Balkontür aufbauscht. Kafka hofft, hinter dem Vorhang ein weites ruhiges Meer unter der Sonne glitzern zu sehen, so weiß und südlich wirkt das Zimmer: wie in Lugano ein Zimmer in einer billigen Pension.

*

Auf dem Balkon, über das Holzgeländer gebeugt: zuerst ein Tannenbaum gleich beim Balkon. Dann entlang der Gartenmauer Fichten und Tannen. Sie umgeben einen Garten mit gepflegten Rosenrabatten im Rasen. Die Fußenden einiger Betten sind von oben zu sehen, die Kranken liegen unter dem Verandadach in Betten und sonnen sich; komisch, sie husten nicht.
Weit über den Tannen die Aussicht: »Es ist das Maital«, sagt Konrad, der Hausdiener. Und mit dem Zeigefinger in der Luft: »Da unten läuft der Kierlingbach, und wo die hügeligen Weinberge anfangen, da, ist der Wienerwald, alles nur Wienerwald.«
Kafka nickt, und will nun ins Zimmer zurück.
Dort im Zimmer:
Ein weißes Metallbett mit Nachttisch,
Ein weißer Tisch mit zwei Sesseln,
Ein weißer Waschtisch,
Ein weißer Schrank,
Eine Chaiselongue.
Nur der Boden ist abscheulich: gelbgestrichener Terrazzo.

*

Kafka zieht den Mantel aus und streckt sich aufs Bett. Mit unter dem Kopf verschränkten Händen beobachtet er das Flimmern des leuchtenden unruhigen Wasserschattens auf der Zimmerdecke und atmet, so leicht wie möglich, die Kierlinger Frühlingsluft. Auf die Zimmerecke:

Ansichtskarte aus Wien (Kolonie Rechobath).

»Lieber Max, erbarmungslose Schlaflosigkeit, darf die Hand nicht an die Augenbrauen legen, sonst erschrecke ich über die Hitze.«

*

Die offene Schranktür versperrt seine Sicht zum Balkon, und Kafka kann zwei fliehenden Wölkchen nicht bis zum Verschwinden folgen. Dora stellt den Koffer auf den Tisch und packt aus:

Die Seifen aus Prag, und die Wollweste. (Liebste Mutter, das ist ja keine Weste, das ist ein Wunderwerk, so schön und warm, wie hast Du das nur selbst gemacht, auch Dora versteht es nicht.)

Die warmen Pantoffel folgen. Unbrauchbar für diese Jahreszeit. Dora legt drei weiche Hemden, 2 lange Unterhosen, 3 gewöhnliche Socken, 1 Paar warme Socken, 1 Frottierhandtuch, 2 dünne Handtücher, 1 Leintuch, 2 Deckenüberzüge, 1 Kissenüberzug und 2 Nachthemden in den Schrank. Und hängt dann auf die Kleiderbügel den starken Mantel, einen Anzug und eine Hose. Und einen alten blauen Raglan.

Dann kommt der Fußsack, Pulswärmer und die Mütze, die Handschuhe. Wird jetzt nicht alles überflüssig? Dann das Tischtuch: Dora nimmt das Tischtuch in die Hand und sieht zum Tisch. Sie unterdrückt die Tränen, häuslich, sehr häuslich, am liebsten würde sie heulen, und fast tut sie es. Dann die Bettwäsche:

»Liebste Ottla, wenn Du kommst, bring bitte Bettwäsche mit, aber solche die Du hier lassen kannst. Wenn man so hinausschaut aus dem Fenster: der blaue Himmel, das viele Grün. Bald wird Obst, Butter, Kefir auf den Tisch kommen, so sollte man an Dich denken: Beim Auspacken dachte ich, man lebe diese Tage von Dir (ich glaube, hätte ich nach hebräischer Redensart gesagt: von Deinem Fett); das Papier auf dem ich schreibe ist von Dir, die Feder von Dir, die Bettwäsche ...«
Auf die Zimmerdecke malt Kafka das Gesicht von Ottla, von einem einmaligen Geburtstagsgeschenk überrascht:
»Es hätte eine Nachbildung des Schelesiener Bades werden sollen, das Dich so gefreut hat. Ich hätte einfach mein Zimmer ausgeräumt, ein großes Becken dort aufstellen und mit saurer Milch füllen lassen, das wäre das Bassin gewesen, über die Milch hätte ich Gurkenschnitten hingestreut. Nach der Zahl Deiner Jahre (die ich mir hätte sagen lassen müssen, ich kann sie mir nicht merken, für mich wirst du nicht älter), hätte ich ringsherum die Kabinen aufgestellt, aufgebaut aus Schokoladeplatten. Die Kabinen wären mit den besten Sachen von Lippert gefüllt gewesen, jede mit etwas anderem. Oben an der Zimmerdecke, schief in der Ecke, hätte ich eine riesige Strahlensonne aufgehängt, zusammengesetzt aus Olmützer Quargeln ... Nun, daraus wird also noch nichts, die ganze Pracht schrumpft in einem Geburtstagskuß zusammen, sei er desto fester, es ist ja auch mehr als es sonst bei Prager Geburtstagstagen gegeben hat.
Liebe Ottla! Diesen Brief darfst Du weder zeigen noch herumliegen lassen. Am besten, Du zerreißt ihn und streust ihn in kleinen Stücken von der Pawlatsche den Hühnern im Hof, vor denen ich keine Geheimnisse habe.«

*

Die Dohle steigt aus den Tannen und setzt sich auf das Holzgeländer, sie fragt sich: Weint er jetzt? Sie sieht ins Zimmer hinein zu Kafka und stellt fest:
»Ja, er weint.«

*

Nachmittags, im Halbschlaf:
»Gehen Sie noch zu dem Tischler nach Karolinenthal?« hört er jemanden fragen.
»Ich liebe die Arbeit in der Werkstätte. Der Geruch des gehobelten Holzes, das Singen der Säge, die Hammerschläge, alles bezauberte mich.« Der Nachmittag schwand nur so dahin.
»Sie auch?« fragt jemand in seinem Traum.
»Ich bin ein ganz unmöglicher Vogel«, ... »ich bin eine Dohle – eine Kavka.« Der Kohlenhändler im Teinhof sagt:
»Ja, sie läuft vor dem Geschäft herum.«
»Ja, meiner Verwandten geht es besser als mir. Es ist zwar wahr, sie hat die Flügel beschnitten. In einem Falle war es aber überhaupt nicht notwendig, da meine Flügel verkümmert sind. Aus diesem Grunde gibt es für mich keine Höhen und Weiten. Verwirrt hüpfe ich zwischen den Menschen herum. Sie betrachten mich voller Mißtrauen. Ich bin doch ein gefährlicher Vogel, ein Dieb, eine Dohle. Das ist aber nur Schein. In Wirklichkeit fehlt mir der Sinn für glänzende Dinge. Aus diesem Grunde habe ich nicht einmal glänzende schwarze Federn. Ich bin grau wie Asche. Eine Dohle, die sich danach sehnt, zwischen den Steinen zu verschwinden. Aber das ist nur so ein Scherz, damit Sie nicht merken, wie schlecht es mir heute geht.«

*

Dora legt ihre Hand auf seine Stirn und weckt ihn auf:
»Warum weinst Du so? Gefällt es Dir hier nicht?«

Kafka flüstert zu ihr: »... Aus dem Leben kann man verhältnismäßig leicht so viele Bücher herausheben, doch aus Büchern so wenig, ganz wenig Leben.«
Und schläft wieder ein, Janouch fragt ihn im Traum:
»Literatur ist also ein schlechtes Konservierungsmittel?«
Kafka lacht und nickt. Seine Augen bleiben geschlossen. Dora atmet zufrieden auf.

*

Vor dem Abendhusten sitzen Dora und Kafka am Tisch. Kafka mit dem Gesicht zur immer noch offenen Balkontür, Dora neben ihm.
Dora rechnet alles zusammen und sagt leise zu Kafka:
»Die Verpflegungsgebühr kostet hier 11 bis 16 Kronen pro Tag. Mit deiner Rente von 1450 monatlich können wir vielleicht ohne Unterstützung deiner Eltern auskommen.«
Kafka nickt, dies hier ist das billigste und bescheidenste aller Sanatorien, die er bis jetzt bewohnt hat. Es hat acht Einzelzimmer und ein Zwei- und ein Dreibettzimmer, auch als Gästezimmer verwendet. Wo schläft Dora? Wieviel wird für ihr Dasein hier mitgerechnet? Kafka blättert in seinen Erinnerungen und macht schon jetzt einen Briefentwurf an die Eltern:

»Liebste Eltern ist das ein großer, inhaltsreicher, geldüberfließender Brief. Wie gut ihr alle zu mir seid, zu diesem nichtstuerischen, sich-pflegen-lassenden und dabei nicht einmal dickwerdenden Menschen.
Lange habe ich gerade jetzt aus der Balkontür geschaut in die Gärten und zum Wald hin, um dort irgendeinen klugen Rat dafür zu finden, wie ich mich zu dem großartigen Angebot des Onkels verhalten soll. Am besten wäre wohl das Geld mit einem stillen ›Vergelt's Gott‹

einzustecken, aber das kann ich leider nicht, einstecken werde ich's wohl, fürchte ich, aber irgendeinen Krawall dabei machen ...«

Als die Amseln mit ihrem Geschrei den Abendeinbruch melden, fragt Dora:

»Ist dir weh?«

Hast du Schmerzen, meint sie auf Jiddisch.

Kafka schüttelt den Kopf. Er sitzt nun mit Dora allein im Zimmer und kann ihre Hand halten, so lange er will; und er kann ihre Haare zur Seite schieben, wie den Vorhang, der sich in der Abendbrise bauscht, und zusehen, wie der Wienerwald sich zum Schlafen bereitlegen will.

Dora sagt:

»Wir schlafen nach so vielen Monaten wieder in einem Zimmer.«

Kafka nickt.

*

Nur das Rumpeln und Rattern des Aufzugs macht ihm zu schaffen. Konrad erzählte heute, wenn der Aufzug in der Nacht benützt wird, beginnen in den umliegenden Häusern die Lichter zu flackern, so sagen die Dorfbewohner. In Wahrheit ist die Ursache das schwache Stromnetz und nicht die Erschütterung, denkt Kafka, bevor er die Hand Doras losläßt. Sie ist schon eingeschla-fen.

KIRCHENGLOCKEN

Am ersten Morgen ist über dem Sanatorium Kierling der Himmel wolkenlos blau. 14 Grad, Tau, Windstille, steht in dem Bericht der Hohen Warte.

Wo liegt diese Kirche, deren Glocken so früh in seine Ohren hämmern? Im Halbschlaf macht Kafka die Augen auf. Er hat zum ersten Mal nach dem Sanatorium Wienerwald und der Klinik so tief und ruhig schlafen können. Weißer Vorhang mit Spitzen? Merkwürdiger Einfall für ein Sanatorium.

Er steigt aus dem Bett und geht zum Balkon, er beugt sich so weit wie möglich über das Holzgeländer: weit und breit kein Kirchturm in Sicht. Es läutet aber so nah.

Die Dohle mischt sich ein:

»Die St. Peter und Paul-Kirche ist gleich neben dem Gasthof zum grünen Baum, du mußt hier auf den Baum kommen, wenn Du sie sehen willst.«

Ein wolkenloser Frühlingssonntag, hoffnungslos schön, denkt er und geht ins Zimmer. Er streichelt vor dem Spiegel seine Kehle: die Schmerzen sind geringer geworden, auch der sonst üblicherweise so starke Hustenreiz. Er setzt sich auf das Bett und wartet auf Dora. »Blau!« und noch einmal »blau« sagt er, als die Aufzugtüre zuschlägt und ein leichter Schritt sein Zimmer sucht. Seine Stimme hört sich nicht an wie Pfeifen. Mit dem Gesicht zur Tür sagt er leise:

»Dora?« Dora kommt mit einem Strauß Blumen herein. Wie heißen sie alle? will er Dora fragen, und Dora erzählt sie mit Namen auf:

»Fresien gelb und weiß, Weidenkätzchen, Iris, Flieder, Pfingstrosen, da sind Aglaja und hier Goldregen«, sagt sie. Woher hat sie so viele Blumen? Aus dem Garten? Sie lacht, so wie die chassidischen Mädchen lachen, wenn sie schlau sein wollen. Man ist noch nicht einmal einen Tag hier und sie beginnt schon die ganze Organisation durcheinander zu bringen, denkt Kafka.

*

Auf dem Balkon hält Dora das Gesicht in die Sonne, sie sagt in Richtung Zimmer:

»Wir können, wenn wir wollen, mit dem Einspänner vom Wieshaider ›Lenzl‹ in den Ort oder bis Gugging eine Spazierfahrt machen.« Kafka rasiert sich vor dem Spiegel. Er braucht wie immer sehr lang, bis er fertig wird. Er wäscht und trocknet sich dann das Gesicht, und beginnt sich anzuziehen.

Dora sagt zum Tannenbaum, in dem sich die Dohle versteckt hält:

»Er legt großen Wert darauf, gut rasiert und angezogen zu sein. Seine Anzüge ließ er von einem erstklassigen Schneider anfertigen und zum Ankleiden nimmt er sich auch immer viel Zeit. Nicht aus Eitelkeit oder so, nein, es ist in seinen Augen eine Unhöflichkeit, mit einer nachlässig gebundenen Krawatte aus dem Haus zu gehen. Er schaut sich lange prüfend und kritisch im Spiegel an, keine Selbstgefälligkeit oder so, nein, er betrachtet sich immer sehr lange im Spiegel ...«

Die Dohle hört sich alles an und schweigt, sie bringt es nicht übers Herz, dieses Mädchen an solch einem Tag auf Kafkas knappe Lebensdauer hinzuweisen. Nicht jeder kann die Wahrheit sehen, aber sein, denkt sich die Dohle, und schaut sie nur lange an.

MAITAL

Bis nach Gugging, den Kierlingbach entlang, fahren sie im schattigen kühlen Tal. Das Pferd, so wie die Pferde halt sind, freut sich über den Frühling und den Wienerwald, die Schlüsselblumen, das Heidekraut und die Maiglöckchen.

Dora legt die Wolldecken über Kafkas Hände – gegen die kalte Brise, er darf sich keine Erkältung holen. Sie fragt Herrn Lenzl, er heißt Wieshaider Lorenz, aber in Kierling nennt man ihn Wieshaider Lenzl, ob man nicht auch ein wenig in der Sonne fahren kann. Wir sind ja im Kierlingtal und Maital, sagt Lenzl, man muß warten, bis man oben auf dem Hügel ist, dort auf der Wiese kann man dann Sonne haben, soviel man will.

Kafka liegt im Liegestuhl in der heißen Sonne am Rande einer dreiwandigen Hütte unter den zwei Wolldecken und sieht im Halbschlaf ins Tal hinunter, aus dem Dora mit einer Milchflasche in der Hand heraufkommt. Das Pferd frißt Gras, und Lenzl hat es sich auf dem Rücksitz seines Einspänners gemütlich gemacht. Er hat gegen die Sonne die Melone auf das Gesicht geschoben, und darunter erlaubt er sich ein Nachmittagsschläfchen.

Dora stellt die Milchflasche neben ihn und geht Blumen pflücken.
In der nur vom Hummelbrummen unterbrochenen Stille hört Kafka das Pferd zu ihm sagen: »Gib dich zufrieden, lerne! Lerne, Vierzigjähriger! Im Augenblick zu ruhn. Ja, jetzt, im diesem schrecklichen Augenblick. Er ist nicht schrecklich, nur Furcht vor der Zukunft macht ihn schrecklich. Und der Rückblick freilich auch.«

Dora geht zum Hang und betrachtet mit der schützenden Hand über den Brauen sehnsuchtsvoll das Wienerwalddickicht. Kafka nimmt vorsichtig einen Schluck von der Milch, und Dora ist wieder verschwunden. Das Pferd will ihn nicht in Ruhe lassen:
»Was hast du mit dem Geschenk des Geschlechtes getan?« »Mißlungen«, antwortet Kafka, »aber es hätte leicht gelingen können.« »Freilich, eine Kleinigkeit und nicht

einmal erkennbar, hat es entschieden«, sagt das Pferd höhnisch. »Was findest du daran? Bei den größten Schlachten der Weltgeschichte ist es auch so gewesen. Die Kleinigkeiten entscheiden über die Kleinigkeiten.« Das Pferd lacht, wie die Pferde halt über die Menschen lachen.

*

Kafka dreht sich zum Tal und schreibt einen Brief im Kopf an Ottla:
»Liebe Ottla, vor der Hütte ist eine Waldwiese, groß etwa wie ein Drittel des Zürauer Ringplatzes, ganz gelb, weiß, lila von bekannten und unbekannten Blumen, ringsherum alter Fichtenwald, hinter der Hütte rauscht der Bach. Hier liege ich schon seit einer Stunde, und es steht eine Milchflasche neben mir. Ich glaubte, der Kehlkopf würde mich wenigstens heute einen schmerzfreien Schluck genehmigen lassen.«

Und dann eine Ansichtskarte für die Mutter: »Liebe Mutter, wenn jeder Nachmittag so wäre und die Welt mich hier ließe, ich bliebe hier solange, bis man mich mit dem Liegestuhl forttragen müßte.«
Und jetzt eine Karte an Max:
»Lieber Max, nach einer Brise, es stimmt wirklich: die Schmetterlinge hier fliegen so hoch wie die Saaren bei uns.«

*

Dora weckt ihn auf:
»Herr Lenzl meint, wir müssen zurück, es wird bald regnen.«

NACHMITTAGSWOLKE

Kafka sitzt am Balkon und beobachtet, wie die Wolken eilig den Himmel über Klosterneuburg trüben.
Die Dohle setzt sich auf einen Tannenbaum in der Nähe des Balkons und sagt:
»Auf diese Weise kannst du doch vielleicht leben, jetzt behüte dieses Leben nur vor Frauen. Behüte es vor Frauen ...«
Kafka staunt, wie kann die Dohle wissen, was er vor Jahren an einem Morgen dachte und in das Tagebuch schrieb?
Dora schreibt mühsam an der Karte weiter, und sie bemüht sich, nicht ins Jiddische zu verfallen.
»Weg zum Wald«, denkt sich Kafka, wenn er sie in dieser Haltung sieht. »Zerstört hast du alles, ohne eigentlich besessen zu haben. Wie willst du es wieder zusammenfügen? Was für Kräfte bleiben noch dem schweifenden Geist zu dieser größten Arbeit?«
Er beobachtet Dora lange:
»Das Auf und Zu, das Dehnen, Spitzen, Aufblühn der Lippen, als modellierten dort unsichtbar die Finger. Änderung des Sitzes, die Kopfwendungen, Händespiel, Lebendigkeit des Blicks, im Notfall durch Ballen der kleinen Fäuste erzeugt«, schreibt Kafka über Doras Haltung zuerst einmal im Kopf. Ihre Haare und die Gesichtsfarbe, so, wie sie dort auf dem Sessel sitzt, erwecken eine apokalyptische Freude in ihm. Er fragt die Dohle:
»Warum schrieb ich damals so über die Frauen?«

*

Der Lärm im Sanatoriumsgarten. Das Kind der böhmischen Köchin Johanna sucht im Gebüsch nach von Patienten versteckten Ostereiern. Und die Patienten folgen ihm von den Liegebetten aus, die im Schatten des Überdachs stehen, gespannt mit ihren Blicken und schreien ihm zu: »Kalt kalt«, oder »Warm, wärmer noch wärmer«, und das Kind geht auf dem Rasen auf und ab und findet hie und dort ein Ei.

Hermine (die Döblinger Krankenschwester) schaut hinauf zu Kafka:

»Herr Doktor wollen Sie ihm nicht beim Suchen helfen?«

Kafka sieht hinunter. Sie schreit hinauf: »Wollen Sie gar kein Osterei?«

Kafka zeigt auf seine Kehle, er kann es schwer hinunterschlucken, meint er dankend.

»Aber gängans«, sagt sie, und, zu einer Patientin: »Und Sie, Baronesse, Sie wollen doch bestimmt eines?«

Dora sieht Kafka an, der traurig ins Zimmer kommt. Er beugt sich über ihre Schulter.

Es ist zum erstenmal, daß die Karte an die Eltern in umgekehrter Reihenfolge geschrieben wird: zuerst von Dora, dann von ihm. »Recht so«, denkt er und streicht ihre Haarsträhne beiseite, um die Karte besser lesen zu können.

Dora ist schon fast fertig, sie fragt ihn: »Soll ich Dir vorlesen?« Kafka nickt.

Dora: »Also endlich glücklich übersiedelt. Hier scheint es wirklich sehr schön zu sein. Nur ein wenig kalt noch. Es wäre doch sehr gut, wenn Franz das Federbett bekommen könnte.« Sie schaut zu ihm und lacht, »hier im Sanatorium war auch keines zu bekommen. Die Decken können es nicht ganz ersetzen. Vielleicht auch, wenn es irgendwie geht, ein Polster. Franz möchte lieber ein hartes aus Roßhaar. Dann ist alles in Ordnung. Franz wird

nur anschreiben, weil er beleidigt ist, daß er nichts von zu Hause hört. Außerdem ist er auch müde.
Herzlichste Grüße
D«

Kafka setzt sich auf den Sessel neben Dora und beginnt auf die Rückseite zu schreiben:
»Liebste Eltern, nach dem früheren Sanatorium konnte ich, wenigstens jetzt, nicht wieder zurück, es war für mich mit allzu abscheulichen Erinnerungen belastet, dann die Ärzte, einer tyrannisch, einer weichmütig, aber beide medicingläubig und in der Not hilfslos, dann die schreckliche Entfernung von Wien (4 Stunden) falls ich etwa wieder hin müßte, auch das Essen nicht sehr erfreulich, stark gewürzt, wenig Gemüse, Kompott, – blieb also nur die wirklich unglaublich herrliche Lage. So wählte ich, wählten wir, wählte sich dieses kleine freundliche Sanatorium. Es kommt ja vor allem darauf an, jetzt wenigstens ein, zwei kleine Schritte vorwärts zu tun. Euer F«

JOSEFINE, DIE SÄNGERIN

Die erste Woche in Kierling beginnt trüb und grau. Tau bis zu Mittag und am Nachmittag Regentropfen. Der Rasen und die Tannen lassen sich nicht vom Schlechtwetter einschüchtern, wohl aber Kafka.
Angelehnt an das Balkongeländer hustet er seinen üblichen Morgenhusten aus. Er erledigt es dort, um Doras Gesundheit nicht zu gefährden. Er will sie nicht aufwekken. Dora schläft auf der Chaiselongue so tief, daß nicht einmal die Glocken vom Kirchturm es schaffen werden, sie aufzuwecken.

»Kalt ist es nicht mehr, nein, kalt ist es nicht«, denkt Kafka, als er, mit dem Gesicht zum Maital gewandt, die Morgenluft wittert. Wolkenfelder, 10 Grad und Windstille registriert man auf der Hohen Warte. Nach dem Husten lauscht er auf den Kierlingbach: Schneewasser von den Bergen, von ganz oben in den Alpen vielleicht, fragt er die Tannen. Die Tannenbäume sind überfragt.

*

Beim Frühstück, während Kafka intensiv an den warmen Semmeln riecht, sagt Dora zu ihm:
»Ich habe für Dich eine schöne Überraschung, willst Du es jetzt oder nachher hören?«
Kafka pfeift und piepst ihr zu:
»Klopstock kommt morgen an?«
Dora schüttelt den Kopf.
»Post von zu Hause?«
Gleich wird er müde, denkt Dora und sagt: »Max hat heute früh aus Prag angerufen«, und legt einen Zettel auf den Tisch. Kafka nimmt den Zettel:
»Lieber Dr. Kafka, gestern ist in der Osternummer der ›Prager Presse‹ (Nr. 110, Beilage ›Dichtung und die Welt‹) ›Josefine, die Sängerin‹ von Ihnen erschienen.
Viele Grüße aus Prag, Max Brod«

Kafka atmet tief ein. Er fragt sich aber gleich, ob Dora auf seinem Gesicht die Freude ablesen kann. Er legt den Zettel neben das Milchglas und sieht durch die offene Balkontür hinaus. Die Vögel sind laut, aber ihr Lärm stört ihn nicht.

*

Als Dora einkaufen geht, sie sollte auch die Karten zur Post bringen, setzt sich Kafka zum Tisch und holt eines

der leeren Oktavhefte heraus, er nimmt die Füllfeder zur Hand und versucht nach langer Zeit wieder ein Gefühl für das Schreiben zu bekommen, aber nichts fällt ihm ein. Resigniert sucht er ein anderes Oktavheft, die Tagebücher, heraus, und weiß auch warum. Am 27. August 1916, in der ›Schlußansicht nach zwei schauerlichen Tagen und Nächten‹, hatte er notiert: »... Dich schwinge also auf. Dich bessere, der Beamtenhaftigkeit entlaufe, fange doch an zu sehn, wer du bist, statt zu rechnen, was du werden sollst. Die nächste Aufgabe ist unbedingt: Soldat werden. Laß auch den unsinnigen Irrtum, daß du Vergleiche anstellst, etwa mit Flaubert, Kierkegaard, Grillparzer. Das ist durchaus Knabenart. Als Glied in der Kette der Berechnungen sind die Beispiele gewiß zu gebrauchen oder vielmehr mit den ganzen Berechnungen unbrauchbar, einzeln in Vergleich gesetzt sind sie aber schon von vornherein unbrauchbar. Flaubert und Kierkegaard wußten ganz genau, wie es mit ihnen stand, hatten den geraden Willen, das war nicht Berechnung, sondern Tat. Bei dir aber eine ewige Folge von Berechnungen, ein ungeheuerlicher Wellengang von vier Jahren. Mit Grillparzer stimmt der Vergleich vielleicht, aber Grillparzer scheint dir doch nicht nachahmenswert, ein unglückseliges Beispiel, dem die Künftigen danken sollen, weil er für sie gelitten hat.«
Man klopft an die Tür. Er steht auf und öffnet: es ist eines von zwei jungen Stubenmädchen: ob sie das Zimmer sauber machen kann. Kafka macht den Mund auf, er will etwas ähnliches sagen wie: es ist nicht nötig, oder dergleichen, aber statt ihm piepst und pfeift Josefine, die Sängerin aus seinem Mund. Rot im Gesicht vor Scham nimmt er einen von den Sesseln und trägt ihn auf den Balkon, dort kann er im Heft weiterlesen, während das Mädchen sauber macht.

Er blättert im Heft, es ist nicht das Tagebuchheft, sondern das Manuskript von Josefine. Zurück ins Zimmer will er nicht mehr gehen, er beginnt mit den ersten Seiten der Geschichte:

»Unsere Sängerin heißt Josefine. Wer sie nicht gehört hat, kennt nicht die Macht des Gesanges ...« usw.

Bis er nicht mehr weiterlesen kann, er fühlt sich müde, blutarm, schwach und erschöpft.

Er sollte sich besser auf das Bett legen, aber das Stubenmädchen ist noch nicht weg, er liest an einer anderen Stelle weiter:

»Es ist aber eben doch nicht nur Pfeifen, was sie produziert. Stellt man sich recht weit von ihr hin und horcht, oder noch besser, läßt man sich in dieser Hinsicht prüfen, singt also Josefine etwa unter andern Stimmen und setzt man sich die Aufgabe, ihre Stimme zu erkennen, dann wird man unweigerlich nichts anderes heraushören, als ein gewöhnliches, höchstens durch Zartheit oder Schwäche ein wenig auffallendes Pfeifen.«

Er blättert und liest, die steigende Körpertemperatur ignorierend, an einer anderen Stelle weiter:

»... dann hält Josefine ihre Zeit für gekommen. Schon steht sie da, das zarte Wesen, besonders unterhalb der Brust beängstigend vibrierend, es ist, als hätte sie alle ihre Kraft im Gesang versammelt, als sei allem an ihr, was nicht dem Gesange unmittelbar diene, jede Kraft, fast jede Lebensmöglichkeit entzogen, als sei sie entblößt, preisgegeben, nur dem Schutze guter Geister überantwortet, als könne sie, während sie so, sich völlig entzogen im Gesange wohnt, ein kalter Hauch im Vorüberwehn töten.«

Kafka blickt über den Garten hinaus in die Wolken, die regenlos und still warten. Als er sich gegen die Balkontür wendet, will er das Stubenmädchen fragen, wann er hineinkommen darf, hört sich aber statt Worte auszusprechen nur pfeifen. Lachen muß er leise über sich selbst. Sogar beim Lachen klingt sein Pfeifen bitter und trocken, und während der Wolkenteppich regenlos und still über den Tannen und Fichten hängt, geht Kafkas leises Lachen in ein stilles Weinen über. Über das Holzgeländer gebeugt weint er ruhig vor sich hin, vor den Tannen und Fichten entlang der Gartenmauer braucht er sich doch nicht zu schämen.

Als er ins sauber gewordene Zimmer zurückkehrt:

»Alles vergessen. Fenster offen. Das Zimmer leeren. Der Wind durchbläst es. Man sieht nur die Leere, man sucht in allen Ecken und findet sich nicht.«

DR. HUGO HOFFMANN

Dienstag: Regen mit Unterbrechungen, Nordwestliche Windrichtung, Stärke 17 m/sek.

Die Reichen fahren nach Davos, die Armen nach Kierling, hat man ihm in der Klinik von Prof. Hajek gesagt. So grübelt Kafka am Tisch, starrend zur Balkontür, während Dora in der Küche für ihn das Essen zubereitet. Das leere weiße Oktavheft liegt offen vor ihm, und die Füllfederspitze trocknet in der Luft, weil er nichts zu schreiben hat.

Und über seine Krankheit?

»Alle Großstädter sind tuberkulös, das ist das Wort, so wie man zu jemandem Ferkel sagt, wenn man Sau meint. Ein Sieg dagegen mit halbwegs erträglichem Blutverlust hätte in meiner privaten Weltgeschichte etwas Napoleonisches gehabt. Nun scheint es, daß ich den Kampf auf

diese Weise verlieren soll. Das also ist der Stand dieser geistigen Krankheit, Tuberkulose.«
Den Satz ab »Nun scheint ...« streicht er.

*

Mittwoch: Regen, zeitweise sogar Schnee, Nebel, 2 Grad. April, April.
Das Haus mit acht Patienten ist still – nur der Aufzug, der immerfort knarrt und rattert, hinauf und hinunter, um die acht Angestellten vom Keller nach oben zu bringen und umgekehrt, ist zu hören. Trotzdem, das Sanatorium ähnelt mehr einer Pension als einem Sanatorium. Die Angestellten: Zwei junge Stubenmädchen, ein sogenanntes Extramädel (wofür?), die bömische Köchin Johanna (warum bleibt Dora so lange in der Küche?), die Döblinger Krankenschwester Hermine Burgmüller (sie ist als die fesche und resolute Person, die bemüht ist, mit ihrer guten Laune das Los der Kranken zu erleichten, bekannt), und der Hausdiener Konrad. Und Dr. Hoffmann?
Wo ist Dr. Hoffmann? »Dr. Hoffmann ist selbst krank, er kann wegen eines Magenleidens vorübergehend seine Patienten nicht selbst betreuen«, sagt Konrad leise, entschuldigend. Er läßt sich von einem jungen Arzt vertreten. Dr. Fritz Müller ist im Wilhelminenspital tätig, er hat vor einem Jahr promoviert, und da er in Klosterneuburg wohnt, kann er einspringen, sagt Konrad. Das Sanatorium ist ein kleiner Familienbetrieb, die Tochter von Dr. Hoffmann führt das Sanatorium so, als ob dies ein ländliches Hotel wäre.
Keiner von den Patienten hier bekommt Kafka zu Gesicht, für die meisten ist er der Doktor aus Prag, daß er Dichter ist, spricht sich langsam herum. Kafka glaubt, es hat sich herumgesprochen, als der Inhalt von Max Brods telefonischer Mitteilung zuerst im Ordinationszimmer

und dann unter den Patienten bekannt wurde. Ist es geschehen, oder hat Dora wieder übertrieben?
Kafka nimmt die Füllfeder und schreibt:
»Liebe Ottla, in dieser Krankheit liegt zweifellos Gerechtigkeit, es ist ein gerechter Schlag, den ich nebenbei gar nicht als Schlag fühle, sondern als etwas im Vergleich zum Durchschnitt der letzten Jahre durchaus Süßes, es ist also gerecht, aber so grob, so irdisch, so einfach, so in die bequemste Kerbe geschlagen, daß ich …«
Die Dohle setzt sich aufs Holzgeländer und sieht ihn voller Mitleid an, er muß gleich aufhören, er soll nicht mehr weiterschreiben.
Dora begleitet Dr. Müller bis zum Lift. Dort sagt er zu Dora:
»Ich hab mit Professor Sorgo gesprochen, er meint, der künstliche Pneumothorax ist bis jetzt der einzige Fortschritt in der TBC-Behandlung, aber sage Ihnen ehrlich, was Dr. Kafka wirklich helfen kann, ist nur die Stärkung der Widerstandskraft, kurz Fünf L genannt.«
Dora fragt ihn flüsternd:
»Was ist Fünf L?«
Dr. Müller sagt:
»Luft, Licht, Landschaft, Lebertran und, und Liebe« und bei »Liebe« schlägt er die Aufzugstür zu, damit er nicht in die Augen von Dora sehen muß.

*

Donnerstag: Regen, Nebel, Regen, keine Verbesserung, noch mehr Schmerzen, so lebt Kafka. Er hat den ganzen Vormittag in den Regen zu schauen, der in den Sanatoriumsgarten fällt.
Am Nachmittag geht er langsam zum Ordinationszimmer, und dort stellt er mit Entsetzen fest: Das Ordinationszimmer im Sanatorium ist eine einfache Hausapotheke.

Langsam ins Zimmer zurück, die Türe hinter sich schließen: Am Tisch Platz nehmen und mit der Füllfeder in der Hand etwas schreiben wollen. Er starrt durch die Balkontür hinaus und ertastet mit dem Finger der linken Hand die Rauheit des Papiers:
»Am Donnerstag geht es wieder bergab«, schreibt er in das fiktive Tagebuch. Und weiter: »Gestern Nacht. Und nun beginnt es. Chrleni, ich weiß nicht, ob es richtig geschrieben ist, aber ein guter Ausdruck ist es für dieses Quellen in der Kehle. Ich dachte es werde gar nicht aufhören. Wie sollte ich es zustopfen, da ich es nicht geöffnet hatte. Ich stand auf, ging im Zimmer herum, zur Balkontür, sah hinaus, ging zurück – immerfort Blut, schließlich hörte es auf und ich schlief ein. Das angepatzte Handtuch werde ich hier nicht erwähnen, warum nicht?«
Er starrt zum Schrank, in dem das mit Blut beschmierte Tuch unter der Schmutzwäsche ruht. »Aber Dora wird es bald wissen«, sagt er zu sich.
Um sich abzulenken sieht er auf die leere Seite des Heftes und stellt fest, daß es unbeschrieben geblieben ist. Und überhaupt, seit »Josefine« hat er nicht mehr geschrieben. Warum nicht?
Wann bekommt er endlich die Osternummer der Prager Zeitung? Die Nummern von Donnerstag und Freitag liegen schon vor ihm auf dem Tisch, nur die Osternummer mit Josefine hat man ihm zu schicken vergessen. Aber was soll dieses Verlangen nach der abgedruckten Geschichte in einer Zeitung?
Wie lange ist es her, seitdem man von ihm etwas veröffentlicht hat?
Bis jetzt: Heizer, Betrachtung, Verwandlung, Landarzt, Strafkolonie ...
Ist das alles?

SCHREIBEN

Er blättert in einem der Oktavhefte:
»Merkwürdiger, geheimnisvoller, vielleicht gefährlicher, vielleicht erlösender Trost des Schreibens: Das Hinausspringen aus der Totschlägerreihe: Tat-Beobachtung. Tatbeobachtung, in dem eine höhere Art der Beobachtung geschaffen wird, eine höhere, keine schärfere, und je höher sie ist, je unerreichbarer von der ›Reihe‹ aus, desto unabhängiger wird sie, desto mehr eigenen Gesetzen der Bewegung folgend, desto unberechenbarer, freudiger, steigender ihr Weg.«
Mit dem im Regen trauernden Geländer betrauert Kafka leise sich selbst:
»So klar darf ich es jetzt allerdings nicht beurteilen, denn jetzt bin ich schon Bürger in dieser andern Welt, die sich zur gewöhnlichen Welt verhält wie die Wüste zum ackerbauenden Land, ich bin vor vierzig Jahren aus Kanaan hinausgewandert, jetzt sehe ich als Ausländer zurück, ...«
UND
Die Hände ins lauwarme Wasser eintauchend:
»Muß ich trotz allem nicht dankbar sein?«
Er trocknet lange und langsam die Hände und geht zum Tisch, er liest:
»Und inzwischen bin ich schon längst in der Wüste, und es sind nur Visionen der Verzweifelung, besonders in jenen Zeiten, in denen ich auch dort der Elendste von allen bin und Kanaan sich als das einzige Hoffnungsland darstellen muß, denn ein drittes Land gibt es nicht für die Menschen.«
»Dora?«
Wann wird sie endlich hier sein? Bis sie zurückkommt trauert er weiter.

Als er auf die Decke starrt, sieht er dort schon wieder dasselbe Pferd in der Niklasstraße, es ist das gestürzte Pferd mit blutigem Knie. Er schaut weg zur Balkontür und macht unbeherrscht Grimassen am hellen Tag.

LICHT

Freitag.
Es ist heute SCHÖN, sagen die Bachstelzen zueinander. Windlos, still und wolkenlos ist der Himmel, so wolkenlos wie halt in Klosterneuburg der Himmel wolkenlos sein kann.
Kafka liegt in der Sonne auf dem Balkon, zu Mittag, als eine leichte Brise aufkommt, hört er die Tannen zu ihm sagen:
»Guten Tag, Herr Doktor!«
Und dann auch die Fichten:
»Wie geht's Ihnen heute, Herr Kafka?«
»Heiter«, will er antworten, »heiter und gelöst.«

Dora sitzt im Schatten der fröhlichen Tannen im Garten beim Serviertisch und schreibt an die Eltern Kafkas, während in der Küche die Nudeln kochen.
Fast so wie an einem sommerlichen Mittag. Die Hummeln brummen mit Ruhe und Leichtigkeit. Die Fichten rauschen im leisen Wind, und alle stimmen sich nach dem Kierlingbach. Dora schreibt:
»Wir sind leider noch immer nicht im Besitz des Paketes, nebst beigefügtem schönen Brief. Ob damit nicht etwas geschehen ist? Ich habe natürlich die Adresse Franzens im Krankenhaus angegeben. Ich nehme an, daß es zurückgegangen ist.«

Die Dohle setzt sich zu ihr auf die Sessellehne und fragt:
»Wer ist eigentlich dieser Mann, der da oben am Balkon neben Kafka steht?«
Dora antwortet ohne den Blick aufzuheben:
»Er heißt Felix.«
Und sie schreibt:
»Schade. Franz könnte so schön den Polster benötigen. Das andere Paket ist aber schon auf dem Wege. Es wird mit Sehnsucht erwartet. Franz geht es leidlich, er hat noch immer in manchen Stunden Fieber. Das Wetter, das Wetter! Aber wir wollen nicht klagen. Es strengt sich nach Möglichkeiten an. Heute war Franz wieder ein wenig draußen in der Sonne. Sonnabend kommt ein Arzt aus Wien, ein sehr gelobter und berühmter Lungenarzt. Er kommt auf Veranlassung eines Freundes von Felix Weltsch und wird wohl manche Anordnungen treffen.«
Die Dohle fragt noch einmal:
»Wer ist dieser Felix?«
Aber jetzt ist es genug, du siehst doch, daß ich schreibe, oder? Er kommt aus Prag. Felix Weltsch heißt er, er gehört zum engen Freundeskreis Kafkas, vom Altstädter Gymnasium her. Jetzt ist er in der Prager Universitätsbibliothek tätig. Er schreibt Bücher, philosophisch-religiöse Bücher. Davon verstehst Du nichts.
Dr. Müller hat ihr aber heute gesagt:
»Der Patient befindet sich nun in der Phthisis desperata.«
Sie liest vor: »Sonnabend kommt ein Arzt aus Wien ...«, und schreibt dann weiter:
»Sobald er da gewesen ist, schreibe ich. Der Hals ist unverändert. Beim Essen oder sonst stört er nicht, nur ein wenig heiser.
D«

Die Dohle sieht neugierig auf die Karte und will nicht lockerlassen:
»Wen meinst du mit ›ein sehr gelobter und berühmter Lungenarzt‹?«
Dora seufzt:
»Es ist Doktor Heinrich Neumann, Professor in der Universitätsklinik für Kehlkopfleiden.«
»Und was hat Felix damit zu tun?« »Felix ist mit seinem ersten Assistenten, Dr. Beck, befreundet. Und die zwei können Franz gesund machen«, sagt Dora.
Blödsinn, denkt die Dohle, Dr. Müller sagte, der Patient befinde sich, auf Deutsch gesagt, im letzten und praktisch unheilbaren Stadium, das Gelöstsein und die Heiterkeit täuschen eine Besserung nur vor. Zu den Husten-, Sprech- und Schluckbeschwerden kommt auch bald die Atemnot, er wird dann nicht mehr den Kehldeckel zumachen können und infolgedessen ersticken; daher alles ein purer Blödsinn, was sie da träumt.
Die Dohle fliegt hinauf zu den Fichten. Dora sieht lange hinauf zum Baum und dann zu den rasch dahineilenden Wolken. Sie merkt nicht, wie Kathrein, die Tochter der Köchin Johanna, mit finsterer Miene an ihrem Rock zieht. Dora schaut sie an. Zögernd sagt das kleine Mädchen:
»Die Nudeln sind schon fertig.«
Dora streichelt ihren Kopf und schließt die Füllfeder. Sie schaut hinauf zum Balkon. Felix ist nicht mehr dort, ist er weg, ohne sich von ihr zu verabschieden?
Die Tochter der Köchin nimmt Doras Rock:
»Und wo ist meine Schokolade? Die Baronesse schenkt mir immer eine Schokolade.«
Dora steht auf und sagt:
»Nicht heute, morgen kriegst Du eine.«

Das Mädchen entfernt sich langsam mit gesenktem Kopf: »Morgen morgen, nur nicht heute, sagen alle faulen Leute.«

*

Nach dem Essen legt Dora die Karte vor Kafka hin:
»Willst Du nicht auch ein paar Zeilen an die Eltern schreiben?«
Langsam liest Kafka die Karte und nimmt dann die Füllfeder aus Doras Hand. Die Bäume im Garten lehnen sich müßig und satt an die Nachmittagsbrise und den Kierlingbach. Alle sind schläfrig. Alle sind faul. Kafka legt die Füllfeder auf die Karte und piepst leise zu Dora:
»Morgen werde ich schreiben.«

BARONESSE

Samstag, Tau, Halo um die Sonne.
Nachmittag, nach einigen großen Tropfen Regen, lösen sich die Wolken allmählich auf, und die Mücken beginnen dann in der Luftstille in und um den Balkon herumzutoben.
Bei 18 Grad ist LIEGEKUR am Balkon angeordnet.
Verlangen nach einem tiefen Schlaf, der auflösend ist, im Zustand der geschlossenen Augen. »Todesbedürfnis?« fragt er sich erschrocken und sieht auf die Kronen der Tannen, die kopfschüttelnd anderes meinen.
Auch die Bäume im Maital, Wienerwald und weit darüber hinaus bis zum Schneeberg denken so.

*

Dora kommt mit dem Tablett auf den Balkon und stellt es auf einen Hocker neben Kafka. Er liegt mit dem nackten Oberkörper in der Sonne und hofft, daß die

Sonnenwärme die TBC-Glassplitter auflösen kann, die ihn in der Kehle brennen. Dora setzt sich zu ihm und legt die Hand auf seine Stirn. Kafka schlägt die Augen auf, und vom weit, sehr weit entfernt gelegenen Niemandsland aus beobachtet er Doras Gesicht und ihr Haar. Die Appetitlosigkeit steht in sein blasses Gesicht geschrieben. Dora beginnt leise von der Küche zu erzählen:

»Du solltest es Dir mal anschauen, Baronesse Henriette hat so schöne Haare, knielange blonde weiche Haare, und sie sind zu dicken Zöpfen ge… ge?«

Kafka sieht sie an und flüstert lächelnd:

»Geflochten.«

»…geflochten, ja, geflochten, und weißt Du, was passiert ist? Sie hat gestern einen heimlich in sie Verliebten überrascht, wie er versuchte, eines ihrer Goldhaare in seinen Hemdkragen einzunähen, das war das Thema in der Küche.«

Kafka lächelt und greift nach Doras Haaren. Sie zieht den Kopf zurück und erzählt begeistert weiter:

»Sie war heute höchstpersönlich in der Küche und hat acht Portionen Gurkensalat in sich hineingestopft, acht Portionen und alles trotz Brechreiz und Widerwillen. Doktor Hoffmanns Anordnung ist das. Er meint, nur mit der Kraft der Nahrungsmittel kann sie die TBC überleben. Sie hatte dann ein wenig Bauchschmerzen. Aber nur so hat sie fast täglich ein Kilo zugenommen, 30 Kilogramm seitdem sie ins Sanatorium gekommen ist.«

Kafka sieht mit Widerwillen auf das Tablett, Dora hat wieder einige neue breiige und leichtgleitende Speisen zusammengestellt. Ananas in Joghurt, Teigwaren auf zweierlei Art … zuviel Arbeit.

Er wendet den Kopf zu den Bäumen. Zur Ablenkung fragt er flüsternd:

»Wie heißt eigentlich diese Baronesse?«
»Baronesse Henriette Waldstätten-Zipperer«, sagt Dora.
Sie hält den Teller vor seinen Mund. Kafka versucht mit geschlossenen Augen den Inhalt des Löffels zu schlucken, kann es aber nicht. Wie bei den Getränken, er kann nur dann schlucken, wenn er den Kopf nach vorn neigt.
Trotz seines vor Schmerz verzerrten Gesichtes gibt Dora nicht nach.
Die Bachstelzen und alle anderen staunenden Vögel sehen ihm mit Verwunderung zu.

*

Nach dem Essen gibt Dora Kafka die Karte, er muß auch etwas an die Eltern schreiben. Kafka nimmt die Füllfeder in die Hand und schreibt:
»Heute wieder ein schöner Tag, ich liege auf dem Balkon und habe es recht gut. Felix und Dora haben nicht nachgegeben, morgen soll der große Lungenarzt, der König der Wiener Lungenärzte, zu mir kommen, ich habe große Angst vor ihm. Er hätte schon einmal zu einem Patienten hierher ins Sanatorium kommen sollen, aber es verschlug sich, weil er für den Besuch 3 Millionen verlangte. Herzliche Grüße.
F«

Und er ist erschöpft, so daß er die Füllfeder nicht zuschrauben kann. Dora nimmt die Karte und die Füllfeder aus seiner Hand und streicht ihm über den Kopf, wie die Mutter beim Sohn, und geht mit dem Tablett weg. Die Tannen und Fichten sind jetzt genau so schläfrig wie er.
Im Halbschlaf geht Kafka zurück, bis in die Kindheit:
»... daß ich einmal als reicher Mann im vierspännigen Wagen in der Judenstadt einfahren, ein mit Unrecht ge-

prügeltes schönes Mädchen mit einem Machtwort befreien und in meinem Wagen fortführen werde ...«
Traurig kehrt er wieder zurück zum Balkon.
Und:
»Nun, ich bin nicht reich, das Mädchen ist nicht geprügelt, ich habe sie nicht gerettet (sie rettet mich), ich bin todkrank, und der vierspännige Wagen, ja, wo ist eigentlich der vierspännige Wagen geblieben?«

*

Die Kälte durch eine kleine Wolke, die ihren Schatten auf den Balkon wirft, spürend, wird er halbwach: Max hat am 27. Mai Geburtstag.
»Lieber Max, es ist wahr, ich habe Dir lange nicht geschrieben, aber nicht deshalb, weil ich keine Sehnsucht nach Dir habe, ...«
Wird es regnen? Kurz macht er die Augen auf, die Fichten stehen schon wieder in der Sonne.
»... und noch viel weniger deshalb, weil ich nicht nach einer vertrauten Stunde mit Dir verlangen würde, einer Stunde, wie wir sie, so scheint es mir manchmal, seit den oberitalienischen Seen nicht mehr gehabt haben. Jetzt, wenn ich in der warmen Sonne liege, sehne ich mich stark danach ...
Wenn ich also nicht schreibe, so hat es vor allem strategische Gründe, ich vertraue Worten und Briefen nicht, ich will mein Herz mit Menschen, aber nicht mit Gespenstern teilen, welche mit den Worten spielen und die Briefe mit hängender Zunge lesen.«
Soll er direkter werden, soll er schreiben:
»Wann kommst Du endlich nach Wien?«
Aber der Nachmittagsschlaf hat ihn schon mitgenommen.

WEH-IST-MIR

»Ding, dong«, sagen die Glocken der St. Peter und Paul-Kirche im Tal. Zuerst vier Mal die kleine, dann sieben Mal die große: 7 Uhr, und die kleinen und großen Glocken zusammen: Messe. Dies jagt ihn auch wie am vorigen Sonntag aus den Wachträumen. Kafka strengt sich an, aus dem Bett zu steigen, vor allem, weil er wissen will, wie es heute mit dem Wetter steht. Er macht sich aber wie üblich Gedanken darüber, ob das Morgenhusten am Balkon oder doch im Bett erledigt werden soll; und er spinnt den gleichen Gedanken weiter: ist es taktvoll, jeden Tag die morgenfrische Tanne anzuhusten. Ist es nicht geradezu ein unsittliches Vergehen gegen sie?

Was schreien die Amseln wieder so laut, fragt er sich erstaunt. Er schlägt die Decke zur Seite, und hängt die Beine aus dem Bett. Beim Anziehen zittert er in der Brustkorbgegend, Fieber oder Schwächeanfall? Vom Balkon aus scheint das Leben aber erträglicher zu sein: »Ding, dang«, und auf der rechten Seite blüht der Kirschbaum in Weiß. Beim zweiten Läuten auch der linke, dann: überall auf dem Hügel blühen die Kirschbäume auf.

Er schnuppert an der Luft, und der vom Tau des Rasens aufsteigende Geruch reizt ihn im Kehlkopf.

Das Maital steht im Nebel, und weit und breit nichts als Wolken. Die Glocken hämmern immer noch, solange, bis sie den letzten Patienten aus dem Bett gejagt haben.

Das Husten beginnt zuerst im linken Flügel (die Baronesse?) und greift dann auf den rechten Flügel über. Alle lehnen sich über die Balkone und aus den Fenstern hinaus, und das trockene und kurze Husten ergreift dann den ersten Stock, den zweiten Stock, die Gartenseite und die Straßenseite.

Das Wetter: 15 Grad (Windstille), und trotzdem sieht es aus, als ob der Frühling an TBC litte: Appetitlosigkeit.
Am Balkon zu den Fichten: Wo bleibt Dora?
»Dora?« Die Dohle bemerkt:
»Du warst doch immer ein geduldig Wartender.«
Kafka denkt nach, der Vogel hat recht, er nickt und geht ins Zimmer zurück. Im Zimmer, neben dem Tisch, auf eine leere Karte starrend, erinnert er sich wieder: Max hat am 27. Mai Geburtstag:
»Lieber Max, die letzten Tage habe ich viel über uns nachgedacht. Heute morgen beim Aufwachen mit dem Husten, Fieber und dergleichen spürte ich ...« Er sieht zum Bett, und mit einem »Nein« bricht er den Briefentwurf ab, er legt sich ins Bett zum Lesen hin.
Bald macht ihn auch das Lesen müde, und das Reclambuch fällt auf die Brust:
»Man ist doch ein Ausbund von Dummheit«, grübelt er vor sich hin, »ich lese ein Buch über Tibet; bei der Beschreibung einer Niederlassung an der tibetanischen Grenze im Gebirge wird mir plötzlich schwer ums Herz, so trostlos verlassen scheint dort das Dorf, so weit von Wien. Wobei ich dumm die Vorstellung nenne, daß Tibet weit von Wien ist. Wäre es denn weit?«

*

Dora schaut aus dem Zugfenster hinaus, aber mit den Gedanken ist sie in der Klinik und versucht Dr. Tschiassny darüber zu informieren, was sie über den Zustand des kranken Kafka von Dr. Müller und Dr. Hoffmann bereits gehört hat:
»Der künstliche Pneumothorax ist bis jetzt der einzige Fortschritt in der TBC-Behandlung, sagt Dr. Müller, und ich weiß nicht, was das ist... und dann meinen die beiden Ärzte Licht, Luft, Landschaft und Essen könnten

ihm mehr helfen als alles andere. Ja, die Liebe auch, aber was meinen sie mit Liebe?«

Die Enten stehen im Wasser auf ihren Schwänzen, und nachdem sie genug geflattert sind, geben sie sich dem Strom hin und lassen sich vom Donaufluß treiben.

»Heiraten meinen Sie? Ja, wir werden heiraten. Mein Vater muß aber zustimmen, er ist ein frommer Jude aus dem Osten, über die Sitten hier weiß er nichts.«

Am Franz Josefs-Bahnhof geht Dora zum Zeitungsstand und fragt, ob sie die Osternummer der Prager Presse haben könne. Nein, die sei schon aus, schade, sie wollte so gerne Franz eine schöne Überraschung machen.

In der Elektrischen Richtung Alserstraße:

»Zu den Husten-, Sprech- und Schluckbeschwerden kommt manchmal noch die Atemnot, sagte Dr. Müller. Was er mit Expektorationen meinte, hatte er mir nicht erklären können.«

»Ich möchte mit Dr. Beck sprechen, ich weiß, daß heute Sonntag ist, aber es war ausgemacht, daß er mit Professor Neumann bei einem Schwerkranken eine Visite macht. Ich komme von Dr. Felix Weltsch, man hat mit ihm vereinbart ...«

*

Dr. Blau, dem Chefredakteur des ›Prager Tagblatt‹, muß er auch einen Dankbrief schreiben, denkt sich Kafka. Obwohl, man darf nicht vergessen, daß in Wirklichkeit Max hinter all diesen Bemühungen gestanden ist.

Es klopft an die Tür. Schwester Hermine kommt herein (sie ist fesch und frisch wie immer):

»Na, Herr Doktor, wie steht es heute?«

Kafka nickt, und während er das Thermometer im Mund hat und auf die Armbanduhr der jungen Schwester starrt, hört er sie sagen:

»Fräulein Dora hat gesagt, sie fährt nach Wien und will versuchen, Professor Neumann und Dr. Beck zu Ihnen zu bringen. Hoffentlich klappt's.«
Kafka nickt. Sie notiert das Fieber und sagt: »Schon besser. Wenn'S was brauchen, läuten'S, bin dann gleich da.«
Als sie weggeht, wird er von Angst überfallen:
»Professor Neumann? Es wird viel kosten, Fieber und Schüttelfrost waren nicht genug, jetzt auch noch Geldnöte.« Aber er beruhigt sich: »Dora wird wie damals in Berlin das Honorar auf die Hälfte herunterhandeln, aber wieviel ist diese Hälfte?« Und die Angst wegen der Kosten bedrängt ihn noch mehr als die Krankheit selbst:
»Dora?«

*

Er ist aufgestanden, angelehnt an den Waschtisch, ein neuer Versuch, den Brief zu entwerfen:
»Mein liebster Max! Schlechte Sachen endgültig schlecht sein zu lassen, darf man nur auf dem Sterbebett. Gerade wie ich jetzt im Bett an einem von Deinen mir geschickten Reclambüchern las, dachte ich an Dich, und dies war viel schmerzhafter als sonst. Um es nicht zu vergessen, für den Fall, daß Du meine Tagebücher nicht mehr zu Gesicht bekommst, schreibe ich hier auf, was ich Dir unfreundlicher Weise vor langer Zeit verschwiegen habe: Als mein Vater Dich einen ›meschuggenen Ritoch‹ nannte, habe ich es Dir nicht erzählen wollen. Warum nicht? Etwas ähnliches hat er auch zu Löwy, als er in meinem Zimmer war, gesagt. Er sprach mit ironischem Kopfschütteln und Mundverziehen von fremden Leuten, die da in die Wohnung gelassen werden, wozu man so nutzlose Beziehungen anknüpfe usw.«
»Dora?«

*

Dora hat nicht erreicht, daß Prof. Neumann mit Dr. Beck heute nach Klosterneuburg fährt. Er feiert den Geburtstag seiner Tochter, außerdem macht er am Sonntag grundsätzlich keine solchen Visiten. Nächstes Wochenende, sicher, ja, nächste Woche.
Bauernmarkt in Klosterneuburg: Jetzt, da sie ihn mit den Ärzten und der Prager Presse nicht überraschen kann: Blumen. Er wird wegen der unnötigen Kosten wieder das Gesicht verziehen, aber freuen wird er sich auf jeden Fall.
Mit Tränen in den Augen sucht sie aus, und sie braucht nicht herunterzuhandeln, die Bäuerinnen sehen auf ihrem Gesicht, daß das Mädchen die Blumen nötig hat, und vieles kostet sie fast nichts.

*

Kafka glaubt, den knarrenden Aufzugsmotor gehört zu haben, auch das Türzuschlagen. Zum zehnten Mal vielleicht horcht er scharf, aber es sind wieder nicht Doras Schritte, sondern die von Konrad, dem Hausdiener.

*

Nach der unerträglichen Sehnsucht nach Dora kommen Erinnerungen an das Gespräch mit der Mutter beim Frühstück über Kinder und heiraten, sie sagte leise zu ihm:
»Das Heiraten allerdings und einige Kinder würden deine Probleme gründlich beseitigen. Dann würde auch das Interesse an der Literatur auf jenes Maß zurückgehen, das vielleicht den Gebildeten nötig ist ... Lösungsmöglichkeiten gibt es tausende. Die wahrscheinlichste ist, daß du dich plötzlich in ein Mädchen verliebst und von ihr nicht mehr ablassen wollen wirst.«
Er dreht sich zur Balkontür und zu dem hellen Sonnenlicht und dem Wasser, das aus den Blumentöpfen am Balkon auf das Holz tropft.

Alles deutet darauf hin, daß die Zeit wie ein Eichhörnchen den Stamm der Tannen hinaufklettert, sofern sie die Spitze noch nicht erreicht hat. Er setzt sich an den Tisch. Ein Brief an Dora:
»Liebste Dora, ich bin müde, weiß nichts und wollte nichts als mein Gesicht in Deinen Schoß legen, Deine Hand auf meinem Kopf fühlen und so bleiben durch alle Ewigkeiten.«
Das Papier wartet, weiß wie vorher, eine Stunde vielleicht, zwei Stunden? Seit wann sitzt er dort? Seine Stirn zittert, und in einem langen Wachtraum, auf die geschlossene Zimmertür starrend, schreibt er weiter in die Luft:
Liebe Dora, über das Warten hinaus, sitze ich nun mehr als 2 Stunden über diesem Brief, habe ihn angesehen und durch ihn Dich. Manchmal, nicht im Traum, habe ich diese Vorstellung: Dein Gesicht ist von Haaren bedeckt, es gelingt mir das Haar zu teilen und rechts und links wegzuschieben, Dein Gesicht erscheint, ich streiche über die Stirn und die Schläfen und halte nun Dein Gesicht zwischen den Händen.
Das Papier bleibt immer noch leer, sein Herz aber nicht. Das Messer? Wo ist das Messer, fragt er die Balkontür.

*

Als er, gestützt auf das Balkongeländer, seine Ungeduld vor dem spöttischen Blick der Dohle verbergend, nebenbei auch gegen die Angst ankämpfen muß, die ihn der bevorstehenden Visitenkosten wegen peinigt, hört er sie im Parterre laut »Grüß Gott« sagen.
Endlich, sagt Kafka zu sich und ist erleichtert. Er atmet auf, als er merkt, daß sie ohne Begleitung ist.
»Fräulein Dora, wo waren Sie so lange?« hört er die Krankenschwester im Garten fragen.
Dora kommt in den Garten, sie hat Farbe im Gesicht

und einen Strauß Blumen in den Armen. Sie winkt ihm zu und sagt:
»Es hat sich verschoben, sie werden nächstes Wochenende kommen.«
Kafka nickt zufrieden. Sie setzt sich an das kleine Serviertischchen unter den Fichten und legt die Blumen darauf.
Sorgsam geht sie mit den Blumen um. Kafka, immer noch auf das Geländer gestützt, sieht zu, wie sie die alten Blätter wegzupft, so ruhig, so geduldig, und möchte sich gern dazu setzen und ihr helfen.
Er holt sich aus dem Zimmer die Füllfeder und eine Karte und setzt sich in den Lehnstuhl, er schreibt:
»Liebster Max, wie gut Du zu mir bist und was ich Dir alles verdanke in diesen letzten Wochen. Über das Medizinische wird Dir Ottla berichten. Ich bin sehr schwach, aber hier recht gut aufgehoben. Tandler haben wir bisher nicht in Anspruch genommen, es wäre vielleicht durch ihn ein Freiplatz oder ein billiger Platz in dem sehr schön gelegenen Grimmenstein zu erreichen, aber ich kann jetzt nicht reisen, vielleicht hätte es auch sonst Nachteile. Dr. Blau werde ich nächstens für seinen Empfehlungsbrief danken, nicht? Das Freiexemplar ist mir sehr lieb, nur bekomme ich es nicht, bisher habe ich die Nummern von Donnerstag und Freitag bekommen, sonst nichts, auch die Osternummer noch nicht, die Adresse ist undeutlich, einmal steht Kieburg, sei so lieb und fahr dazwischen, vielleicht könnte man mir auch die Osternummer noch schicken. Mit den zwei Sendungen, besonders mit der zweiten hast Du mir eine große Freude gemacht und die Reclambücher sind wie für mich vorbestimmt. Es ist ja nicht so, daß ich wirklich lese (doch, Werfels Roman lese ich unendlich langsam, aber regelmäßig), dazu bin ich

zu müde, Geschlossensein ist der natürliche Zustand meiner Augen, aber mit Büchern und Heften spielen macht mich glücklich.
Leb wohl, mein lieber Max
F«

*

Kafka sieht lange den Zettel an. Die auf tschechisch geschriebenen Wörter versteht er gut. Er kennt auch den Mann, der es geschrieben hat, einmal hat er flüchtig mit ihm auf dem Gang gesprochen. Ob Kafka nicht vor dem Nachtmahl für ein Weilchen zu ihm kommen kann?
Kafka sieht zum Stubenmädchen und nickt. Der Mann ist der einzige Bettlägrige hier außer ihm und will mit jemandem sprechen. Es gibt noch zwei Tschechen im Sanatorium, die sich aber nicht um ihn kümmern. Er liegt im 1. Stock, und als Kafka anklopft, hört er eine schwache Antwort. Der Mann sitzt mit einem kleinen Spiegel im Bett, er zeigt ihm den kleinen Spiegel, mit dem er, wenn Sonne da ist, hantiert. Kafka will den Spiegel nicht in die Hand nehmen, obwohl er darauf besteht. Er steht auf und holt einen anderen Spiegel: man braucht den großen Spiegel, mit dem man sich selbst in die Kehle schauen kann; mit dem kleinen Spiegel reflektiert er das Sonnenlicht auf sein Geschwür. Kafka nickt. Der Mann steht noch einmal auf. Er geht dieses Mal zum Kasten und holt eine Zeichnung der Geschwüre, die zum ersten Mal vor 3 Monaten aufgetreten sind. Er hat sie selbst angefertigt.
Kafka stellt ihm darüber Fragen, aber den Spiegel und die Zeichnung muß er doch in die Hand nehmen:
»Näher zum Auge«, sagt er, als Kafka den Spiegel weit von sich hält. Bei den genaueren Erläuterungen der

Zeichnung spürt Kafka eine Ohnmacht. Ob er ohne Hilfe bis in den zweiten Stock kommen kann, fragt er sich. Mit Hilfe der Korridorwände und eines Sessels schafft er es bis zu dem schmalen Stiegenhaus und in den kleinen Korridor im zweiten Stock, sich an der Bassena haltend, in Schweiß gebadet und in den Knien zitternd, bis Dora zur Tür kommt. Als Kafka eintritt, sehen die Blumen in den Vasen und Töpfen farblos aus.
Er kann nicht mehr auf den Beinen stehen und legt sich auf die Chaiselongue. Zu Dora flüsternd:
»Er kann sich durch eine kleine Ungeschicklichkeit leicht verbrennen.«

*

Im Schatten der regenlosen Wolken am Bach, die Gräser zittern in der Brise, unter dem schwachen Schatten der Weiden, setzt sich Dora hin. So machen es alle chassidischen Mädchen, wenn sie unglücklich verliebt sind. Sie jammert leise zum Wasser: »Mir ist weh!«
Und der Kierlingbach beruhigt sie immerfort.

*

Am Abend sitzen die beiden im Dunkeln zwischen den Schnittblumen und der schweigenden Balkontür. Kafka spürt eine Wiederbelebung. Er sieht hinaus. Die letzten Wolken ziehen unter dem reinen Abendhimmel fort. Kafka flüstert zu Dora:
»Wieder fasse ich mich, wie die Bälle, die fallen, und die man im Fallen fängt ...«
Dora steht auf und setzt sich zu ihm. Vom Balkon aus, es dämmert im Maital und dahinter im Wienerwald, sieht Kafka ihr zu:
»... Das ist schon fast Wald, und Wind in Deinen Ärmeln. Wie gut ist es neben Dir.«

*

Montag, den 28. April:
Der Tag beginnt mit Post aus Prag.
Endlich! Die Osternummer der Prager Presse ist auch dabei und liegt jetzt auf dem Tisch. Kafka läßt sich beim Rasieren und Anziehen Zeit, er fühlt sich nicht schlecht, der Himmel ist, durch die sich bauschenden Leinenvorhänge hindurch, tief blau. Kafka setzt sich angezogen zu Tisch. Er hat aber keinen Appetit. Er schluckt langsam die lauwarme Milch, es brennt in der Kehle und verursacht Hustenreiz. Er blättert in der Prager Presse, obwohl die Beilage, die fast nur aus ›Josefine, die Sängerin‹ besteht, leicht zu entnehmen ist. Eitel? Er liest in der Zeitung, so, wie er in Prag an einem Sonntag gelesen hätte. Dora trinkt Tee und schaut ihm zu. Beim Lesen ganz unbeherrschbaren Zuckungen überlassen, blättert er Seite für Seite durch und spürt, wie kleine Feuer mit Pochen die Adern entlang laufen, es zittern ihm unter dem Tisch die Knie, und die Hände muß er aneinander drücken.
Dora sitzt still da und beobachtet ihn beim Lesen. Als er zu Ende gelesen hat, wirft er endlich einen Blick auf die Beilage, überfliegt die gedruckten Seiten von »Josefine« und legt langsam die Zeitung zusammen: Er sieht Dora an. Sie ist aufgestanden und will, mit der Einkaufstasche in der Hand, ausgehen:
»Ich bringe die Karte zur Post, brauchst du irgend etwas von draußen?«
Kafka streckt seine Hand aus und nimmt die Karte. Er denkt, bevor Dora die Karte an Max zur Post bringt, sollte er eine Nachricht über die heutige Sendung schreiben. Er schreibt auf die Karte:
»Eben bekam ich sie von zuhause, die Zusendung scheint schon in Ordung zu sein.«

*

17 Grad am Nachmittag, schreien die Spatzen.
Am Balkon auf dem Liegestuhl. Nichts, nur Müdigkeit. Heute ein neuer, den Schweiß aus der Stirn treibender Angriff. Wie würde es sein, wenn er an sich selbst erstickte?
Unten im Garten die Ehepaare zu Besuch:
»Ich beneide nicht das einzelne Ehepaar, ich beneide nur alle Ehepaare, – auch wenn ich nur ein Ehepaar beneide, beneide ich eigentlich das ganze Eheglück in seiner unendlichen Vielgestalt, im Glück einer einzigen Ehe würde ich selbst im günstigsten Fall wahrscheinlich verzweifeln.«
Die Dohle setzt sich aufs Geländer:
»Lerne Vierzigjähriger! Hast du immer noch nicht genug? Wann schreibst Du endlich einmal den Brief!«
Kafka blickt lange in die Fichten und Tannen, der Balkon ist nicht groß genug, er hat sonst keinen Nachteil, denkt er sich, denn die Sonne scheint stark bis sechs Uhr abends her, das Grün herum ist schön, und die Vögel und Eidechsen kommen zu mir her.
Die Eidechsen zu Kafka:
»Brief! Brief!«
Kafka an Doras Vater: »Sie zögern mit der Beantwortung meiner Bitte, ganz verständlich, jeder Vater würde es jedem Bewerber gegenüber tun, das veranlaßt diesen Brief also ganz und gar nicht, äußersten Falls vergrößert es meine Hoffnung auf ruhige Würdigung dieses Briefes ...
Und nun stellen Sie mich ihrer Tochter gegenüber, diesem gesunden, lustigen, natürlichen, kräftigen Mädchen. Und meine Verzweiflung im Warten auf die Antwort ...«
Und hier bricht er ab.

*

Das Kind schreit im Garten, anscheinend vor Freude, was Kafka in seinem Lehnstuhl aufschreckt.
Es war Doras Idee, auf dem Balkon zu essen. Kafka starrt seit dem Geschrei auf die klare Suppe und das Spiel der kleinen Sonnenflecken auf dem Tischtuch und stellt fest: Er kann das Essen nicht anrühren.
Das kleine Mädchen spielt vor den in der Sonne liegenden Patienten im Garten, und durch den Lärm ist Doras Hoffnung, er würde beim heutigen Mittagessen mehr zu sich nehmen, weil er weniger Schluckschmerzen als gestern spürt, mit einem Schlag dahin. Es brennt ihn ein wenig in der Kehle, zwar nicht so stark, daß er nicht schlucken könnte, aber das Kind macht ihn nervös.
Dora schaut ihm geduldig zu. Sie ist gespannt, ob er zumindest die kleinen Nudeln auslöffelt. Kafkas Gedanken sind aber nicht nur bei dem kleinen Mädchen: Es ärgert ihn auch das Verhalten des Stubenmädchens, das in der Küche mit bloßen Händen die Speisereste von den Tellern der Kranken ißt.

Und das Kind lacht und spielt immer noch weiter. Dora wartet geduldig, daß er den Löffel in die Hand nimmt und wenigstens eine von den Nudeln hinunterschluckt.
Er würde Dora alles erklären, wenn er ohne Hustenreiz und Atemnot das, was er soeben dachte, aussprechen könnte:
Eine Widerlichkeit ist es, wenn man als Kehlkopfkranker gesunden Menschen gegenüber sitzt und sie mit den verklärten Augen der Lungenkranken ansieht und ihnen dabei zwischen gespreizten Fingern Eiterteilchen von den eigenen tuberkulösen Geschwüren ins Gesicht hustet.
Dora fragt:
»Schmeckt es Dir nicht?«

Kafka schüttelt den Kopf und sieht in die Bäume hinein. Seine angstgeschärften Ohren mit dem lebendiggewordenen Gedächtnis konzentrieren sich nur auf das kleine Mädchen im Hof. Dies hindert ihn daran, mit gesunder Blindheit das zu übersehen und zu überhören, was ihn nichts angeht: eine alte Krankheit bei ihm.
Dora wird traurig, als er mit großen Anstrengungen den Löffel in die Hand nimmt, aber vor dem Mund haltmacht. Er legt den Löffel in den Teller: im Sonnenstrahl sieht Kafka TBC-Bazillen, die in der Luft herumschweben. Infolgedessen glaubt er, die Suppe würde in seinem Hals nur Brechreiz und Ekel hervorrufen. Nach zwei Löffeln gibt er endgültig auf und wischt sich den Mund.

*

Nachmittags im Liegestuhl beim Warten auf Herrn Lenzl – Dora hat wieder einen Ausflug für ihn organisiert – hört und zählt er die Glocken der Kirchturmuhr mit ihrem Schlagen alle Viertelstunden. Wie wäre es mit einer kurzen Ansichtskarte an Ottla, bis der Einspänner da ist:
»Liebe Ottla, heute in der Nacht wachte ich etwa um 5 Uhr auf und hörte Dich vor der Zimmertür ›Franz‹ rufen, zart, aber ich hörte es deutlich. Ich antwortete gleich, aber es rührte sich nichts mehr. Was wolltest Du?«
Ob eine Ansichtskarte von der Kirche hier auffindbar wäre? Kafka zählt die Glockenschläge von St. Peter und Paul, sie sagten, daß Lenzl ein unpünktlicher Fiaker ist.
Im Rauschen der schläfrigen Tannen und Fichten denkt er auch daran, einen freundlichen Brief an Dora zu schreiben. Sie ist jetzt in der Küche und weint sicherlich vor Johanna, der Köchin, ihren Kummer darüber aus, daß er wieder nichts gegessen hat.
»Siehst du, Dora, ich liege jetzt auf dem Liegestuhl, halb

in der Sonne halb im Schatten, nach einer fast schlaflosen Nacht und einem bewegten Tag, wie hätte ich schla-fen können, da ich, zu leicht für Schlaf, dich immerfort umflogen habe. Und auch jetzt – Lenzl hat sich eine Dreiviertelstunde verspätet –, soll ich auch, so kraftlos ich auch hier liege, ruhelos dein Fehlen ertragen.«

*

Dora weckt ihn auf, Lenzl ist da und wartet schon seit einer halben Stunde auf ihn. Ob sie ihm beim Anziehen helfen soll?

Kafka will es heute ohne Doras Hilfe versuchen. Stolz oder Eitelkeit? Er will sogar ohne ihre Hilfe hinuntergehen, und allein in den Wagen einsteigen. Lenzl hilft ihm aber dabei. Warum ist das Pferd so unruhig? Ungeduldig vor der Fahrt in den Wald?

»Wolln'S nach oben auf den Berg, oder noch einmal im Maital eine Rundfahrt machen?«

Kafka strengt sich an, pfeift zwischen den Lippen, dann:

»Kahlenberg.«

»S'recht Herr Doktor, werden aber a bisserl schneller sein müssen, leider, wegen der langen Strecke, wissen'S? Falls Ihnen zu schnell wird, sagen'S mir's ruhig.«

Kafka nickt.

Beim Gasthof ›Zum grünen Baum‹ biegen sie nach rechts. Zum ersten Mal bekommt Kafka die St. Peter und Paul-Kirche zu Gesicht. Die Turmuhr zeigt viertel nach drei. An dem Kriegerdenkmal mit dem häßlichen kleinen Soldaten, der bei einem Gefallenen Wache hält, vorbei fahren sie Richtung Maital hinauf. Die Buchen am Waldweg bilden grüne Arkaden über ihnen. Auf der linken Seite liegt oben im Wald der Friedhof. »Wegsehen«, sagt Kafka, und es geht dann steil hinauf. Das Sonnenlicht kann leicht durch die jungen Blätter durchscheinen.

Oben, mit den Anstrengungen des Pferdes, den steilen Weg hinaufzukommen, tauchen die ersten Gedächtnisgespenster auf, und zwar durch einen leichten Wind.
Kafka glaubt am Wegrand stehengeblieben zu sein und von dort sich selbst, den Wagen und das Pferd beobachten zu können. Der Einspänner verwandelt sich in einen Leiterwagen mit dem großen mageren Pferd davor, und die beiden machen die letzten Anstrengungen, den Abhang hinaufzugelangen:
Der Wagen, ungewöhnlich in die Länge gezogen und verzerrt. Das Pferd ein wenig die Vorderbeine gehoben, den Hals seitwärts und nach oben gestreckt.
Kafka will zum Kutscher sagen:
»Nur nicht die Peitsche, Herr Lenzl!«
Es ist aber bald vorbei, sie fahren auf einem flachen Weg weiter. Das Pferd geht zuerst im Trab und läuft dann im Galopp.
Die Gespenster auch.

*

Bei einer Abzweigung dreht sich Lenzl von oben zu ihm und sagt:
»Links geht's zum Leopoldsberg, rechts zum Kahlenberg, haben'S gesagt zum Kahlenberg?«
Kafka nickt.

AUSBLICK

Unter Dunst und Staub zieht sich die Donau durch die Stadt. Die Außenbezirke liegen still unter der Nachmittagssonne. Wo genau ist die Lerchenfelderstraße? Wo ist das Postamt Bennogasse/Josefstädterstraße?
»Liebe Milena«, hatte er ihr von Prag geschrieben. »Ähn-

lich wie ich es mir in Wachträumen immer vorgestellt habe«, und er sieht langsam vom Berg nach unten in die Bezirke hinein. »Wien besteht nur aus einem kleinen stillen Platz, die eine Seite bildet Dein Haus, gegenüber ist das Hotel in dem ich wohnen werde, links davon steht der Westbahnhof, an dem ich ankomme, rechts der Franz Josefs Bahnhof von dem ich wegfahre, ja, und im Erdgeschoß meines Hauses ist freundlicher Weise noch eine vegetarische Speisestube, in der ich esse, nicht um zu essen, aber um eine Art Gewicht nach Prag mitzubringen.«

*

»Wollen'S net aussteigen und a bisserl spazierengehn?« fragt ihn Lenzl. Nein, er will nur hier im Wagen sitzenbleiben und von hier aus die Nr. 113 in der Lerchenfelderstraße ausfindig machen.

*

In der Abenddämmerung sitzt er mit dem Thermometer im Mund zwischen den Blumenvasen und der wartenden Dora, von dort sieht er hinaus und spürt in sich irgendeinen Frieden; es ist nur irgendeiner, der eigene ist es nicht. Nachdem die Kranken ihre trockenen Auswürfe ausgehustet haben, die Zimmerglocken nicht mehr läuten und der Aufzug endlich zum Stillstand gekommen ist, sieht er zu Dora, die sich mit der Selbstverständlichkeit einer Ehefrau umzieht und sich auf der Chaiselongue hinlegt. Kafka betrachtet ihre Haare und unterdrückt die Lust, sie zu streicheln. Er knipst die kleine Leselampe auf dem Nachttisch an und versenkt sich in Werfels Roman ›Verdi‹. Er liest langsam, bis er die Augen nicht mehr offen halten kann. Seine Kraft reicht dann gerade aus, die Leselampe auszuknipsen. Im Dunkeln, nachdem er sich durch Doras Atmen von ihrem tiefen Schlaf überzeugt hat, bereitet er sich auf die Schlaflosigkeit vor. Er hebt

den Kopf ein wenig. Er will sehen, ob die Angst in Begleitung aller anderen Gespenster schon da ist.
Die Prager Niklasstraße taucht in der Ecke auf dem Leinenvorhang auf:
Ein Teil der Straße und die ganze Brücke drehen sich gerührt nach einem Hund um, der laut bellend ein Automobil der Rettungsgesellschaft begleitet; bis der Hund plötzlich abläßt, umkehrt und sich als ein fremder Hund erweist, der mit der Verfolgung des Wagens nichts Besonderes meint.
Der Vorhang geht auf, und so beginnt der erste Akt der Schlaflosigkeit: zuerst einmal mit der Frage nach der Herkunft des Hundes. Es stellt sich dann die Frage, wen der Hund im Rettungswagen begleiten wollte, und am Schluß, warum er plötzlich davon abließ?
Und so machen sich Hund, Wagen und Niklasstraße selbständig und gehen über der dünnen Schicht seines Schlafes spazieren.

REGEN

»Jedem Kranken sein Hausgott, dem Lungenkranken der Gott des Erstickens«, will Kafka zu Hermine sagen. Die Krankenschwester schaut jeden Morgen vorbei und steckt das Thermometer in seinen Mund. Beim Nachzählen seines Pulses zeigt ihr Gesicht mehr und mehr Sorge, und nach dem Fiebermessen sagt sie vorwurfsvoll zu Dora: »Über 38!« Dora entgleitet zur Balkontür, zum Regen hin, der vor der dunkelgrünen Wand der Bäume schnurgerade in den Garten fällt.
Vom Mittag bis zum Abend schüttet es ununterbrochen, und den Patienten wird empfohlen, wenn schon nicht im

Zimmer, so wenigstens im Leseraum oder im Speisesaal zu bleiben. Traurig musiziert man oder macht trostlos Witze über den Tod, wodurch die erschütternde Lebensgier verschleiert werden soll.

Kafka bleibt im Bett. Dem Fieber folgt die Atemnot:

»Es ist unleugbar ein gewisses Glück, ruhig hinschreiben zu dürfen: Ersticken ist unausdenkbar fürchterlich.«

Und was tut man bei Atemnot? Ob mit dem Schreiben darüber die Not kleiner wird?

Dora ist mit dem Gesicht nahe bei ihm, damit Kafka mit ihr flüstern kann. Kafka Richtung Balkon:

»So vergeht wieder ein regnerischer, stiller Tag im Bett, ich bin im Bett und habe Ruhe, aber statt mich draußen am Balkon in der Sonne zu baden, muß ich mich hier gegen den trockenen Auswurf, den Husten und die Atemnot wehren.« »Soll ich dir etwas vorlesen?« fragt Dora. Kafka schließt die Augen und schüttelt den Kopf. Sie legt ihre rechte Hand auf seine Stirn, die Handfläche glänzt von warmem Schweiß.

*

»Geschlossensein ist der natürliche Zustand meiner Augen«, schrieb er über sich an Max, nicht nur wegen des packenden Satzes, in dem sein Zustand präzise beschrieben war, sondern auch wegen der Entschuldigung, warum er nicht schreiben kann.

*

Am Mittwoch regnet es genauso, es wird sogar 2 Grad kälter, und dadurch bleibt das »Geschlossensein ist der natürliche Zustand meiner Augen« auch am Mittwoch aufrecht.

Hinzu kommen die Kehlkopfschmerzen und deren neuer Beschreibungsversuch: der Schreckensblick des von Alexanders Lanze durchbohrten Persers in der Schule.

»Lieber Max, kannst Du Dich an das Alexanderbild erinnern (wie kann einer, der österreichische Gymnasien erlebt hat, jemals dieses Bild vergessen?). Ich meine das große Wandbild des mordenden Alexanders von Makedonien. Seit gestern sehe ich ständig dieses Bild hinter den geschlossenen Augenlidern, und seit heute morgen spüre ich sogar den gleichen Schmerz, durch die Lanze auf meiner Kehle verursacht: Nur daß mein Zustand sich in einem Punkt von seinem unterscheidet: Meine Kehle schmerzt unaufhörlich weiter.«

FRAGEN

»Liebste Eltern, der Postweg hierher scheint sehr lange zu sein, also auch der Weg von hier, laßt Euch dadurch nicht beirren. Die Behandlung besteht vorläufig – das Fieber hindert anderes – in sehr schönen Wickeln und in Inhalieren. Gegen Arseninjektionen wehre ich mich. Vom Onkel bekam ich gestern eine lang umhergeirrte Karte aus Venedig. Von täglichen Regenfällen stand dort aber nichts, vielmehr das Gegenteil. Das Fieber dürft ihr Euch nicht zu arg vorstellen, jetzt früh habe ich z.B. 37. Herzl. Grüße
F«
Dora hat auf die Rückseite geschrieben: »Franz wird schon brummen, daß ich ihm so wenig Platz frei gelassen habe.« Kluges Mädchen, denkt sich Kafka.
Spürbarer Anstieg der Körpertemperatur: 38.6, 38.8 am Abend. Bis Mittag fast fieberfrei. Draußen 14 Grad.
Im Bett sitzend öfters der Versuch, den Puls zu zählen, es ergibt sich kaum eine exakte Zahl, aber niemals unter 110. Kafka legt die Taschenuhr weg.

Der Regen am Balkongeländer verhindert das Husten im Freien. Im Bett ist ihm Einatmen eine Qual, Ausatmen eine Qual, ohne Atmen geht es auch nicht.
Oh dieses Husten! Und Schmutz und Schmerz folgen.

*

Dora bereitet den Frühstücktisch vor: Bedacht und betont routiniert, wie eine frisch verheiratete Frau.
Bald riecht das Zimmer nach Milch und frischen Semmeln. Vertraulich, denkt Kafka, vertraulich gemütlich, vom Bett aus den Regen am Balkon zu beobachten und auf das »Frühstück ist fertig« zu warten.
Nur, essen kann er nicht. Sonst, sonst? Das fehlende Kind im nicht vorhandenen Korb, die fehlende Schmerzlosigkeit eines gewöhnlichen regenreichen Tages. Dafür ein Balkon im Frühling, die nassen Blumenstöcke auf dem Holzgeländer und der Spiegel. Wozu der Spiegel?
Weil – und da ist er nicht so sicher – man das eigene diskrete Glücksgefühl nur mit ihm teilen kann.

*

»Telefon für Herrn Doktor Kafka!« ruft das Stubenmädchen nach dem Klopfen an die Tür. Dora eilt zum Ordinationszimmer. Als sie zurückkommt, ist Kafka ganz wach:
»Robert Klopstock ist in Wien«, sagt sie.
Kafka macht die Augen wieder zu, und unter der Dekke, in einem noch nicht geschriebenen Brief an Max:
»Im Bett, im Hemd, mit zerrauftem Haar, mit einem Jugendgesicht wie aus Hoffmanns Kindererzählungs-Kupferstichen (der faule Bastian?) und dabei ernst und angespannt und doch auch in Träumen, so ist er geradezu schön dieser Robert: Er ist nun in Wien.«
»Schlafen! Schlafen!« sagt das Holzgeländer, aber wie kann er einschlafen, wenn Robert bald hier sein wird?

Mühevoll steigt er aus dem Bett. Vor dem Spiegel: Zwei Tage alter Bart, weiß auf der altgewordenen Gesichtshaut. Während er sein Gesicht mit dem Rasierpinsel einseift, beobachtet ihn Dora gespannt. Das Rasiermesser zittert in seinen Händen, sie hofft, daß er sich nicht schneidet. Doras Vorbereitungen für den Empfang beschränken sich darauf, das Bett zu machen und den blauen Anzug aus dem Schrank zu holen. Kafkas Kraft, das Rasiermesser festzuhalten, geht zu Ende. Er steht lange an den Waschtisch gelehnt, sich im Spiegel betrachtend, ob es ihm gelingen wird. Nein, auf das Rasieren sollte er verzichten. Er wischt sich die Seife vom Gesicht und flüstert zu Dora, während er das Bettende sucht:
»Ein kleiner Schwächeanfall, sonst nichts.«
Dora hilft ihm beim Anziehen. Kafka setzt sich dann an den Tisch und wartet. Dora stellt ihm die Bücher auf den Tisch (das Buch von Werfel, einige Oktavhefte und die Reclambücher). »Alles bestens!« denkt Kafka traurig spottend.
Er zerreißt geduldig die Seiten in Visitenkartenformat und legt sie schreibbereit neben die Füllfeder und wartet.

*

Als Dora zur Bushaltstelle geht, um Robert abzuholen, scheint die Sonne scharf und plötzlich auf den Balkon und den alleine dort wartenden Kafka. Die Bäume glänzen im Sonnenlicht, und im aufatmenden Wind tropfen sie zufrieden ihre Trunkenheit aus.
Alles atmet leichter als vorhin; das Geländer, die Blumenstöcke, die Vögel, nur er nicht.
Puls zählen. Durchschnittswert nicht über 110.

Robert. Er schluchzt bei der Umarmung so laut, daß Dora hinaus zur Bassena auf den Gang gehen muß, damit er sich nicht schämt. Kafka hält Klopstock von sich weg, um ihn nicht anzuhusten.

Das durch die Heftigkeit der Umarmung hervorgerufene Schlucken bereitet ihm Schmerzen.

Robert geht zum Balkon, und während er sein Gesicht abwischt, verbirgt er seine Erschrockenheit Kafkas bleichem abgemagerten Gesicht gegenüber. Den Garten und die Landschaft bewundernd kommt er dann ins Zimmer zurück und setzt sich an den Tisch neben Kafka. Er hält Kafkas rechte Hand in der seinen; so beruhigt er sich.

*

Auspacken aus Berlin? Aber was?

(Fußnote: Hier muß das Holzgeländer genaustens gefragt werden, ob Robert aus Berlin auch Bücher mitgebracht hat. Kafka beginnt ab jetzt unter großer körperlicher und seelischer Anstrengung die Druckfahnen zum Band ›Ein Hungerkünstler‹ zu korrigieren, der vom Verlag ›Die Schmiede‹ in Berlin herausgegeben wurde. Ob Robert die Druckfahnen nach Wien mitgebracht hat?)

*

Kafka zeigt auf das Manuskript und schreibt: »Hier, jetzt, mit diesen Kräften soll ich es schreiben. Jetzt erst schikken sie mir das Material.«

Der Nachmittag ist still am Balkon. Kafka liegt auf dem Liegestuhl, Robert sitzt in der Sonne auf dem Balkonboden, beide sehen schweigsam in den Nachmittag des Tals hinein.

Kafka nimmt die Druckfahne in die Hand, gespannt sieht er den ›Hungerkünstler‹ im Druck:

»In den letzten Jahrzehnten ist das Interesse an Hungerkünstlern sehr zurückgegangen. Während es sich früher gut lohnte, große derartige Vorführungen in eigener Regie zu veranstalten, ist dies heute völlig unmöglich. Es waren andere Zeiten. Damals beschäftigte sich die ganze Stadt mit dem Hungerkünstler; von Hungertag zu Hungertag stieg die Teilnahme; jeder wollte den Hungerkünstler zumindest einmal täglich sehn ...«
Dora steht in der Balkontür, den Kopf an den Holzrahmen angelehnt, sagt sie zu Kafka:
»Ein paar Zeilen an deine Eltern?«
Kafka sieht sie lange an und versucht, mit einem Lächeln zu nicken. Dora geht ins Zimmer und setzt sich an den Tisch und schreibt:
»Ich könnte, glaube ich, immerfort vom Wetter sprechen und schreiben. Nun ja, es ist eben so beglückend, daß sich diese mächtigste aller Kräfte endlich auswirken kann.«
Und weiter?
Zur Balkontür gewandt:
»Franz, kommst Du weiterschreiben, mir fällt nichts mehr ein.« Sie lacht.
Kafka sieht zu Robert und gibt ihm die Druckfahnen, beim Aufstehen stolpert er aber über ihn, so daß Robert ihn mit beiden Händen halten muß. Dora eilt zu Hilfe, und die beiden nehmen ihn in die Mitte und bringen ihn zu Bett. Sich bei Robert mit einem blassen Lächeln entschuldigend, legt sich Kafka vorsichtig hin.
Dora leise zu ihm:
»Ich versuche noch ein paar Zeilen zu schreiben.«
Sie setzt sich wieder an den Tisch, und schreibt weiter auf die Karte:
»Franz ist eben vom Balkon, wo er viele Stunden fast nackt draußen lag, ins Bett gegangen. Jetzt wird er wohl

ein bißchen schlafen wollen, ich mich darum sehr beeilen, damit er noch ohne gestört zu werden anschreiben kann. Ich würde sehr gerne hören, wie es Ihnen geht, ob Sie schon wieder gut aussehen und dgl. sonst nur noch herzliche Grüße an Alle. D«

Dora geht zu Kafka und setzt sich mädchenhaft zu ihm. Sie fächelt ihm mit der Karte zu, bevor sie sie ihm gibt. Kafka liest schnell die paar Zeilen und will den Oberkörper hochheben, damit Dora leichter den Polster unterschieben kann. Er nimmt die Füllfeder in die Hand, einige Sekunden denkt er mit geschlossenen Augen nach:

»Wäre mein Wesen nur nicht so hinfällig, man könnte ja meine Erscheinung so beschreiben: links stützt mich etwa Dora; rechts etwa Robert; wenn jetzt nur noch der Boden unter mir gefestigt wäre, der Abgrund vor mir zugeschüttet, die Geier um meinen Kopf verjagt, der Sturm über mir besänftigt, wenn das alles geschehen würde, nun, dann ginge es ja ein wenig.«

Als er aber die Augen aufmacht, beginnt er wie üblich mit »Liebste Eltern ....«,

»vielen Dank für Euren lieben schönen guten Brief. Heute lag ich schon im Schatten auf dem Balkon ...«, (er hört auf, er sieht zu Dora: die Füllfeder schreibt nicht mehr, die Tinte trocknet im Liegen. Dora überreicht ihm einen Bleistift. Und mit Bleistift weiter):

»... fast halbnackt, das war sehr angenehm. Einen Gast haben wir, der sich meiner sehr annimmt: Klopstock. Der Onkel läßt nichts von sich hören und reist doch fast schon 5 Wochen. Herzliche Grüße Euch und allen.

F«

Kafkas müde Augen schließen sich zum Schlafen. Dora nimmt die Karte und den Bleistift aus seiner Hand und flüstert ihm zu:

»Ich begleite Robert bis zur Bushaltestelle. Ich bin gleich wieder da ...«
Ohne die Augen aufzumachen, reicht Kafka Robert, der ihn stumm und besorgt anschaut, die Hand. Er murmelt etwas von »morgen« und folgt Dora, die ungeduldig in der Zimmertür auf ihn wartet.

SCHMUTZ

Nach dem ersten Mai kommt gewöhnlich der zweite Mai, denken alle Arbeiter in Wien, und Kafka lehnt sich an die Sessellehne am Balkon und sieht zwischendurch auf das Tuch in seiner Hand:
»Lieber Max, weil dieses fortwährende Kranksein schmutzig ist, schmutzig dieser Widerspruch zwischen dem Aussehen des Gesichtes und der Lunge, schmutzig alles. Dem Spucken anderer kann ich nur mit Ekel zusehen und habe selbst doch auch kein Spuckfläschchen, wie ich es haben sollte. So schmutzig ist alles.«
Und so hört der Husten nicht auf, im Gegenteil, er wird blutiger und schmerzhafter als sonst. Dora flüchtet auf den Gang und bleibt vor der Bassena stehen. Dort hört sie, wie Kafka in das Tuch hustet. Sie weint verzweifelt in das Waschbecken hinein:
»Ich kann ihn so nicht mehr sehen«, sagt sie zum Becken. Sie geht hinunter ins Ordinationszimmer und ruft von dort Dr. Beck an: Kafka hat sehr starke Schmerzen im Kehlkopf, er kann auch nicht mehr schlucken, schreit sie in den Apparat. Es dauere zwei Stunden, bis er dort sei, sagt der gute Doktor Oskar Beck.

ALKOHOLINJEKTION

Das Holzgeländer, die Dohle, Robert und Dora sehen zu.

Die Untersuchung dauert lang. Kafka duldet auf dem Lehnstuhl mit offenem Mund all die Schmerzen, die notwendig sind, um diesen »nervus laryngeus superior« zu suchen.

Eine Daueranalgesie gelingt nur dann, meint Dr. Beck, wenn der Nerv erst gefunden und dann getötet wird. Die Arbeit erfordert einige Kunstfertigkeit, weiß Robert Klopstock. Er steht im Zimmer neben dem Alkoholkocher, auf dessen blauer Flamme Injektionsinstrumente (Pinselspritzen) sterilisiert werden. Ab und zu sieht er zum Balkon, wo Doktor Beck mit dem Kehlkopfspiegel in der Kehle von Kafka nach dem Nerv sucht.

Der müde, verschwitzte Doktor Beck sieht dann zu Robert und verlangt mit der rechten Hand nach der Spritze. Die Alkoholinjektion in den nervus laryngeus ist auch nicht weniger schmerzhaft, aber es dauere nicht mehr lange, beruhigt ihn Doktor Beck.

Als Kafka erleichtert aufatmet, atmen auch alle anderen erleichtert auf. Doktor Beck geht ins Zimmer und wäscht sich dort die Hände. Dora hält seine Jacke bereit. Er trocknet sich den Schweiß aus seinem Gesicht.

*

»Ding Dong«, sagt der Kirchturm, und der Tod zieht sich bis zum Friedhof hinter dem Buchenwald auf dem Plateau im Maital zurück. Die Schmerzlosigkeit löst alle Spannungen auf. Dora kommt auf den Balkon, setzt sich auf den Boden und hält Kafkas Hand fest in der ihren. Durch halbgeöffnete Augen sieht Kafka ins Grüne, der Ansturm von Blättern und Wind flüstert ihm Genesung

zu. Der Aufzugslärm stört ihn nicht mehr so sehr, auch der Lärm der Patienten nicht.
»Schmerzlosigkeit, bleibe hier!«
Die Dohle setzt sich auf das Holzgeländer und lacht höhnisch:
»Hundeschwanzfreude, vorübergehende!«
Der Ansturm der Frühlingsblätter bleibt, die sanfte Brise auch. Der Geruch von Maitalgräsern steigt auf, und der Schmerz galoppiert weg:
»Dora, wann bekommen wir den Brief deines Vaters?« flüstert Kafka Dora zu. Dora schlägt ihre Augen zu ihm auf:
»Laß meinen Vater sagen, was er will, ich habe ›ja‹ gesagt, genügt es nicht?«
»Doch«, sagt Kafka und lächelt schmerzlos in die Bäume hinein. Er muß aufpassen, daß die Leichtigkeit des Atems ihm nicht die Lunge verweht.
Die Lust, über ihre Haare zu streichen, kann er nicht mehr unterdrücken. Die Dohle schüttelt den Kopf:
»Die Leichtgläubigen haben es mit dem Glück leicht.«
Dora: »In Kierling gibt's keine Schwalben?«

*

Robert hört aufmerksam zu:
»Doktor Kafka lehnt ab, daß wir es mit einer Arseninjektion versuchen, aber ich hoffe, daß uns heute wenigstens etwas gegen die Schmerzen gelungen ist. Bitte ab jetzt eine strenge Schweigekur … und das Essen so weich wie möglich!«
Doktor Beck will den Ärztekoffer aus Roberts Hand nehmen, Robert besteht darauf, ihn bis zu seinem Auto zu begleiten.
Beim Auto sieht ihn Beck sekundenlang stumm an und holt Luft, bevor er sich äußert:

»Sie sind auch vom Fach, wir wollen doch nichts beschönigen oder uns etwas vormachen. Im Kehlkopf ist ein zerfallender tuberkulöser Prozeß unübersehbar …, er hat auch einen Teil des Kehldeckels miteinbezogen. Ich hoffe, daß Sie mich nicht mißverstehen und darüber Fräulein Dymant aufklären können.«
Robert sieht zu Boden und nickt.

GESPRÄCHSZETTEL

»Sie haben von Schweninger, dem Arzt Bismarcks, nichts gehört? Er stand zwischen Schulmedizin und ganz selbständig gefundener Naturheilkunde, ein großer Mann, der es mit Bismarck sehr schwer hatte, weil der ein großartiger Fresser und Säufer war.«
So Kafka auf dem Gesprächszettel. Daß er sich mit Bismarck und Robert Klopstock mit dem Leibarzt von Bismarck vergleicht, nur um sich wegen der Umstände, die er macht, zu entschuldigen, ist eine seiner vielen Eigenheiten.
Robert legt den Zettel weg und schmunzelt. Er setzt sich auf das Bett (seit gestern ist Robert in das Zweibettzimmer im dritten Stock des Sanatoriums eingezogen) und ordnet die Gesprächszettel von gestern.
»Da bekommt man einen Begriff von der Schwindsucht, in der Mitte ein facettierter Stein, zur Seite die Sägen, sonst alles leerer, trockener Auswurf«, steht auf einem anderen Zettel. Die Zeichnung dazu ist unmedizinisch, aber trotzdem nicht ganz unverständlich.
Angezogen und rasiert wartet er schon seit zwei Stunden darauf, von Dora nach unten gerufen zu werden. So besprachen sie es gestern.

Er muß, was er gestern Kafka vorenthalten hat, heute unbedingt los werden: über das Matliary Sanatorium zum Beispiel und die Patienten dort; über Frl. Irene Bugschs Erfolg in der Kunstakademie in Dresden und Dr. Glaubers plötzlichen Tod. (Oder das lieber nicht erwähnen?)
Aufstehen und zum Fenster gehen: die Krone des Tannenbaums, der vor Kafkas Balkon steht, glänzt im Regen. 16 Grad zeigt das Außenthermometer: also zwei Grad wärmer als gestern. Beim Herumschauen erscheint ihm das Unterdachgeschoßzimmer wie ein billiges Pensionszimmer.
Er setzt sich wieder auf das Bett und wartet, von unten gerufen zu werden. Er notiert in seinem kleinen Notizheft die Punkte, die er in dem Brief an Brod erwähnen soll:
Ab jetzt wird Kafka dreimal wöchentlich, neben der Behandlung durch Professor Tschiassny und den Assistenzarzt der Klinik, Dr. Müller, auch von einem jungen Arzt (wer ist dieser junge Arzt?) aus Wien besucht werden. In Betracht kommt allerdings auch Prof. Dr. Wilhelm Neumann, seit 1921 Primarius der Tuberkuloseabteilung im Wiener Wilhelminenspital, den man den ›Lungenpapst‹ nennt.

- Einen Teil der medizinischen Betreuung muß ich selbst übernehmen.
- Die Stadien der Krankheit:

1. Phase: Husten, Sprech- und Schluckbeschwerden.
2. Phase: Atemnot, erschwerende Expektorationen

Letzte Phase: die Unmöglichkeit, den Kehldeckel zu schließen: Ersticken oder Verhungern, wenn nicht, Schluckpneumonie.
Dora klopft heftig an die Tür:

»Er hustet Blut und kann nicht mehr atmen«, schreit Dora. Er macht auf. Hermine Burgmüller, die Döblinger Krankenschwester, steht blaß neben ihr. Robert eilt die Treppen hinunter. Unterwegs denkt er: die Abtötung des Nervs ist nicht gelungen.

*

Kafka kniet gebeugt auf der Schwelle der Balkontür, mit dem Kopf im Regen, und versucht Luft zu schnappen. Das Tuch vor ihm ist voller Blut.

Dora, in grenzenloser Angst, ruft wieder Dr. Beck an. Sie kann sich aber nicht leicht verständigen. Robert nimmt den Hörer: »Die Schmerzen in derselben Stärke sind wieder aufgetreten«, sagt er zu Doktor Beck. Ob er weiß, daß jetzt Sonntag ist und sein einziger freier Tag, fragt ihn Beck gekränkt. Ob er es nicht noch einmal versuchen will, fragt Robert. Gut, sagt Doktor Beck, ich will es versuchen, in zwei Stunden bin ich in Kierling.

*

Kafka beobachtet mit der Stirn auf dem Balkonboden durch die Spalten des Geländers das Grün draußen, daneben steht der Blumenstock im Regen. Kafka:

»Erstaunt, ängstlich, den Kopf voll von so vielen Fragen als es Mücken auf dieser Wiese gibt. In der Lage etwa dieser Blume neben mir, die nicht ganz gesund ist, den Kopf zwar zur Sonne hebt – wer täte das nicht? –, aber voll geheimer Sorgen ist wegen der quälenden Vorgänge in ihrer Wurzel und in ihren Säften. Etwas ist dort geschehen, geschieht noch immer, aber sie hat nur sehr undeutliche, quälend undeutliche Nachricht darüber und kann sich jetzt doch nicht niederbeugen, den Boden aufkratzen und niedersehn, sondern muß es den Brüdern nachtun und sich hoch halten ...«

BREZEZIN

Nach dem Patientenbesuch geht Dr. Beck zum Gasthof »Zum grünen Baum«, trotz des kühlen Windes und der Wolken will er im Schanigarten sitzen und etwas trinken. Müde und abgerackert sieht er zum Kellner und bestellt ein Krügerl. Der Kellner wischt die Regentropfen vom Sessel und vom Tisch. Ein Tischtuch wird übergezogen. Doktor Beck sieht auf seine Hände, sie zittern noch. Er macht die Tasche auf und holt einen Notizblock heraus.

Die Kastanien schütteln im Wind die letzten Regentropfen auf ihn.

»Merkwürdige Stimmung«, sagt er zu sich.

Durch den Wind drohen die Papiere wegzufliegen. Er legt seine Hand darauf und schreibt:

»Lieber Herr Dr. Weltsch, gestern wurde ich von Fräulein Diamant nach Kierling gerufen. Herr Kafka hatte sehr starke Schmerzen im Kehlkopf, besonders beim Husten. Bei der Nahrungsaufnahme steigern sich die Schmerzen derart, daß das Schlucken fast unmöglich ist. Ich konnte im Kehlkopf einen zerfallenden tuberkulösen Prozeß konstatieren, der auch einen Teil des Kehldeckels mit einbezieht. Bei diesem Befund ist an irgendeinen operativen Eingriff überhaupt nicht zu denken, und ich habe eine Alkoholinjektion in den nervus laryngeus superior gegeben. Heute rief mich Fräulein Diamant wieder an, um mir zu sagen, daß der Erfolg nur ein vorübergehender war und die Schmerzen in derselben Intensität wieder aufgetreten sind. Ich habe Fräulein Diamant geraten, Herrn Dr. Kafka nach Prag zu bringen, da auch Professor Neumann seine Lebensdauer auf zirka drei Monate geschätzt hat. Fräulein Diamant hat dies abgelehnt, da sie

glaubt, daß dadurch dem Patienten die Schwere seiner Erkrankung klar würde.
Es wird angezeigt sein, wenn Sie seine Verwandten über den Ernst der Situation vollständig aufklären. Es ist mir psychologisch begreiflich, daß Fräulein Diamant, die sich in aufopfernder und rührender Weise des Kranken annimmt, das Verlangen hat, noch eine Anzahl Spezialisten zum Consilium nach Kierling zu rufen. Ich mußte ihr daher klarmachen, daß Dr. Kafka sowohl in der Lunge als auch im Kehlkopf sich in einem Zustand befinde, in dem kein Spezialist ihm mehr Hilfe bringen kann und man nur durch Pantopon oder Morphium die Schmerzen lindern kann.«
Er schraubt die Füllfeder zu und fragt die Bäume:
»Was erwartet sich so ein Mädchen von einem todkranken Mann?«
Und beim Kosten des Bieres erinnert er sich, daß er sie fragte: »Stammen Sie auch aus Prag?«
»Nein, ich bin aus Polen«, antwortete sie, und überlegend, »besser gesagt, aus Brezezin. Wissen Sie, wo Brezezin liegt?«
Nein. Er weiß es nicht.
Der Baum schüttelt den Kopf, er hat auch nichts von Brezezin gehört. Dr Beck sieht auf seine Finger, sie zittern nicht mehr. Das Bier schmeckt ihm vorzüglich. Er schaut durch die Brille hinauf in den Kastanienbaum, und Brezezin liegt in Polen, denkt er.

DURST

Mit der Sonne am 4. Mai (acht Stunden lang) steigt auch sein Durst. Niemand weiß über eine trockene Kehle besser Bescheid als ein durstiger Kehlkopfkranker, dem das Trinken eine Qual ist.

Windstille, manchmal Gewitterdrohung, zwischendurch Sonne: Schwarze Wolken um 14.10 in Kierling.

Kafka trauert über den Rückfall in den Schmerzzustand: Der Lärm tut ihm weh. Hunger und Durst auch. Am Nachmittag auf dem Balkon, dann im Zimmer. Eine ganze Stunde lang beobachten und hören, wie das Wasser ins Waschbecken fließt, bis er sich nicht mehr zurückhalten kann.

Wo ist das Glas? Halbvoll mit kaltem Wasser und hinaus auf den Balkon. Er soll es am Balkon versuchen.

Zuerst sieht er in den Bäumen und im Tal umher, ob er von irgendwo beobachtet wird, dann, mit dem Kopf nach vorn zu den Bäumen gebeugt, die Lippen auf den Glasrand drücken. Es geht nicht so einfach, wie man glaubt.

Er versucht zuerst den Schluck Wasser im Mund zu sammeln, dann mit der langsamen Bewegung des Kopfes das Wasser nach hinten in die Kehle fließen zu lassen, so wie man einen Krug mit dünnem Hals mit Hilfe eines Trichters nachzufüllen versucht. So hat er es auch vor einer Woche gemacht. Manchmal klappt es, oft aber nicht. Auf jeden Fall ist es nicht so einfach wie bei den Vögeln.

Die Bachstelzen müssen ihn jetzt mit Spott anschauen, denkt er, und ungeachtet dessen beugt er langsam den Kopf zurück.

Er schafft gerade einige Tropfen Wasser schmerzfrei, aber ganz ohne Schlucken geht es nicht. Die Kehle entschuldigt sich dafür, daß sie es wegen der Krankheit nicht mehr gestatten kann. Diese paar Tropfen, die ihm in die Kehle fließen, ähneln viel mehr den Tropfen, die man den Opfertauben gönnt, bevor man ihnen den Hals abschneidet: Es schmerzt, und trotzdem wird der Durst nicht gestillt. Unter der schwarzen Wolke, die herüberzieht, legt er sich auf den Liegestuhl und während die Wolken mit dem Trommeldonner beginnen, hört er in sich schreien:

»OHROPAX; OHROPAX; OHROPAX«:

Er hält beide Ohren fest zu:

»Ich liege auf dem Balkon wie in einer Trommel, auf die man oben und unten, aber auch von allen Seiten losschlägt, ich verliere den Glauben daran, daß es noch irgendwo auf der Oberfläche der Erde Ruhe gibt, ich kann nicht wachen, nicht schlafen, selbst wenn einmal ausnahmsweise Ruhe ist, kann ich nicht mehr schlafen, weil ich zu sehr zerrüttet bin. Ich kann auch nicht schreiben und nicht trinken, sprechen darüber kann ich auch nicht.«

Die Regentropfen schlagen auf den Baum und den Boden, immerfort, bis sie den Durst der Erde stillen, daher der Erdgeruch.

Er bleibt dort liegen. Wenn nicht durch seine Kehle, dann soll das Regenwasser durch die Haut in ihn einsickern.

NEIN

»Nein, hat Gerer Rebbe gesagt«, flüstert Dora ihm zu. Und dies, als sie im Morgennebel von der Bäckerei zurückkommen und zum Sanatorium gehen. Auf der Brükke über den Bach fragt Robert:

»Wer ist Gerer Rebbe?«

Dora bleibt stehen, sie sucht und gibt ihm tränennah den Brief. Robert kann nicht Hebräisch lesen.

»Sag mir, was darin steht.«

»Er reist immer zum Rebbe, wenn etwas Wichtiges zu entscheiden ist. Er verehrt ihn, seine Autorität geht ihm über alles. Der Gerer Rebbe liest den Brief von Franz und sagt dann einfach ›nein‹, nur ›nein‹.«
Robert fragt vorsichtig:
»Welchen Brief?«
Dora sieht ihn entgeistert an:
»Weißt du es nicht?«
Er läßt sie ein wenig in den Kierlingbach weinen, und dann sagt er zum Wasser leise:
»Wie sollte ich es wissen?«
»Franz wollte unbedingt, daß wir ..., um mich zu heiraten, für die Werbung mußte er meinem Vater unbedingt einen Brief schicken. Ich habe ihm gesagt, er ist ein frommer gläubiger Mann, tue es bitte nicht, nein, ich muß ihm schreiben. Im Brief schreibt er, er sei bis jetzt kein frommer Mensch gewesen, aber er will es nun als Umkehrender, Bereuender versuchen. Ob er vielleicht doch hoffen dürfe, in seine Familie aufgenommen zu werden. Mein Vater bringt den Brief zu Gerer Rebbe, er sagt entweder Ja oder Nein, er mag keine Erklärungen. Und er hat ›Nein‹ gesagt.«
Robert schaut zu den hängenden Weidenbäumen am Bachrand und lächelt zum Wasser:
»Ist dieses ›Nein‹ so wichtig?«
»Nicht für mich, aber für Franz!« sagt sie laut und verärgert.
»Und wenn du ihm einfach den Brief verschweigst?«
»Wie? Er fragt schon seit zwei Monaten nach der Antwort.«
Die Semmeln in der Papiertüte in Roberts Hand kühlen langsam ab. Schweigsam gehen sie beide zum Sanatorium. Robert Klopstock kann es immer noch nicht fassen, Kaf-

ka hat vorgehabt, sie zu heiraten und niemandem davon erzählt.
Als sie hineingehen, beginnt es langsam zu regnen.

*

Beim Frühstück: Trüb der Tag, trüb auch Kafka. Er kann wieder nichts schlucken. Es herrscht Ruhe im Zimmer. Robert fragt ihn leise, wie er sich heute fühle. Kafka schreibt auf einen Zettel:
»Keine wesentliche Änderung.«
Robert liest den Zettel und schweigt. Dora räumt nachdenklich den Tisch ab. Als Kafka die Druckfahnen vom »Hungerkünstler« auf den Tisch legt, wirft Robert Dora einen verstohlenen Blick zu und steht auf.
Dora begleitet ihn hinaus und schließt die Tür hinter sich. Vor der Bassena flüstert sie zu ihm:
»Was soll ich ihm sagen?«
»Nicht jetzt, bitte!«

*

»...an schönen Tagen wurde der Käfig ins Freie getragen, und nun waren es besonders die Kinder, denen der Hungerkünstler gezeigt wurde; während er für die Erwachsenen oft nur ein Spaß war, an dem sie der Mode halber teilnahmen, sahen die Kinder staunend, mit offenem Mund, der Sicherheit halber einander bei der Hand haltend, zu, wie er bleich, im schwarzen Trikot, mit mächtig vortretenden Rippen, sogar einen Sessel verschmähend, auf hingestreutem Stroh saß, einmal höflich nickend, angestrengt lächelnd Fragen beantwortete, auch durch das Gitter den Arm streckte, um seine Magerkeit befühlen zu lassen.«
Dora kommt ins Zimmer, die Schulter an den Balkontürstock gelehnt, sieht sie auf die weit entfernt liegenden Hügel und das Maital. Was soll ich sagen, wenn er her-

ausfindet, daß ich ihm den Brief verschwiegen habe, grübelt sie, während Kafka an der Korrektur arbeitet.
»Hat sie vielleicht wieder Sehnsucht nach dem Schtetel?« fragt sich Kafka. Letzthin träumte sie von Polen, Brezezin. Ist sie bereits müde? Müde vom Leben hier und müde von mir?
Dora dreht sich und sagt:
»Ich bin aber wirklich gespannt, ob dir heute abend der Salat mit Gemüse schmecken wird.« Kafka sieht sie an und atmet auf. Sie macht ihm seit Wochen Vorschläge: Beim Frühstück bezüglich des Mittagessen, bei der Jause bezüglich des Nachtmahls. Er beginnt wieder von vorne zu lesen. Einen Schreck hat sie mir eingejagt, denkt er.

*

Zu Mittag beugt sich Dora über ihn. Die Haare überschatten die Druckfahnen vom »Hungerkünstler«. Kafka soll einen Briefentwurf für das Sanatorium schreiben, adressiert an die Arbeiter-Unfall-Versicherungs-Anstalt in Prag! Er steht mühevoll auf, beinahe wären ihm die 13 Jahre Beamtenleben aus seinem Gedächtnis entschwunden. Er geht ein paar Mal im Zimmer auf und ab, und dann setzt er sich hin und schreibt:
»Es wird auf Wunsch des Dr. Franz Kafka hiemit bestätigt, daß sich dieser heute am 5. Mai 1924 in unserem Sanatorium zu Kurzwecken aufhält. Kierling bei Klosterneuburg.« Dora nutzt die Gelegenheit und schiebt ihm die Karte, die sie bis zur Hälfte beschrieben hat, zu. Kafka überfliegt schnell die Karte an die Eltern:
»Schade nur, daß Franzens Erholung durch das Wetter aufgehalten wird. Sobald die Kälte endlich ganz überwunden sein wird, erhoffe ich das Beste von seinem hiesigen Aufenthalt. Die Luft ist hier, trotz des so langweilig schlechten Wetters, wunderbar. Man spürt direkt, wie

man Gesundheit einatmet. Auch die Verpflegung läßt nichts zu wünschen übrig, besonders, da es erlaubt ist, manchmal nach Lust und Laune eine Mahlzeit selbst zuzubereiten.«
Kafka sieht zu Dora hinauf, ihre Haare kitzeln ihn um die Nase herum, er fügt auf der Karte hinzu:
»Ich mache von der Schreibfaulheitserlaubnis Gebrauch, auch hat D. schon alles gesagt. Herzl. Grüße
F«

ZITTERPAPPEL

Kafka schreibt auf einen Zettel:
»Sehen Sie den Flieder, frischer als ein Morgen.«
Hermine Burgmüller, die wie üblich zum Fiebermessen gekommen ist, sieht zum sonnigen Balkon und zeigt auf das Gesicht von Kafka:
»Sie auch, aber rasiert schaun'S viel besser aus« sagt sie zu ihm.
Kafka zeigt ihr seine Hände. Sie zittern stark. Sie sagt:
»Einen jungen Friseurgehilfen hätt'ma da, jeden zweiten Tag schaut er vorbei, Gschirrmaster Leopold, soll i ihm heraufschicken? Er is unten grad mit dem Herrn Henning beschäftigt. Kennen'S den Herrn Henning, er ist auch a Dichter.«

*

Der junge Friseurgehilfe geht, nachdem er das Gesicht von Kafka rasiert hat, auf dem sonnigen windlosen Weg, an der Kirche rechts vorbei, nach Hause.
Die Zitterpappeln fragen ihn:
»Gschirrmeister, erzähl uns von Kafka!«
Der junge Friseurgehilfe bleibt stehen:

»Was gibt's da zu erzählen? Bin entsetzt, so eingfallen sind seine Wangen, hab' dauernd aufpassen müssen, daß i ihn beim Rasieren net verletz, mein Gott, der Arme. Wie ein Knochengerüst schaut er aus.«
»Wird er nie gesund?« wollen die Zitterpappeln wissen. Gschirrmeister überhört sie und zieht weiter: Die Bäume spinnen ja.

GENERAL

Aufgeweckt durch Streit zwischen Patienten:
begleitet von Hustenanfällen und gebrochenem Geschrei. Die Lungenkranken liefern einander Wortgefechte, die durch das enge Treppenhaus herauftönen. Im Lärm entdeckt Kafka die ruhige Stimme Robert Klopstocks, der versucht, alle Seiten zu beruhigen.
Später, während des Vormittagregens, wird ihm das Schweigen im Zimmer langsam schmerzhaft. Robert liest, Dora bügelt, und seit sich der Streit im Spielzimmer gelegt hat, herrscht Ruhe im Haus. Kafka beobachtet stumm die beiden und schreibt auf den Zettel:
»Robert! Erzählen Sie mir etwas.«
»Wollen Sie wissen, was sich da unten heute morgen abgespielt hat, worum sie sich im Spielzimmer gestritten haben? ... Henning, er ist ein Heimatdichter:
Einsamkeit, o Einsamkeit,
Heilig hingebreitet,
Halt mich aus des Lebens Leid
In dein Reich geleitet ... und so weiter.
Heute fand es der Heimatdichter besonders lustig, die Juden nachzuäffen. Die zwei Tschechen verlieren die Nerven, der Ältere sagt zu ihm: ›Jüdeln Sie nicht so!‹ Darauf

Henning schlagartig: ›Ich kann's, Sie müssen's‹, und so bricht der Streit aus. Sie fangen an, einander anzuhusten und auszuschimpfen, bis das Personal Doktor Hoffmann aus dem Ordinationszimmer herunterholt, daß er den Streit schlichte. Er sagt zu Henning: ›Derartige Bemerkungen sind im Sanatorium untersagt, ich muß Sie, Herr Henning, leider zurechtweisen.‹ Nur das, und er geht wieder hinauf. Gut, nicht wahr?«

Kafka sieht ihn mit dem üblichen warmen Lächeln an, er überlegt sich eine Weile, was er für das Weiterplaudern (schriftlich, versteht sich) benötigt. Er schreibt auf den Zettel:

»Habe ich Ihnen vom Meraner Sanatorium erzählt?«

Robert schüttelt den Kopf. Kafka läßt ihn beim Schreiben lesend folgen, er schreibt weiter: »Die Gesellschaft dort war ganz deutsch-christlich, darunter ein General und ein ebensolcher Oberst, beide kluge, angenehme Leute: Zum gemeinsamen Tisch gebeten, ein paar alte Damen, der General (dem ich gegenüber saß) und der Oberst. Die beiden kannten Prag. Ein Tscheche? Nein. Erkläre nun vor diesen treuen deutschen militärischen Augen, was du eigentlich bist. Irgendwer sagt: ›Deutschböhme‹, ein anderer ›Kleinseite‹. Dann legt sich das Ganze und man ißt weiter, aber der General mit seinem scharfen, im österreichischen Heer philologisch geschulten Ohr, ist nicht zufrieden. Nach dem Essen fängt er wieder den Klang meines Deutschs zu bezweifeln an, vielleicht zweifelt übrigens mehr das Auge als das Ohr. Nun kann ich mein Judentum zu erklären versuchen. Wissenschaftlich ist er zufriedengestellt, aber menschlich nicht. In diesem Augenblick, wahrscheinlich zufällig, denn alle können das Gespräch nicht gehört haben, aber vielleicht doch in irgendeinem Zusammenhang, erhebt sich die gan-

ze Gesellschaft, um wegzugehen. (Am vorigen Tag jedenfalls war sie lange beisammen). Auch der General ist sehr unruhig, aus Höflichkeit bringt er aber doch das kleine Gespräch zu einer Art Ende, ehe er mit großen Schritten wegeilt. Menschlich befriedigt mich das ja auch nicht sehr, warum muß ich sie quälen?; sonst ist es eine gute Lösung, ich werde wieder allein sein, ohne das komische Alleinsitzen, vorausgesetzt, daß man sich nicht irgendwelche Maßregeln ausdenken wird.«
Robert schaut zu Kafka und fragt sich, warum er die Palästina-Idee fallen gelassen hat. Er will ihn fragen, aber er ist schon müde, Plaudern liegt ihm nicht besonders, vor allem auf diese Art und Weise. Für heute genug, kann man der Art entnehmen, wie er die Füllfeder auf den Tisch legt.

FLIEDER

Es ist warm heute, sagen die Tannenbäume. 20 Grad im Schatten, melden die Spatzen. Grelles Sonnenlicht scheint ins Zimmer herein. Kafka liegt im Bett.
Dora pendelt zwischen den Blumentöpfen auf dem Balkon und dem Bett hin und her; was tut sie? Sie soll lesen, was er auf dem Zettel anordnet:
»Und Flieder in die Sonne«, schreibt er. Sie bringt den Flieder in die Sonne und kommt schnell zurück. Auf einem anderen Zettel steht nun:
»Gestern Abend hat noch eine Biene den weißen Flieder ausgetrunken.«
»Laß sie trinken! Wasser haben wir genug.«
Kafka schreibt auf den Zettel: »Sehr schief schneiden, dann können sie den Boden berühren.«

Sie schneidet mit der Schere die Stengel und steckt sie in die Vase. Sie eilt zum Bett, mit einer »Hier-meldet-gehorsamst«-Haltung steht sie vor dem Bett. Kafka schreibt auf den Zettel:
»Schräg, damit sie mehr trinken können, Blätter weg!«
Sie erledigt es schnell und kommt zurück:
Sie sieht in Kafkas Augen die Tränen. Warum weint er?
Kafka, ein aufgezwungenes Lächeln im Gesicht, schreibt auf den Zettel:
»Wie viel Jahre wirst Du es aushalten? Wie lange werde ich es aushalten, daß Du es aushältst?«

*

Nach dem Essen schreibt Kafka auf einen Zettel:
»Wenn die Nudeln nicht so weich gewesen wären, hätte ich gar nicht essen können, alles, auch das Bier, hat mich gebrannt.«
Er wirkt beschwipst, er fühlt sich erleichtert und will in der Sonne liegen. Er zieht das Hemd aus und geht zum Balkon.
Robert begleitet ihn und setzt sich mit dem Rücken zur Wand neben den Liegestuhl. Jedes Thema ist Kafka als Gesprächsstoff willkommen, vermutet er. Er beginnt mit den Budapester Erlebnissen aus den letzten zwei Monaten. Dann erzählt er von der Kur in der Tatra, und von Prag im Seziersaal, und vom Seziersaal landet er bei den Mädchenbriefen, die er im letzten Monat bekommen hat. Ein Exemplar hat er bereits in der Tasche. Kafkas großbrüderliche Distanz und Zurückhaltung provoziert ihn gerade zu solcher Offenheit. Kafka liest lange an dem Brief, und als Reaktion darauf schreibt er auf einen Zettel:
»Mit Mädchenbriefen sind Sie also gut versehn. Dieser Brief hier ist schön, ebenso schön wie abscheulich, das

sind die verführerischen Nachtstimmen. Die Sirenen haben auch so gesungen, man tut ihnen unrecht, wenn man glaubt, daß sie Krallen hatten und keinen fruchtbaren Schoß. Darüber klagen sie laut, sie konnten nichts dafür, daß die Klage so schön klang.«
Robert liest den Zettel und sieht lange in Kafkas Augen. Er sieht dann in das Tal hinein, von dort glaubt er, die Sirenenrufe gehört zu haben.

*

Als es um zwei Uhr nachmittags auf dem Balkon schattig wird, macht Kafka die Augen auf. Durch die Spalten des Balkongländers beobachtet er das Grün im Garten. Die senkrechten Linien des Geländers erinnern ihn an etwas. Mit Max waren sie in einer Ausstellung im Grand Palais (was hat man dort ausgestellt?) und später dann im Hotel:
»Das gestrichelte Paris: Die aus den flachen Kaminen herauswachsenden blumentopfartigen – die äußerst stummen alten Gaskandelaber – die Querstriche der Jalousien, denen sich in den Vorstädten die gestrichelten Schmutzabdrücke auf der Hauswand – die dünnen Leisten auf den Dächern, die wir in der Rue Rivoli sahen – das gestrichelte des Grand Palais des Arts – die strichweise geteilten Fenster der Geschäftsräume – die Gitter der Balkone – der aus Strichen sich bildende Eiffelturm – die größere Strichwirkung der Seiten- und Mittelleisten der Balkontüren gegenüber unseren Fenstern – die Sesselchen im Freien und die Cafehaustischchen, deren Beine Striche sind – die goldspitzigen Gitter der öffentlichen Gärten ...«
Die Pariser Striche werden durch Robert unterbrochen. Er steht, in der Hand die Pille, neben ihm. Kafka nimmt die Pillen und versucht sie einzeln zu schlucken. Er

macht zwei oder drei Mal den Mund auf, hat Erstikkungsgefühle und bekommt durch den Schmerz Tränen in die Augen. Es geht nicht, zumindest nicht so einfach. Er sucht einen Zettel und die Füllfeder, er schreibt:
»Bißchen Wasser, diese Pillenstücke stecken im Schleim wie Glassplitter.«
Dora eilt ins Zimmer und kommt mit einem Glas voll Wasser. Er schluckt das Wasser hinunter, als wäre es nicht Wasser sondern Schwefelsäure.
Erschöpft hängt er sich über das Geländer. Die Regenwolken eilen über seinen Kopf hinweg. Am Horizont trommelt es schon.
Nach 6 Stunden Sonne um 16 Uhr Gewitter, um 17 Uhr starker Regen, heißt es in der Mittteilung der Hohen Warte.
Er sieht: aus einem Kamin der Nachbarschaft taucht ein kleiner Vogel auf, hält sich am Kaminrand fest, sieht sich in der Gegend um, erhebt sich und fliegt. Kein gewöhnlicher Vogel ist es, der aus dem Kamin auffliegt. Aus einem Fenster des ersten Stockwerks blickt ein Mädchen zum Himmel auf, sieht den Vogel sich in die Lüfte erheben und ruft: »Dort fliegt er, schnell, dort fliegt er«, und zwei Kinder drängen sich schon auf ihre Seite, um den Vogel auch zu sehen.
Robert beobachtet ihn. Kafka setzt sich wieder hin und schreibt auf einen Zettel:
»Weil ich viele Stunden mit dem Kehlkopf nichts gemacht habe, schmerzt es so?«
»Was spüren Sie jetzt?« fragt Robert Kafka auf dem gleichen Zettel:
»Verhaltenen Reiz habe ich immer.«
Als die Wolken, nach Donnern und Blitzen, sich für den Regen entscheiden, steht er auf, und von Robert und

Dora in die Mitte genommen, geht er ins Zimmer. Er legt sich vorsichtig auf das Bett, und durch die offengelassene Balkontür sieht er, wie die Holzbretter naß werden. So soll es auch einmal seiner Kehle wiederfahren. Froh ist der aufgeflogene Vogel, der sich jetzt im Regen den Ruß von den Federn waschen kann.

AUSTERLITZ

Dora klopft an die Zimmertür. Robert macht auf. Sie setzt sich unausgeschlafen auf den Bettrand und wartet mit halbgeöffnetem Mund, bis sich die Glocken von der St. Peter und Paul-Kirche beruhigt haben, und sagt dann:
»Gestern Nacht konnte er wieder nicht schlafen.«
Sie ist erschöpft. Einige Nächte lang im Dunkeln neben Kafkas Bett zu sitzen, seinem Atmen zu lauschen und bei jedem kleinen Husten oder Keuchen aufgeschreckt auf das abgemagerte knochige Gesicht zu starren, hat sie ermüdet. Dazu kommt noch das Schuldgefühl, Kafka den Inhalt des Briefes verschwiegen zu haben.
»Ich hab Angst, ihm von dem blöden Nein dieses Rebbe zu erzählen, was soll ich tun?«
»Schlafen«, sagt Robert. »Sich hinlegen und einfach schlafen. Ich werde heute einkaufen gehen.«
»Hier.«
Sie überreicht ihm einen Zettel und legt sich hin. Robert überfliegt die Liste:
»Hier fehlt etwas.«
Dora macht die Augen auf.
»Wo ist sein Doppelmalz-Schwechater Bier?« fragt Robert. Dora macht die Augen zu und lächelt müde.
»Und mein Tokajer?« fragt er weiter.

»Ich werde ihm heute vom Brief erzählen«, sagt sie im Halbschlaf.

*

Freitag der 9. ist kälter als der vorherige Tag (7 Grad). Kafka bleibt im Bett, und die Balkontür bleibt vorläufig geschlossen:
»Die Anstalt ist für mich ein Federbett, so schwer wie warm. Wenn ich hinauskriechen würde, käme ich sofort in die Gefahr mich zu verkühlen, die Welt ist nicht geheizt. Das Fieber ist gesunken, das Einschlafen leichter«, schreibt er auf einen Zettel.

*

Kurz vor Mittag, nach der Alkoholinjektion, fragt ihn Robert:
»Und wie fühlst du dich heute?«
Kafka geht zum Tisch. Er schreibt auf einen Zettel:
»Nach dem heutigen Vormittag – aber es täuscht ja alles – wirken die Bonbons, abgesehen von dem nachfolgenden endlosen Brennen, besser als Einspritzungen. Ich kann nicht gleich nach der Auflösung ..., weil da das große Brennen ist. Das Bessere äußert sich darin, daß die Schmerzen, die ja auch nach der Einspritzung kommen, hier dumpfer sind, als ob die Wunden, über die das Essen gleitet, zugedeckt wären. Ich will nur die Wirkung beschreiben. Übrigens habe ich es nur heute Vormittag gefühlt. Es kann ja alles falsch sein.«
Er beobachtet Robert beim Lesen. Er fügt dann hinzu:
»Odradek kann ohne Lunge lachen.«
»Wer ist Odradek?«
»Ich weiß es nicht«, schreibt Kafka und lächelt ihm zu.

*

Nach dem Essen, so weit man dieses langsame mühsame Hin und Her mit ein paar Nudeln und zwei Löffeln

Suppe Essen nennen kann, versucht es Kafka mit zwei Schluck Bier. Er riecht mehr daran, als es zu trinken, und beobachtet lange den Schaum und die goldene Farbe. Er zieht sich dann zurück und sieht zur Balkontür. Zwei Tränen rollen, ohne daß sich der Ausdruck seines Gesichtes ändert.

Dora sieht erschrocken zu Robert und nimmt Kafkas Hand in die ihre:

»Was hast du, Franz?«

Robert überreicht ihm die Füllfeder. Er schreibt:

»Es ist ja nur eine dumme Beobachtung. Wie ich zu essen anfing, senkte sich im Kehlkopf irgendetwas, worauf ich wunderbar frei war und schon an alle möglichen Wunder dachte, aber es ging gleich vorüber.«

Als er merkt, daß diese Erklärung als Ursache seiner Traurigkeit nicht ausreicht, schreibt er hinzu:

»So traurig bin ich ja nur, weil diese wahnsinnige Essensmühe unnütz ist.«

*

Das ganze Traurigsein bleibt auch am Nachmittag. Die Patienten sind im Spielzimmer zu laut, man hört sie singen und spielen, aber in einer eigenartigen fröhlichen Apokalypse.

Kafkas Traurigkeit wird noch durch die Korrekturarbeiten verschlimmert. Dora sitzt schweigsam auf der Chaiselongue und beobachtet Kafka, der auf den ›Hungerkünstler‹ starrt:

»Er aber war wieder aus einem anderen Grunde niemals befriedigt, vielleicht war er gar nicht vom Hunger so sehr abgemagert, daß manche zu ihrem Bedauern den Vorführungen fernbleiben mußten, weil sie seinen Anblick nicht ertrugen, sondern er war nur so abgemagert aus Unzufriedenheit mit sich selbst.«

Als Robert mit einem Tokajer anklopft und hereinkommt, schrickt das Zimmer aus stillem Schweigen auf. Die schwere Luft ist kaum zu atmen:
»Tokajer kann man nicht alleine trinken.«
Dora steht auf und holt die Weingläser aus dem Schrank. Sie stellt die Gläser lächelnd aber unsicher auf den Tisch. Robert hält Kafka die Weinflasche hin.
Jahrgang? Es gelingt Kafka nicht, einen kritischen Weinkenner zu spielen, als Abstinenzler und Nichttrinker ist es auch nicht so einfach. Robert macht die Flasche auf und gießt ihm einen Schluck ins Glas. Der helle goldene Glanz, der Geruch und zum Schluß der vorsichtige Schluck erinnern Kafka an das Lied von der Erde. Klopstock merkt den Stimmungswechsel und beginnt über die Unterschiede und Vorzüge der Weine ungarischer Herkunft zu sprechen.
»Tokajer, so erzählt man in Tokaj, ist ...«

*

Die erste Flasche steht leer auf dem Tisch, Kafka liegt auf dem Bett mit den Händen in der Tasche, so, wie er sich im Prager Zimmer auf dem Kanapee ausgesteckt hatte, und sieht gelöst in die Runde. Er nimmt einen großen Schluck aus dem Glas, Dora sieht ängstlich zu ihm. Kafka, um sie zu beruhigen, schreibt auf einen Zettel:
»Mit wenig verschluckt man sich vielleicht leichter.«
Robert trocknet sein gerötetes nasses Gesicht und sagt mit einer lockeren und schweren Zunge:
»Und jetzt haben wir das Nachmittagskabarett auf dem Programm stehen, die Beschreibung einer der bedeutendsten Traditionen der Welt!«
Er holt aus der Tasche seiner Jacke, die auf einer Sessellehne hängt, ein gerolltes Heft heraus:
»Soll ich anfangen?«

Dora sagt: »Ja«, und Kafka stimmt ihr vorsichtig zu. Robert macht das kleine Heft auf:
»Ich bitte um Aufmerksamkeit!
Ein kleiner krummbeiniger Mann, Austerlitz, der schon zweitausendundachthundert Beschneidungen hinter sich hat, führte die Sache sehr geschickt aus.«
Dora fragt belustigt:
»Was macht er?«
Im Kafkas Augen steht vorwurfsvoll: Robert!
Robert liest unbeindruckt weiter:
» ... Es ist eine dadurch erschwerte Operation, daß der Junge, statt auf dem Tisch, auf dem Schoß seines Großvaters liegt und daß der Operateur, statt genau aufzupassen, Gebete murmeln muß. Zuerst wird der Junge durch Umbinden, das nur das Glied frei läßt, unbeweglich gemacht, dann wird durch auflegen einer durchlochten Metallscheibe die Schnittfläche präzisiert, dann erfolgt mit einem fast gewöhnlichen Messer, einer Art Fischmesser, der Schnitt. Jetzt sieht man Blut und rohes Fleisch, der Moule (auch Mohel genannt) hantiert darin kurz mit seinen langnägligen zittrigen Fingern und zieht irgendwo gewonnene Haut wie einen Handschuhfinger über die Wunde ...« Robert sieht zu Kafka, der seine Ohren zuhält, und fragt ihn:
»Irgendwo gewonnene Haut?« Und er liest weiter: »Gleich ist alles gut, das Kind hat kaum geweint. Jetzt kommt nur noch ein kleines Gebet, während dessen der Moule Wein trinkt und mit seinen noch nicht ganz blutfreien Fingern etwas Wein an die Lippen des Kindes bringt.«
Dora verzieht des Gesicht. Robert weiter:
»Die Anwesenden beten: ›Wie er nun gelangt ist in den Bund, so soll er gelangen zur Kenntnis der Thora, zum

glücklichen Ehebund und zur Ausübung guter Werke‹. Das war das im Übergang begriffene westeuropäische Judentum beim Veranstalten des alten Brauchs der Beschneidung mit den halbgesungenen Gebeten in Prag. Jetzt, um die historisch interessierten Anwesenden durch Mitteilungen über den echten Brauch zu informieren, gehen wir langsam von Westen nach Osten.«

Robert steht auf und gießt Wein in die Gläser. Kafka hat noch das übliche schüchterne Lächeln auf dem Gesicht, aber man merkt schon, daß ihm das Thema zunehmend peinlich wird. Dora möchte aber weiter hören. Robert setzt sich wieder und macht das Heft auf:

»Die Beschneidung in Rußland:

In der ganzen Wohnung werden handtellergroße, mit kabbalistischen Zeichen bedruckte Tafeln aufgehängt, um die Mutter in der Zeit zwischen der Geburt und der Beschneidung vor bösen Geistern zu schützen, die ihr und dem Kind um diese Zeit besonders gefährlich werden können, vielleicht weil der Körper so sehr geöffnet wurde und also allem Bösen bequem Eingang bietet, und weil auch das Kind, solange es nicht in den Bund aufgenommen ist, dem Bösen keinen Widerstand leisten kann. Deshalb wird auch, damit die Mutter keinen Augenblick allein bleibe, eine Wärterin aufgenommen. Zur Abwehr der bösen Geister dient es auch, daß während sieben Tagen nach der Geburt mit Ausnahme des Freitag zehn bis fünfzehn Kinder, immer andere, gegen Abend unter Führung des Belfers (Hilfslehrers) zum Bett der Mutter vorgelassen werden, dort das ›Sch'ma Israel‹ aufsagen und dann mit Süßigkeiten beschenkt werden: Diese unschuldigen, fünf bis acht Jahre alten Kinder sollen die bösen Geister, die gegen Abend am meisten drängen, besonders wirksam abhalten. Freitag wird ein besonderes Fest abgehalten, wie überhaupt während dieser Woche mehrere Gastmähler einander folgen. Vor dem Tag der Beschneidung werden die Bösen am wildesten, deshalb verbringt man die letzte Nacht bis gegen Morgen wachend bei der Mutter. Die Beschneidung erfolgt meist in Gegenwart von oft über hundert Verwandten und Freunden. Der Angesehenste der Anwesenden darf das Kind tragen. Der Beschneider, der sein Amt ohne Bezahlung ausübt, ist meist ein Säufer, da er, beschäftigt wie er ist, sich an dem Festessen nicht beteiligen kann und daher nur etwas Schnaps hinunterschüttet. Alle diese Beschneider haben deshalb rote Nasen und riechen aus dem Mund. Es ist daher auch nicht appetitlich, wenn sie, nachdem der Schnitt ausgeführt ist, mit diesem Mund das blutige Glied aussaugen, wie es vorgeschrieben ist.«

»Pfui!« schreit Dora. Robert, nach einem kurzen Blick, weiter:

» ... Das Glied wird dann mit Holzmehl bedeckt und ist in drei Tagen beiläufig heil.«

Kafka atmet auf, aber im Gesicht steht immer noch der Ausdruck »Robert!«

Dora fragt: »Von wo hast Du dies abgeschrieben?«

Robert trinkt sein Glas aus:

»Darüber möchte ich hier und jetzt keine Auskunft geben, aber zeige jetzt einmal den Brief von deinem Vater, ob ich die Sprache verstehen kann!«

Dora sieht ihn ängstlich an. Kafka macht die Augen auf und sieht fragend zu Dora. Dora steht auf und geht zum Schrank. Kafka sieht gespannt zu, wie sie den Brief Robert überreicht.

Robert versucht zu lesen und gibt den Brief zurück:

»Mit dem Hebräischen bin ich noch nicht so weit.«

Dora steht vor dem Bett, sie sieht auf den Brief:

»Da gibt es etwas Privates, ich möchte es nur Franz sagen.«
Robert steht auf, nimmt gekränkt seine Jacke, und sagt:
»Ich gehe ein wenig Luftschnappen, bis später.«

*

Am nächsten Tag, Samstag, regnet es. Kafka schreibt ihr kein Wort, auch Robert wird nicht nach unten gerufen. Die übliche Alkoholinjektion läßt er mit Geduld über sich ergehen, er ißt und trinkt nichts.

*

Max Brod notiert in Prag in sein Gedächtnisbuch:
»Es ist Samstagnachmittag, ich komme in die Redaktion, man ruft mir zu: ›Schnell zum Telefon, eine Dame aus Wien ruft eben an.‹ Ich stürze in die Telefonzelle. Es ist Dora: ›Du hast angerufen.‹ Ich: ›Nein, ich komme ja erst diesen Augenblick.‹ Dora: ›Prag hat angerufen, das Prager Tagblatt meldete sich, daher fragte ich nach Dir‹, und dann, ›wenn Du Franz noch einmal sehen willst, so komme.‹«

*

Sonntags genauso regnerisch wie Samstag. Nur einmal fragt Kafka auf einem Zettel: »Wer hat telefoniert, ob es nicht Max war?«

*

Max Brod weiter im Buch:
»Daraufhin nehme ich den nächsten Zug. Knapp ehe ich am Sonntag, den 11. Mai, das Haus verlasse, erfahre ich, daß ein Junge in der Wohnung unter uns im Sterben liegt. In der Elektrischen grüßt mich eine schwarzgekleidete Dame, sie ist die Witwe des Ministers Tusar, kurz nach dem plötzlichen Tod ihres Mannes. Im Regen komme ich in Wien am Franz Josefs Bahnhofs an. In der Nähe des Bahnhofs suche ich ein Hotel. Am Morgen fahre

ich mit dem ersten Zug nach Klosterneuburg, von da nach Kierling. Jetzt stehe ich hier vor der Bushaltstelle und warte auf Dora. Ich habe sie vorhin angerufen, Franz schläft, sie kommt herunter.«
Max Brod wartet im Morgennebel mit einem großen Strauß Pfingstrosen und anderen Blumen vor dem Gasthof auf Dora.

ASCHGRAU

Dora beugt sich weinend über das Brückengländer:
»Du kennst ihn besser als ich, er lebt weiter mit der gleichen Intensität, in der er bis jetzt tausend Tode gestorben ist: Aschgrau. Wie einer, der aus dem Schlachtgetümmel zurückgefunden hat, liegt er dort auf dem Bett, bitte, wenn Du ihn siehst, zeige Deine Erschrockenheit nicht!«
Max zündet sich eine Zigarette an und schickt den Rauch zu den Weidenbäumen. Das chassidische Mädchen mit ihrer Naivität stellt ein gewisses Gleichgewicht für die Seele seines Freundes dar, falls er die TBC überlebt, wird er auch die Geister besiegen.
»Meine Mutter«, sagt Max flüsternd zu ihr, »hat man damals ›Fanny mit den schönen Beinen‹ genannt, wegen ihrer schönen Figur war sie Vorführdame in einem Damenmodengeschäft. Oft baten wir Mama, uns vorzusingen, gerade dann, wenn sie schlecht aufgelegt war und sich mit uns zankte. Otto, mein Bruder, und ich haben das Lied öfters gehört, so oft, daß wir es beide auswendig singen können, es geht so.«
Er summt ein paar Noten in der Luft des Kierlingbaches, und: »Jetzt,

Mädchen, wollt ihr werden
Wie Märzveigerln schön,
Müßt ihr in der Märznacht
Still zum Bache gehen – haha –
Still zum Bache gehen.
Mädchen, wollt ihr ... usw.«

Außer dem Kierlingbach schweigt alles. Max fragt sie leise:

»Gefällt es Dir? Wenn's Dir gefällt, schreibe es Dir auf, gegen die Traurigkeit meiner Mutter hat es immer gewirkt.«

Dora sieht ihn an und wischt mit dem Handrücken die Tränen von den Wangen.

*

Max sitzt auf dem Sessel. Dora führt die schriftlichen Anweisungen Kafkas aus. Man will Max vorführen, wie es funktioniert. Auf dem Zettel steht:

»Besonders möchte ich mich der Pfingstrosen annehmen, weil sie so gebrechlich sind.«

Dora trennt die Pfingstrosen und gibt sie in eine Extravase. Kafka schreibt:

»Bitte schau nach, ob die Pfingstrosen den Vasengrund nicht berühren.«

Dora kommt langsam ins Schwitzen. Kafka schreibt:

»Zeig mir die Aglaja, zu grell, um mit anderen beisammen zu stehen. Rotdorn ist zu versteckt, zu sehr im Dunkeln. Mehr Wasser. Jetzt aber vorläufig genug Blumen.«

Dora kommt zurück und wirft sich auf das Bett. Jetzt ist es aber wirklich genug, will sie sagen.

Max sieht sie voller Bewunderung an, die Röte auf ihren aufgeregten Wangen ist eine berechtige Entschädigung für das graugrimmige Wetter draußen. Kafka lächelt ihr zu und schreibt auf den Zettel an Max:

»Irgendwo in den heutigen Zeitungen ist eine ausgezeichnete kleine Notiz über die Behandlung gepflückter Blumen, so schrecklich durstig sind sie, noch so eine Zeitung.«
Max nickt, er hat das Gefühl, er muß sich auch schriftlich mit ihm unterhalten, daher die schweigsame Haltung. Er zwingt sich aber zu sprechen, leise fragt er:
»Bei Professor Hajek war es nicht besonders angenehm?«
Kafka auf dem Zettel:
»Den Mann neben mir haben sie getötet, jeder Assistent ist auf einen Sprung hingekommen und hat ohne zu fragen ...
Sie haben ihn mit Lungenentzündung herumgehen lassen, mit 41 Grad Fieber.
Großartig war es, wie dann in der Nacht alle Assistenten in ihren Betten waren und nur der Geistliche mit seinem Gehilfen da war. Er mußte nicht beichten. Nach der Letzten Ölung ist der Geistliche wieder ...«
Max sieht ihn an, die Traurigkeit überschattet alles andere auf seinem Gesicht. Er sieht sich um, und sein Blick bleibt auf den gestapelten Oktavheften am Tisch hängen. Um das Thema zu wechseln, fragt er:
»Und wie kommst du mit der Arbeit voran?«
Kafka zeigt auf den Tisch, dort liegen die Druckfahnen. Max holt sich die Prager Presse. Kafka schreibt:
»Die Geschichte bekommt einen neuen Titel. Josefine, die Sängerin oder Das Volk der Mäuse. Solche Oder-Titel sind zwar nicht hübsch, aber hier hat es vielleicht einen besonderen Sinn. Es hat etwas von einer Waage.«
Max überfliegt die Druckfahnen und fragt:
»Und hier?« Er zeigt auf die Korrektur des Hungerkünstlers.
»Ein Drittel aus der Mitte gestrichen«, schreibt Kafka. Max beginnt zu lesen:

»Als Höchstzeit für das Hungern hatte der Impresario vierzig Tage festgesetzt, darüber hinaus ließ er niemals hungern, auch in den Weltstädten nicht, und zwar aus gutem Grund. Vierzig Tage etwa konnte man erfahrungsgemäß durch allmählich sich steigernde Reklame das Interesse einer Stadt immer mehr aufstacheln, dann aber versagte das Publikum, eine wesentliche Abnahme des Zuspruchs war festzustellen ...«

Dora sagt dazwischen:

»Ich gehe jetzt etwas kochen.« Beide Männer nicken.

*

Um Kafkas Magerkeit nicht ansehen zu müssen, geht Max auf den Balkon. Kafka steigt aus dem Bett und zieht sich langsam an. Er gesellt sich zu Max auf dem Balkon. Er versucht, mit ihm zu sprechen, nach undeutlichem Piepsen und Pfeifen gibt er aber auf. Er geht ins Zimmer und holt sich Füllfeder und Papier. Er setzt sich in den Liegestuhl und schreibt:

»Mich strengt heute das Reden an.«

»Dann schreib! Ich habe Deine Sachen immer gern gelesen«, sagt Max.

Kafka schreibt, während Max murmelnd mitzulesen versucht:

»Wie leicht Grenadine mit Selter beim Lachen durch die Nase geht.«

Max mit dem Finger auf die Schläfe:

»Wo war das schnell?«

Kafka schreibt:

»Paris! Opéra Comique. Du erinnerst Dich doch an den kleinen Platz; für den letzten Akt sind wir schon zu müde (ich war es schon für den vorletzten) und gehen weg und setzten uns in eine Bar gegenüber der Opéra Comique, wo Du in Deiner Müdigkeit mich mit Sodawasser ganz bespritzt und ich in meiner Müdigkeit vor Lachen mich nicht halten kann und mir die Grenadine durch die Nase jage. Auf diesem Platz wurde mir wohl nach der Hitze im Theater, wo ich die heiße Luft durch das offene Hemd an meine Brust gefächelt hatte; die Nachtluft, das Sitzen im Freien, das Ausstrecken der Beine auf einen städtischen Platz, obwohl die erleuchtete große Theaterfassade mit den Seitenlichtern der Kaffeehäuser ausreichte, den kleinen Platz, besonders seinen Boden, bis unter die Tischchen hin wie ein Zimmer zu beleuchten.«

*

Kafka genießt es, zuzusehen, wie leicht Max das Bier austrinkt. Er schreibt:
»Warum waren wir in keinem Biergarten?«
Max sagt leise:
»Wir können es aber später bei dem Gasthof nebenan schnell nachholen.«
Kafka lächelt traurig:
»Langer Weg«, schreibt er. Er sieht dann über das Maital hinaus, weit weg, weit über den Wienerwald hinaus, er schreibt:
»Wein – Meran Bier – Mücke«
Max muß lachen. Kafka als Antialkoholiker hatte sich immer geweigert, zu trinken: In Weimar mußten sie einen ganzen Tag herumlaufen, um ein alkoholfreies Lokal zu finden.
»Was hältst du von noch einer Italienreise?« fragt Max.
Kafka sieht ins Weite hinaus und schreibt:
»In früheren Jahren Venedig, Riva, Desenzano auch allein Norderney, Helgoland, Onkel Siegfried.«
Ein Moment des Schweigens im Tal: Wird es regnen?
Beide horchen in die Stille hinein. Kafka schreibt:
»Wenn es eine Weile still ist, bin ich froh.«

Er zeichnet etwas darunter und schreibt:
»Italien Sizilien«

*

»Essen!« ruft Dora aus dem Zimmer. Den Tisch haben sie zwischen Bett und Balkontür gestellt. Robert ist nach oben gegangen, um aus seinem Zimmer zwei Sessel zu holen. Das Stubenmädchen bringt Steirisches Wurzelfleisch in einem Suppentopf aus Porzellan herein, und Dora, ein wenig aufgeregt und rot im Gesicht, stellt es auf den Tisch. Kafka verbirgt seine Verlegenheit, als Mann des Hauses in dieser Form Max zu Tisch bitten zu müssen.

*

Es klopft an die Tür.
»Baronesse Henriette Waldstätten-Zipperer heißt Herrn Max Brod willkommen und hofft sehr, daß Ihnen der Kuchen schmeckt«, sagt der junge Hausdiener Konrad und atmet auf, als er die Meldung hinter sich gebracht hat. Während des Essens schweigen alle. Kafka schluckt unter Schmerzen, er will, daß die Krankheit soweit wie möglich nicht auf dem weißen Tischtuch erscheint. Er beobachtet genußvoll alle beim Trinken. Er nimmt die Gläser aus der Hand der anderen und riecht intensiv daran, ehe sie austrinken.
Beim Abräumen schimpft Dora:
»Franz hat wieder nichts gegessen.«
Kafka sieht zu Max, er erwartet von ihm ein anderes Urteil und schreibt an Dora, aber so, daß Max es lesen kann:
»Du lobst so willkürlich, heute habe ich viel gegessen, tadelst Du, ein andermal lobst Du ebenso ungerecht.«
Dora, mit einem Teller in der Hand, liest den Zettel laut vor und sagt zu Max:

»Dein Freund ist nicht nur ein Schriftsteller, er ist auch ein Dramatiker!«
Klopstock lacht. Kafka brummt etwas von einem ungerecht behandelten armen Kranken, der sich nicht einmal verteidigen kann. Max schmunzelt. Klopstock hilft Dora das Geschirr hinauszutragen.
Dora zu Max:
»Du trinkst aber schon Kaffee?«
Max nickt freundlich. Kafka steht auf und geht zum Balkon. Max beobachtet ihn besorgt und öffnet sein Gedächtnisbuch. Nach dem Berliner Aufenthalt hatte er notiert:
»Das ist mein Eindruck: Die beiden Menschen passen ganz wundervoll zueinander. Hätte er Dora früher kennengelernt, so wäre sein Lebenswille wohl schon früher, rechtzeitig, stärker gewesen. Sie scherzen oft wie Kinder miteinander.«
Dora kommt herein und läßt Wasser in das Waschbekken ein. Kafka nähert sich und taucht schüchtern seine Hände in das warme Wasser. Dora hält sie unters Wasser, und zu Max:
»Unser Familienbad nennen wir das.«

*

Während Dora die knochigen Hände Kafkas mit dem Tuch trocknet, kommt Robert Klopstock mit der Kaffeekanne herein und ruft festfreudig:
»Der Kaffee ist fertig!«
Max schreibt schnell dazu:
»Sie tauchen ihre Hände gemeinsam in dasselbe Waschbecken und dies nennen sie ›unser Familienbad‹.«

*

Bei Kaffee und Kuchen auf dem Balkon schreibt Kafka für Max:

»Wenn sie sich schämt, lächelt sie so ähnlich wie ...«
Max lehnt sich über das Holzgeländer und sieht in den Garten des Sanatoriums. Er liest auf dem Zettel weiter:
»... Im Louvre, weißt Du noch, Ansammlung der Besucher vor dem Öffnen des Louvre. Die Mädchen saßen zwischen den hohen Säulen, lasen im Baedeker, schrieben Ansichtskarten, dann von einer Bank zur andern. Gedränge im Salon Carré, erregte Stimmung, gruppenweises Stehen, wie wenn die Mona Lisa gerade gestohlen worden wäre. Annehmlichkeit der Querstangen vor den Bildern, an denen man lehnen kann, besonders im Saal der Primitiven. – Dieser Zwang, mit Dir Deine Lieblingsbilder anzusehen, da ich zu müde bin, selbst hinzuschauen. – Bewundernder Aufblick. – Die Kraft einer großen jungen Engländerin, die mit ihrem Begleiter im längsten Saal von einem Ende zum andern geht.«
Max sieht über die Hügel, auch unter Wolken verlieren sie kaum die grüne Farbe, die Kirschbäume und ...
Kafka reicht ihm noch einen Zettel:
»Mein Cousin, dieser herrliche Mensch«, schreibt Kafka, »wie dieser Robert, er war schon etwa vierzig Jahre, gegen Abend, früher konnte er nicht, er war Advokat, hatte viel zu tun, sowohl mit Arbeit als mit Vergnügen, wenn er also nach fünf Uhr nachmittags auf die Sophienschwimmschule kam, die Kleider mit ein paar Griffen abwarf, ins Wasser sprang und sich dort herumwälzte mit der Kraft eines schönen wilden Tieres, glänzend vom Wasser, mit strahlenden Augen und gleich weit fort war gegen das Wehr zu – das war herrlich. Und ein halbes Jahr später war er tot, totgequält von Ärzten. Eine geheimnisvolle Milzkrankheit, gegen die man hauptsächlich mit Milchinjektionen gearbeitet hat, im Bewußtsein, daß es nichts hilft.«

Max liest den Zettel und muß sich sehr anstrengen, das betrübte Gesicht zu verbergen. Der Abschied geht sehr schweigsam vor sich.

*

Eine dunkle Wolke bedroht das Sanatorium mit Regen, durch einen geheimnisvollen Wind beginnen die Tannen zu flüstern. Die Dohle und die anderen Vögel sehen nachdenklich besorgt nach oben. Das Stubenmädchen läuft in den Hof und nimmt schnell die frisch gewaschene Bettwäsche von der Leine.
Ein offen gebliebenes Fenster wird irgendwo zugeschlagen.

HITZEWELLE

Nach der Abreise von Max kommt die Traurigkeit, begleitet von einer Hitzewelle, in der die strahlende Sonne wütet. Am Dienstag, den 13., hat es 21 Grad. Kafka liegt mit nacktem Oberkörper auf dem Balkon.
Henning, der Heimatdichter, und zwei andere Patienten singen dreistimmig ein Heimatlied.
»Liebe Ottla, die erste Stunde am ersten schönen Tag nach einer Woche gehört Dir. Ich habe Dir schon lange nicht geschrieben, denn wenn es mir gut geht, im Wald, in der vollkommenen Stille, mit Vögeln, Bach und Wind, wird man auch still und wenn ich verzweifelt bin, auf dem Balkon, in dem vom Lärm zerstörten Balkon, kann ich nicht schreiben. Du erwähnst, daß es für mich schwer ist, ›Ruhe zu gewinnen‹. Das ist wahr, aber Du erinnerst mich damit an ein sehr gutes Mittel gegen Nervosität, es gehört dem Herrn Weltsch-Vater und ist aus den ›Hugenotten‹. In der schrecklichen Bartholomäus-Nacht, in der

alle Protestanten in Paris ermordet wurden, alle Glocken läuten, man überall Bewaffnete hört, öffnet (ich glaube, ich kenne die Oper nicht) Raoul das Fenster und singt wütend: ›Ist denn in Paris nicht Ruh zu gewinnen?‹ Ich will nicht übertreiben, es ist bisher mehr als dreimal geschehen: der Heimatdichter singt und pfeift eine Menge, er ist wie ein Vogel, kaum berührt ihm die Sonne den Schnabel, fängt er an, aber auch bei Mondschein und auch bei finsterem Himmel, und immer erschreckend plötzlich, kurz, mir schadet er jetzt nicht mehr sehr, aber seinem Zimmernachbar, einem Tschechen, macht er das bittere Leben noch bitterer.«

Henning hört auf zu singen, Kafka zu schreiben.

*

Ab sieben Uhr liegt er in der Sonne. Er riecht intensiv den Duft der Linden und Flieder, der durch Morgentau bis zum Balkon hinaufsteigt: es ist der Geruch eines unersättlichen Frühlingstages.

*

Robert setzt sich neben ihn:

»Ich fahre jetzt nach Wien, soll ich dort etwas besorgen?«

Er nimmt der Füllfeder. Neben dem Liegestuhl liegt Papier, er schreibt:

»Max hat am 27. Mai Geburtstag.«

»Haben Sie da an ein Buch gedacht?« fragt Robert leise.

»Nr. 27 Arthur Berger, Auf den Inseln des Ewigen Frühling. Bibliothek der Reisen und Abenteuer. Verlag Brockhaus Leipzig.«

»Und wenn es vergriffen ist?«

Kafka schreibt:

»Ich habe aus dieser Bibliothek schon einige Bücher gehabt, es sind meist Excerpte aus großen Werken für Ju-

gendliche, sehr gut. Es wird wohl vorrätig sein im großen Sortiment, etwa bei Lechner (Graben), aber bei Heller z.B. nicht, man muß eine Nase dafür haben, was ich aber bei der Hitze nicht von Ihnen verlangen kann. Warten Sie damit, bis die Kleider kommen.«
Robert lächelt:
»Ach, es macht mir nichts, ich schwitze nicht so ungern.«

*

Die Sonne beschönigt alles andere: die Schluckschmerzen, das Fehlen von Max, die Ablehnung von Doras Vater und die zunehmende Atemnot. Windlos geht alles vor sich, ein Fest für die Mücken. Ein Demonstrationstag für die Schwalben: sie kurven in den blauen Höhen herum.

*

Dora weckt ihn auf, als sie sich neben den Liegestuhl auf den Boden setzt.
»Ich hätte so gern meine Füße im Wasser«, sagt sie seufzend.
Kafka lächelt ihr zu, er pfeift leise:
»Geh zum Kierlingbach!«
»Ich will dich nicht allein lassen.«
Kafka zieht die Beine zusammen. Sie soll ihm nur, bevor sie weggeht, die Druckfahnen vom Hungerkünstler reichen.

*

Kafka schwebt im Halbschlaf über dem Kierlingbach herum: Durst zieht ihn dorthin, wo das Wasser unter den Weiden rauscht.

*

Dora stellt die Einkaufstasche auf den Boden. Kafka wird wach. Sie schiebt die Haarsträhne aus dem Gesicht.
»Heiß«, sagt sie. »Dafür ist das Wasser im Bach kristallklar.«

Kafkas trockene Zunge schmerzt vor Sehnsucht nach dem Wasser. Er sieht auf ihre nackten Füße, die vom kalten Wasser rot und frisch geworden sind. Er kann sich schwer zurückhalten und schreibt an Dora:
»Kann man in dem Bach nicht baden, auch Luftbad?«

MINERALWASSER

Der nächste Tag: wolkenlos, Tau, 2 Grad wärmer. Der Tau glänzt an den vornübergebeugten Blumen: so schwer ist heute die Last des Taus. Der Morgen beginnt so sanft, so leicht, daß kein Patient sich traut, vom Balkon aus in der sauberen, leichten Luft zu husten. Flüchtig nur ist die Brise, die das Atmen erleichtert.
Dora streckt den Kopf zur Balkontür heraus:
»Ich gehe jetzt einkaufen, brauchst Du was?«
Kafka blickt auf, er schreibt auf den Zettel:
»Frag, ob es gutes Mineralwasser gibt, nur aus Interesse.«
»Im Ernst?« staunt sie.
Kafka nickt. Dora geht nachdenklich vom Balkon weg.

*

Er hätte jetzt einen Brief an Max schreiben sollen.
Lieber Max, heute ist Schwimmschulwetter, würde er hineinschreiben können, weil nur Max wissen würde, was er damit meinte.
Die Glocken läuten deutlich klarer als sonst. Er muß endlich herausfinden, ob seine Taschenuhr oder die Turmuhr drei Minuten falsch geht.
Hermine, die Krankenschwester, kommt herein:
»Schön ist es auf dem Balkon, nicht?«
Kafka nickt.
»Wie geht es Ihnen? Ein wenig besser, nicht?«

Kafka, das Fieberthermometer im Mund, macht eine bejahende Geste. Er schreibt auf einen Zettel:
»Die kleinen Mengen und der fortwährende Drang beweisen, daß es dort ein Hindernis vollständiger Reinigung gibt, das beseitigt werden sollte, ehe man mit Mitteln zu sperren sucht.«
Die Krankenschwester liest lange, sie hat es nicht verstanden, sie nimmt den Fiebermesser aus seinem Mund:
»36.8, es wird immer besser.«
Kafka schreibt eilig:
»Haben Sie einen Augenblick Zeit? Dann bespritzen Sie bitte die Pfingstrosen ein wenig.«
Das Wassergeräusch im Waschbecken beruhigt ihn, und nach dem Bespritzen atmen die Blumen auch zufrieden auf; sichtlich dankbar.

*

»Wo ist der Ewige Frühling?« steht auf dem Zettel, den Kafka ihm hinhält. Robert liest den Zettel, er ist verwirrt, er blickt ins Tal hinaus und überlegt: Ist es eine rhetorische Frage?
Lächelnd sieht er zu Kafka und noch einmal in das Tal, das unter der Sonne ruht: Das ist doch der Frühling, oder?
Aber es fällt ihm ein, daß Kafka den Buchtitel meint, den er für den Geburtstag von Max bestellen muß, er sagt:
»Es ist, wie Sie schon sagten, bei Lechner vorrätig, dort ist alles im großen Sortiment, dieses Buch haben sie im Lager. Ich habe es bestellt, und in ein oder zwei Tagen hole ich es ab.«
Kafka nickt ihm dankend zu, mit dem ewigen schüchternen Lächeln.
Robert zieht seine Jacke aus und geht ins Zimmer. Dort läßt er das Wasser in die Waschschüssel laufen und hält

seine Hände unter den Wasserstrahl. Das kalte Wasser tut ihm gut.
Nachher wechselt er das Wasser im Kübel, damit die Bierflaschen kühl werden. Einladend wirken sie auf ihn: eine Flasche Doppelmalz-Schwechater? Mit der Flasche in der Hand sucht er zwei Gläser, dabei denkt er: »Er meinte das Buch auf den Inseln des ewigen Frühling, und sah dann so zu mir, als ob er was anderes gemeint hätte.«
Er geht zum Balkon, und dort sucht er zuerst im Schatten einen Platz, wo er sich an die Mauer anlehnen kann. Beim Öffnen der Bierflasche sieht er neugierig hin, was ihm Kafka schreibt. Vom Geräusch des Bieres beim Eingießen in die Gläser gereizt, reicht ihm Kafka den Zettel: »Wie leicht ging damals das Trinken im Bett, als Sie kamen, und dabei hatte ich nicht einmal Bier, allerdings Kompott, Obst, Fruchtsaft, Wasser, Fruchtsaft, Obst, Kompott, Wasser, Fruchtsaft, Obst, Kompott, Wasser, Limonaden, Apfelwein, Obst, Wasser.«
Robert nickt ihm zu und überreicht ihm das Bierglas. Kafka riecht an dem Schaum, mit den schwarzen Augen trinkt er das Bier. Robert erinnert sich an Prag. Im März ist es gewesen. Kafka arbeitete an ›Josefine, die Sängerin‹, als er zu ihm kam. Er sagt: ›Ich glaube, ich habe zur rechten Zeit mit der Untersuchung des tierischen Piepsens begonnen. Ich habe soeben eine Geschichte darüber fertiggestellt‹. Seine Stimmbänder piepsten und pfiffen die Töne heraus. Ein komisches Brennen spüre er beim Trinken im Hals, sagte er: alles war im Monat März, und jetzt haben wir Ende Mai.
Kafka riecht weiter an dem Bier und riskiert dann einen kleinen Schluck. Er schrickt aber zurück: ein Brennen im Hals begleitet die Schmerzen.

*

Das Bier wird in der Hitze langsam warm, keiner will es trinken: Kafka, wegen des schmerzhaften Hinunterschluckens nicht, und Robert auch nicht, weil er mit dem Gedanken: »Wie kann man vor einem Durstigen trinken«, beschäftigt ist.
Kafka schreibt auf einen Zettel:
»Kennen Sie das Gedicht: Trinken wir also, Ergo bibamus! von Goethe?«
Robert kennt es nicht. Kafka sieht wartend zu ihm. Er will ihm beim Trinken zuschauen, deutet er an. Robert nimmt einen großen Schluck. Kafka sieht ihm befriedigt zu und schreibt dann auf den Zettel:
»Giesbühel, z.B. einen kleinen Waldort bei Karlsbald. Das blaue Wasser dort, sehr blau.«
Robert liest den Zettel. Er hat Durst, denkt er, und geht mit der Bierflasche in der Hand zum Waschbecken. Er dreht das Wasserhahn voll auf.
Kafka formuliert im Rausch den Brief an Max Brod anläßlich seines Geburtstages:
»Da hast Du, lieber Max, zwei Bücher und ein Steinchen. Ich habe mich immer angestrengt, für Deinen Geburtstag etwas zu finden, das infolge seiner Gleichgültigkeit sich nicht ändern, nicht verloren gehn, nicht verderben und nicht vergessen werden kann. Und nachdem ich dann monatelang nachgedacht habe, wußte ich mir wieder nicht anders zu helfen, als ein Buch zu schicken. Aber mit den Büchern ist es eine Plage, sind sie von der einen Seite gleichgültig, dann sind sie von der andern um dieses wieder interessanter und dann zog mich zu den gleichgültigen nur meine Überzeugung hin, die bei mir bei weitem nicht den Ausschlag gibt, und ich hielt am Ende, noch immer anders überzeugt, ein Buch in der Hand, das vor Interessantheit nur so brannte. Einmal habe

ich auch absichtlich Deinen Geburtstag vergessen, das war ja besser als ein Buch schicken, aber gut war es nicht. Darum schicke ich jetzt das Steinchen und werde es Dir schicken, solange wir leben. Behältst Du es in der Tasche, wird es Dich beschützen, läßt Du es in einem Schubfach, wird es auch nicht untätig sein, wirfst Du es aber weg, dann ist es am besten. Denn weißt Du, Max, meine Liebe zu Dir ist größer als ich, und mehr von mir bewohnt, als daß sie in mir wohnte, und hat auch einen schlechten Halt an meinem unsichern Wesen, so aber bekommt sie in dem Steinchen eine Felsenwohnung und sei es nur in einer Ritze der Pflastersteine in der Schalengasse. Sie hat mich schon seit langem öfter gerettet, als Du weißt, und gerade jetzt, wo ich mich weniger auskenne als jemals und mich bei ganzem Bewußtsein nur im Halbschlaf fühle, nur so äußerst leicht, nur gerade noch – ich gehe ja herum wie mit schwarzen Eingeweiden -, da tut es gut, einen solchen Stein in die Welt zu werfen und so das Sichere vom Unsicheren zu trennen. Was sind die Bücher dagegen! Ein Buch fängt an, Dich zu langweilen, und hört damit nicht mehr auf, oder Dein Kind zerreißt das Buch oder, wie das Buch von Walser, es ist schon zerfallen, wenn Du es bekommst. An dem Stein dagegen kann Dich nichts langweilen, so ein Stein kann auch nicht zugrundegehn und wenn, so erst in späten Zeiten, auch vergessen kannst Du ihn nicht, weil Du nicht verpflichtet bist, Dich an ihn zu erinnern, endlich kannst Du ihn auch niemals endgültig verlieren, denn auf dem ersten besten Kiesweg findest Du ihn wieder, weil es eben der erste beste Stein ist. Und noch ein größeres Lob könnte ihm nicht schaden, denn Schaden aus Lob entsteht nur daraus, daß das Gelobte beim Lob zerdrückt, beschädigt oder verlegen

wird. Aber das Steinchen? Kurz, ich habe Dir das schönste Geburtstagsgeschenk ausgesucht und überreiche es Dir mit einem Kuß, der den unfähigen Dank dafür ausdrücken soll, daß Du da bist.
Dein Franz«

*

Man hört Dora kommen. Sie hat aus dem Nachbargarten einen Korb Blumen mitgebracht. Sie bleibt in der Zimmermitte stehen: Die beiden Männer sitzen gelöst in dem langsam voranschreitenden Nachmittag neben der einsamen leeren Bierflasche. Ob Kafka auch getrunken hat?
Die Sonne verweilt über dem Balkon, gelb und still, und scheint auf die Bierflasche, die zwischen den beiden Männern steht. Robert steht auf:
»Ich gehe mich ein bißchen hinlegen.« Unterwegs nimmt er eine weiße Heckenrose aus dem Korb. Er taumelt beinahe zur Tür und schließt sie leise hinter sich.
Dora sieht belustigt zu Kafka und dreht den Wasserhahn auf. Die Blumen erholen sich sichtlich unter dem kühlen Wasser, Kafka auch. Er sieht ihr mit geduldigem Lächeln zu, wie sie zur Tür geht und sie absperrt. Sie zieht sich hastig das Kleid aus. Im Unterrock steht sie vor dem laufenden Wasser. Sie wartet, bis das Becken voll wird. Sie gibt die Blumen neben die Bierflasche in den Wasserkübel. Sie taucht den Waschlappen in das kühle Wasser: »Sie wäscht sich mit dem Wasser, von dem die Blumen getrunken haben.«
Vom Hals ab beginnt Dora sich mit dem Waschlappen zu reiben, die glühende Hitze dampft unter dem kalten Lappen, und dabei wirft sie flüchtige Blicke zu Kafka, der ausgedörrt von der Sonne zu ihr herüberschaut. Seine Augen funkeln, und beim Schlucken die üblichen Schmerzen.

Der warme Wind trocknet ihre Haut, und die Lust, sich neben die Blumen auf den kühlen Zimmerboden zu legen, steigt in ihr auf. Sie spürt seinen Blick, wie er den Waschlappen auf ihrer Haut begleitet. Dora verlangsamt ihre Bewegungen und läßt ihn zusehen, ohne sich dies anmerken zu lassen.

»Soll ich Dich auch mit dem Wasser kühlen?«

Kafka schüttelt den Kopf, er will sie beobachten und sonst nichts:

»›Badende Frauen‹ war von Monet? Oder von Gauguin?«

*

Die Tür sperrt sie nicht mehr auf: die Stubenmädchen kommen manchmal ohne zu klopfen herein. Die Tür bleibt bis zum Einbruch der Abendröte gesperrt. Dora bleibt im Bett neben Kafka liegen und sieht ihm gespannt zu, wie er ihr schreibend von Frau Tschissik, der polnischen Schauspielerin von der Jiddischen Theatergruppe in Prag, erzählt.

Kafka schreibt auf ein großes Papier, und manchmal muß er warten, bis sie es fertig gelesen und sich genug amüsiert hat, bevor er weiterschreibt. Doras Lachen klingt perlenhaft im stillen Abend:

»Als Löwy singend starb, mußten hinten im Saal zwei Ladenmädchen im Dirnenkleid mit ihren Liebhabern zur Ruhe gebracht werden, also als Löwy singend starb, in den Armen dieser zwei Ältesten sich wand, langsam mit dem abschwellenden Gesang zur Erde gleiten sollte, steckten sie hinter seinem Rücken die Köpfe zusammen, um sich endlich einmal, vom Publikum ungesehen (wie sie meinten), sattlachen zu können.«

Hier muß Kafka haltmachen, weil sie beim Lachen das Bett zum Schaukeln bringt, und er nicht weiterschreiben kann.

»Wer waren diese Leute?« fragt Dora lachend.
Kafka schreibt:
»›Rohe Juden‹ wie Löwy sagte. Geschäftsreisende, die übrigens auch kein Honorar bekamen. Sie hatten meistens nur damit zu tun, ihr Lachen zu verbergen oder zu genießen, wenn sie es auch sonst gut meinten. Ein Rundbackiger mit blondem Bart, dem gegenüber man sich kaum vor Lachen beherrschen konnte, sich schüttelnden Vollbartes, der seine Wangen bei dem allerdings nicht vorgesehenen Lachen falsch begrenzte, besonders komisch. Ein zweiter lachte nur, wenn er wollte, aber dann viel.«
»Und der Blumenstrauß für Frau Tschissik?« will Dora wissen.
Kafka schreibt auf dem nächsten Blatt weiter:
»Ich hatte für Frau Tschissik einen Strauß mitgebracht mit einer angehängten Visitenkarte mit der Aufschrift ›aus Dankbarkeit‹ und wartete auf den Augenblick, wo ich ihn ihr überreichen lassen könnte. Nun hatte die Vorstellung spät angefangen, die Hauptszene der Frau Tschissik war mir erst für den vierten Akt versprochen, vor Ungeduld und Angst, die Blumen könnten welken, ließ ich durch den Kellner schon während des dritten Aktes (es war elf Uhr) die Blumen auspacken, nun lagen sie seitwärts auf einem Tisch, das Küchenpersonal und einige schmutzige Stammgäste reichten sie einander und rochen an ihnen, ich konnte nur besorgt und wütend hinschauen, sonst nichts. KANNST DU LICHT machen bitte.«
Dora liest gespannt, bis zur Stelle mit dem Lichtmachen, dieses Mal lacht sie über sich selbst, weil sie zuerst nicht verstanden hat, was er damit meint.
Sie streckt den rechten Arm über seine Brust hinüber zur Leselampe, knipst sie an, und sieht ihm gespannt zu.
Kafka weiter:

»Frau Tschissik muß im Gefängnis dem sie besuchenden, betrunkenen römischen Statthalter (der junge Piepes hatte diese Rolle) den Helm abnehmen und sich ihn dann selbst aufsetzen. Als sie ihn abnimmt, fällt ein zusammengedrücktes Handtuch heraus, das Piepes offenbar hinein gestopft hat, weil ihn der Helm zu sehr drückte. Obwohl er jedoch wissen mußte, daß ihm der Helm auf der Bühne abgenommen wird, schaut er Frau Tschissik, seine Betrunkenheit vergessend, vorwurfsvoll an ... Kannst du mir ein wenig Tokajer eingießen?«
Dora gießt ihm Wein ins Glas und gibt acht, nichts zu verschütten, sie fragt dann ungeduldig:
»Sag' bitte, was geschah weiter mit dem Blumenstrauß?«
Kafka sieht sie an, nimmt unter unerträglichen Schmerzen einen zweiten Schluck Wein und schreibt weiter:
»Während ihrer Hauptszene im Gefängnis liebte ich Frau Tschissik und drängte sie doch innerlich, Schluß zu machen. Wie Frau Tschissik unter den Händen der römischen Soldaten (die sie allerdings erst zu sich reißen mußte, denn sie fürchteten sich offenbar, sie anzurühren) sich wand, – es tut mir leid, aber vorher muß ich die an ihr neu entdeckten Bewegungen beschreiben: Drücken der Hand in der Tiefe des schlecht sitzenden Mieders, ein kurzes Zucken der Schultern und Hüften, besonders wenn sie dem Verhöhnten den Rücken zukehrt ...«
»Der Blumenstrauß!« ruft Dora dem Blatt Papier zu. Kafka schreibt geduldig auf der Rückseite weiter:
»Sie hat die ganze Vorstellung geleitet wie eine Hausmutter, sie hat allen eingesagt, selbst aber niemals gestockt; sie hat die Statisten belehrt, gebeten, endlich gestoßen, wenn es sein mußte; ihre helle Stimme mischte sich, wenn sie nicht auf der Bühne war, in der schwachen Chorgesang auf der Bühne; sie hielt die spanische Wand (die im

letzten Akt eine Zitadelle darstellen sollte), welche die Statisten sicher zehnmal umgeworfen hätten.«
Dora murmelt flehend:
»Der Blumenstrauß, bitte!«
Kafka weiter:
»Endlich war der Akt, in meiner Zerstreutheit unbemerkt, zu Ende gegangen, der Oberkellner reichte die Blumen, FrauTschissik nahm sie zwischen den zusammenschlagenden Vorhängen, sie verbeugte sich in einer kleinen Spalte des Vorhanges und kam nicht mehr zurück. Niemand bemerkte meine Liebe, und ich hatte sie allen zeigen und dadurch für Frau Tschissik wertvoll machen wollen, kaum daß man den Strauß bemerkt hatte. Dabei war es schon zwei Uhr nacht, alles war müde, einige Zuschauer waren schon früher weggegangen, ich hatte Lust gehabt, ihnen mein Glas nachzuwerfen.«
»Nein!« ruft Dora, als sie die letzten Sätze liest. Kafka legt seinen Kopf müde auf den Polster und nickt ein paar Mal. Dora sieht ihn mitleidvoll an, sie fragt dann:
»Und hat sie es auch später nicht bemerkt?«
Kafka hebt den Kopf und schreibt:
»Nein, ich wollte durch den Blumenstrauß meine Liebe zu ihr ein wenig stillen, es war ganz nutzlos.«
Er hält einige Sekunden inne und schreibt weiter:
»Durch den Blumenstrauß kann man kaum die Liebe zu einer Frau befriedigen. Es ist nur durch Literatur oder durch den Beischlaf möglich. Ich sage das nicht, weil ich es nicht wußte, sondern weil es vielleicht gut ist, Warnungen öfters, so wie hier, aufzuschreiben.«
Dora hält sein Gesicht zwischen ihren Händen und küßt ihn auf die Nase: Die beschriebenen Blätter rutschen vom Bett zu Boden. Sie gurrt wie eine Taube:
»Mein Lieber du, mein Armer ...«

Es ist lange her, daß die Nacht angebrochen ist, die Schwalben verschwunden sind und Kafka schläft. Die Nacht ist mild und groß. Doras Suche nach den Sternen bleibt ohne Erfolg, sie gibt aber nicht sofort auf: Stehend im Dunkel, an der Schwelle der Balkontür, hört sie Kafkas Atmen, und seufzt dann gegen die Nachtseite der Überlegungen, in der Hoffnung, daß Kafka durch den Frühling gesund wird. Weit unten im Maital brennen Lichter. Die Tannen verhalten sich ruhig:
Brav! Ihr lieben Tannen, so ist es gut, laßt ihn schlafen!
Und so wacht sie weiter auf dem Sessel neben ihm.

FRÜHLINGSATTACKE

Der 16. Mai fängt wolkig an, aber es wird während des Vormittags zunehmend sonnig. Die Temperatur steigt bis 26 Grad, und man hört stärker als sonst die lachenden Stubenmädchen aus dem Hof und der Küche.
Die Dohle setzt sich auf das Geländer und sagt zu Kafka, nachdem er mit dem Morgenhusten aufgehört hat:
»Hast du jemals alle Frühlingstage deines Lebens zusammengezählt?«
Sprachlos schaut Kafka sie an. Nein, das hat er nicht, wollte er sagen. Und er wird es auch nicht tun. Die Dohle:
»Ein Frühlingstag ohne Zahnschmerzen, ich meine ein Feiertag ohne Angst und Sorge um Geld und Büro, gebadet in der Sonne und in Liebe?«
Kafka hält seine Ohren zu:
»Nein!« pfeift er dem Vogel zu. Die Dohle fliegt zum Tannenbaum.
Ist sie beleidigt?

Kafka legt sich auf den Liegestuhl und nimmt die Druckbögen in die Hand:

»Dann also am vierzigsten Tage wurde die Tür des mit Blumen umkränzten Käfigs geöffnet, eine begeisterte Zuschauerschaft erfüllte das Amphitheater, eine Militärkapelle spielte, zwei Ärzte betraten den Käfig, um die nötigen Messungen am Hungerkünstler vorzunehmen, durch ein Megaphon wurden die Resultate ...«

Die Dohle fliegt wieder zum Geländer zurück:

»Heute zum Beispiel ist einer von diesen dir zugeteilten Frühlingstagen und was tust du da!« unterbricht sie ihn.

Er rollt die Druckfahnen zusammen und geht ins Zimmer zurück. Dort legt er sich müde auf das Bett und sucht auf der Decke des Zimmers nach den Frühlingstagen. Außer dem heutigen Tag fällt ihm nichts ein.

Heute zum Beispiel scheint die Sonne, an die Arbeit muß er nicht denken. Dora ist bei ihm. Nur die Schmerzen im Hals und der Durst, diese beiden, die ihm an der Kehle hängen und ihn würgen. Wenn sie nur nicht da wären.

Die Schmerzen hindern ihn daran, den Lindengeruch der Bäume sorglos einzuatmen: So gesehen wieder ein verlorener Frühlingstag.

KRANKHEIT

Am nächsten Tag (Samstag den 17. Mai) ist das Wetter schlecht.

Heute ist es kalt, sagt die geschlossene Balkontür, die normalerweise von Dora versperrt gelassen wird, solange die Temperatur unter 17 Grad liegt.

Die dumpf klingenden Glocken der St. Peter und Paul-Kirche berichten über den Morgenregen.

Ein kurzer, im Halbschlaf zur Balkontür geworfener Blick bestätigt es. Es ist bewölkt und kalt; um 10 Grad kälter als gestern.

Das übliche schmerzhafte Morgenhusten muß Kafka also, anstatt wie jeden anderen Tag am Balkon, jetzt vom Bett aus erledigen.

Wo ist Dora? fragt er sich.

*

Robert Klopstock wartet oben in seinem Zimmer auf den Moment, in dem der Husten aufhören wird. Kafka leidet unter der Angst, durch das Husten andere mit TBC anstecken zu können. Seine Art zu husten unterscheidet sich von der anderer Patienten dadurch, daß es kurz und trocken klingt, so, als ob er versuchen würde, ein im Zimmer nebenan schlafendes Kind dadurch nicht aufzuwecken.

Das Husten dauert heute länger an. In welchem Stadium befindet sich nun die Krankheit? fragt sich Robert grübelnd. Er notiert die Punkte für den Brief an Kafkas Eltern:

»Beide Ärzte, die von dem jungen Architekten Leopold Ehrmann aus Prag empfohlen worden sind (dessen Onkel Dr. Salomon Ehrmann hat in Wien einen ausgezeichneten Ruf als Dermatologe) kommen wöchentlich nach Kierling.«

»Prof. Tschiassny einmal in der Woche, und er ist ein uneigennütziger Mann, er verlangt dafür fast nichts.«

»Kafka fühlt sich zu dem Professor ebenso hingezogen wie zu einem jungen Wiener Arzt, zu dem er großes Vertrauen hat.«

»Dieser kommt dreimal wöchentlich, allerdings nicht im Auto, sondern bescheiden mit Bahn und Autobus, so daß Kafka seine Besuche noch mehr zu schätzen weiß.«

Robert horcht: Das Husten wird immer schlimmer. Wo bleibt Dora so lange? Soll er nicht nach unten gehen und bei Kafka bleiben?

Er notiert:

»Ungeheuer wichtig und beruhigend wirkt der neue Arzt, dem Franz so vertraut und der so selbstverständlich sich um alles kümmert.«

Ihm fällt nichts mehr ein, was er noch an die Eltern berichten könnte. Er geht zum Schrank: Heute passen seine Kleider am ehesten zu dem Wetter. Soll er nicht nach Wien fahren und von der Buchhandlung Lechner das vorbestellte Buch abholen? Es ist kühl, und er muß sich nicht wegen des dicken Winteranzugs schämen.

Er setzt sich an den Tisch und beginnt den Brief zu schreiben:

»... daß Franz so viel ißt und so nahrhaft – er trinkt jetzt z.B. zu den Mahlzeiten auch Bier (auch oft Wein), in das Dora Somatose hineinschwindelt, ohne Franzens Wissen (er bemerkt zwar, daß das Bier nicht besonders gut ist, er trinkt es aber dann doch), – ist allein Dora zu verdanken, die immer an den Speisen noch etwas macht, Eier zusetzt etc. – und nicht abläßt, bis er alles gegessen hat ...«

Er hört auf zu schreiben, das Husten von unten auch.

*

Dora flüstert ihm zu:

»Ich gehe jetzt Frühstück machen.«

Kafka macht die Augen auf. Er will etwas sagen, aber wegen des Hustenreizes bittet er um Papier und Füllfeder, er schreibt:

»Bitte keine Milch, Milch ist sehr gut, aber es ist schrecklich.«

Dora beruhigt ihn:

»Gut, keine Milch, aber einen Tee mache ich dir.«
Was hat er noch, fragt sich Dora, warum rollen ihm Tränen die Wange herunter?
Kafka schreibt auf den Zettel:
»Jetzt habe ich geträumt, daß Robert in der Tür steht und ich ihm ein Zeichen geben soll, daß ich irgendwie fertig bin, gleichzeitig aber wußte ich, daß du auf dem Balkon bist und wollte dich durch das Zeichen nicht stören.«

*

In den fieberfreien Stunden, es sind im allgemeinen die Stunden am Vormittag, müht er sich, die Druckbögen des ›Hungerkünstlers‹ zu korrigieren. Heute wird sich herausstellen, ob es ihm gelingt, in einer Woche mit der Korrektur der ersten Druckbögen fertig zu werden.
Es ist eine Routine geworden, man läßt ihn nach dem Frühstück allein, und er geht entweder zu Bett und holt den fehlenden Schlaf nach, oder er arbeitet an den Korrekturen. Er stellt die Taschenuhr neben sich und klappt sie auf. Er findet die Stelle, an der er gestern aufgehört hat, und liest:
»Aber dann geschah, was immer geschah. Der Impresario kam, hob stumm – die Musik machte das Reden unmöglich – die Arme über dem Hungerkünstler, so, als lade er den Himmel ein, sich sein Werk hier auf dem Stroh einmal anzusehen, diesen bedauernswerten Märtyrer, welcher der Hungerkünstler allerdings war, nur in ganz anderem Sinn; faßte den Hungerkünstler um die dünne Taille, wobei er durch übertriebene Vorsicht glaubhaft machen wollte, mit einem wie gebrechlichen Ding er es hier zu tun habe; und übergab ihn – nicht ohne ihn im geheimen ein wenig zu schütteln, so daß der Hungerkünstler mit den Beinen und dem Oberkörper unbe-

herrscht hin und her schwankte – den inzwischen totenbleich gewordenen Damen ...«
Hier starrt er kurz zur Balkontür. Der Impresario, so, wie er ihn beschrieben hatte, kam von Werfel. Kafka streicht mit der Hand über den Verdi-Roman und greift dann zu den Oktavheften. Irgendwo hatte er den Inhalt des Briefes Werfels an Max notiert. Vor allem die Stelle, wo er über ihn schrieb. War es nicht voriges Jahr? Er blättert und findet sie:
»Abschrift vom Werfelbrief an Max über mich:
Was macht Kafka? Wie geht es ihm gesundheitlich? Ich denke so oft an ihn, sehe ihn, wie er in einem schrecklich unpersönlichen Zimmer im Bett liegt. In einer solchen traurigen dunklen Umwelt kann man nur auf Besuch oder krank sein. – Kann nichts geschehen, diesen seltenen Menschen zu retten? Er wird die herrlichsten Dinge schreiben, aber sie werden immer vom Leben weg sein und deshalb untergehen. Der Traum kann einen Menschen nicht ernähren, wenn er vierzig Jahre wird. So lange kann kein Hungerkünstler hungern.«
Das stille Rollen von Tränen.
Robert steht besorgt an der Schwelle. Er macht hinter sich die Tür zu, kommt zu ihm und setzt sich geräuschlos auf den Sessel. Kafka trocknet sein Gesicht und schreibt auf einen Zettel:
»Es regt mich immer noch so sehr auf, ich muß es doch von neuem erleben.«
»Nicht daran zu arbeiten ist sicherlich auch nicht schlecht« sagt Robert mit gesenktem Kopf.
Robert sieht auf den Zettel und steht auf. Das höfliche Lächeln begleitet ihn bis zur Tür. Er geht traurig die Treppen hinauf. Oben, in seinem Zimmer, schreibt er an Max Brod:

»Diese Arbeit bedeutet nur eine ungeheuere, nicht nur eine seelische Anstrengung, sondern eine Art erschütternder geistiger Wiederbegegnung für ihn, so daß ihm lange die Tränen über die Wangen rollen. Es ist das erste Mal, daß ich eine Äußerung innerer Bewegung dieser Art bei ihm miterlebe. Trotz seines furchtbaren Zustandes will er die Korrektur von ›Ein Hungerkünstler‹ fortsetzen, auch wenn er davon überzeugt ist, daß ihn dies aufregen wird … ich muß es doch von neuem erleben, hatte er mir jetzt gesagt. Sein körperlicher Zustand, in dem er wie der unglückliche Held seiner Erzählung verhungert, ist wirklich gespenstisch.«
Er wirft sich auf das Bett. Das Warten, bis er von Dora nach unten gerufen wird, dauert bis zum nächsten Morgen. Er lernt für die bevorstehenden Prüfungen.

TSCHIASSNY

Lärm der Sonntagsglocken von der St. Peter und Paul-Kirche:
Hoffentlich wird Kafka nicht wach. Sie hält sich im Zimmer von Robert auf, in dem die Fenster geöffnet sind, und der Wind, gesättigt von Lindenduft, bauscht die Vorhänge einmal nach innen, einmal nach außen auf.
Dora sieht nachdenklich zu Robert, der in einem Buch liest, und schreibt an Kafkas Eltern:
»Ich hab schon ein sehr böses Gewissen. Dadurch, daß der liebe gute Klopstock schreibt, ist es nur noch mehr schuldbewußt, wenn auch andererseits beruhigt. Es ist auch nicht viel zu berichten. Viel beruhigender und überzeugender wäre alles, wenn Sie einmal hier gewesen wären und selbst gesehen hätten, wie schön und gut Franz

hier aufgehoben ist. Er liegt von Morgens um 7 Uhr bis Abends 7 - 8 Uhr auf dem Balkon. Bis Mittag um 2 ist Sonne dann geht sie weg zu anderen Patienten, die auf der anderen Seite liegen, und statt ihr steigt allmählich aus den Tiefen ein wunderbar berauschender Duft auf, der wie Balsam wirkt. Bis Abend steigert er sich zu einer unglaublichen fast nicht zu ertragenden Stärke.«
Sie beobachtet eine Weile Robert, der sich mit dem Kopf immer noch hinter dem Medizinbuch versteckt hält, und schreibt weiter:
»Und die Aussicht und die Klänge ringsherum schaffen dem Auge und dem Gehör auch Atemorgane. Alle Sinne verwandeln sich zu Atemorganen und alle zusammen atmen in sich die Genesung, den Segen, der in Fülle ringsherum verbreitet ist, ein. Schade, daß ich nicht die Gabe besitze, es Ihnen schöner zu beschreiben. Aber durch den Onkel, Ottla und Max, die begabter sind, werden sie allmählich doch den richtigen Eindruck gewinnen. Und da die Bekämpfung der Krankheit einzig und allein darauf angewiesen ist, muß man unbedingt glauben, daß es auch gelingt. Die Tücken die sich hie und da einstellen, werden mit wachsamen Auge sofort aufgefangen und nach Möglichkeit beseitigt. Die Halsschmerzen, die manchmal in leichter Form auftauchen, sind ganz unbedeutend, und geben besonders, da der Hals in ständiger Behandlung ist, absolut keinen Anlaß zur Beunruhigung. Deswegen habe ich sie auch in den letzten Briefen selten erwähnt, weil Sie sich doch von der Ferne trübe Gedanken darüber gemacht hätten.«
Die Glocken von der St. Peter und Paul-Kirche hämmern zur Mittagsstunde. Dora sieht einige Sekunden lang zum Fenster und schreibt weiter:
»Jetzt ruft es zu Mittag. Ich bin oben bei Klopstock,

Franz schläft unten. Hoffentlich werde ich ihn nicht wecken müssen. Über Temperatur und Sonstiges erzählt mir eben Klopstock, er habe schon geschrieben. Was das für ein wunderbarer Mensch ist!
Ihre Beziehung zu mir in den Briefen macht mich jedes Mal von neuem glücklich. Ich will mir Mühe geben es zu verdienen.
Viele, viele herzliche Grüße. Darf ich einmal so nach ihrer warmen herzlichen Art, auch so die Arme zur Umarmung ausstrecken? Wie das gut tut! Nochmal herzlichst.
Dora«
Sie wartet, bis die Tinte trocken ist, und sagt dann zu Robert:
»Jetzt werde ich ihn aber aufwecken, er hat schon genug geschlafen. Hilfst du mir bitte beim Tischdecken?«
»Gleich, gleich«, murmelt er vor sich hin. Widerwillig legt er das Buch weg und begleitet sie nach unten.

*

Man muß sich Mühe geben, Kafka, der im Liegestuhl in der Sonne liegt, aus dem tiefen Schlaf aufzuwecken. Mit dem Gesicht zur Sonne lauscht er, ehe er die Augen öffnet, eine Weile dem Wasser des Kierlingbaches, und dann dem Flüstern der Bäume, die in der Nachmittagssonne rauschend etwas erzählen wollen.
Es ist der Durst und nicht das Klirren des Bestecks und der Teller, der ihn aufgeweckt hat. Er sieht zu Dora, die seine Hand hält, und schreibt:
»Glaubt ihr, daß ich einmal einen großen Schluck Wasser einfach wagen könnte?« Dora und Robert, die links und rechts von ihm stehen, bereit, ihm zum Tisch zu helfen, schauen einander an. Kafka setzt sich zuerst zum Tisch, und Dora hilft ihm, das Hemd anzuziehen.

Dora flüstert ihm zu:
»Professor Tschiassny hat angerufen, er wird heute um 3 Uhr kommen.«
Kafka, geplagt vom langen Dursten in der Sonne, sieht gierig zu, wie Robert ein volles Glas Limonade in einem Zug austrinkt. Das Schlucken tut Kafka so weh, daß er mit geschlossenen Augen eine Minute lang warten muß, bis er wieder Atem holen kann.

*

Nach der Untersuchung sagt der gutmütige Professor zu Kafka:
»Im Hals sieht es besser aus.«
Kafka sieht ihn voller Zweifel an. Der Professor wiederholt:
»Im Ernst, es sieht besser aus.«
Kafka schreibt auf den Zettel:
»Können die Schmerzen auch zeitweilig aufhören? Ich meine, längere Zeit?«
»Ja, wenn der Hals sich langsam vernarbt.«
Kafkas Augen glänzen voller Aufregung. Er schreibt:
»Selbst wenn es zur Vernarbung kommt – verzeihen Sie die ekelhafte Fragerei, aber Sie sind doch mein Arzt, nicht? – dauert das Jahre, ebenso lange wird man auf schmerzloses Essen warten müssen.«
Tschiassny liest langsam, was auf dem Zettel steht, und stimmt auch langsam zu:
»Warten wir lieber ab, was dann alles kommt.«
Kafka geht eilig zum Schrank und kommt mit einer Flasche Tokajer in der Hand zurück, er stolpert ein wenig. Dora eilt zum Waschbecken und trocknet schnell ein Weinglas. Kafka stellt die Flasche auf den Tisch und mit seinem verlegenen Lächeln bittet er um Geduld, er schreibt auf den Zettel:

»Kennen Sie sich, Herr Doktor, in Weinen aus? Haben Sie schon den Heurigen getrunken?«
Dora reicht dem Professor das Weinglas. Der Tokajer glänzt goldfarbig im Nachmittagslicht. Der Professor trinkt das Glas schnell aus und sieht dankend zu Dora. Dora will das Glas nachfüllen, aber er holt seine Taschenuhr heraus und gibt lächelnd das Glas Dora zurück. Robert nimmt seine Arzttasche und macht ihm die Tür auf. Er begleitet ihn bis zum Aufzug. Als er ins Zimmer zurückkommt, sieht er Kafka, wie er vor Freude Dora umarmt, er flüstert ihr immer wieder zu:
»Noch nie habe ich mir so sehr Gesundheit und Leben gewünscht wie jetzt.«
Robert steht abseits und weiß nicht, was er da zu suchen hat. Er läßt die beiden allein und geht hinauf in sein Zimmer, er schreibt im Brief an Max:
»Franz hat vor Freude geweint, als Professor Tschiassny ihm sagte, im Hals sehe es besser aus. Er hat Dora immer wieder umarmt und gesagt, nie habe er sich so sehr Leben und Gesundheit gewünscht wie jetzt.«

*

Dora ruft ihn vom Balkon aus. Robert geht zum Fenster. Dora sagt:
»Franz will einen Sprung zum Gasthof gehen etwas trinken, kommst du mit?«
Robert sieht erstaunt zum Tannenbaum. Er glaubt nicht an die Worte des Professors. Hat er nicht einfach gelogen, damit Kafka sich durch Hoffnung besser fühlt?

*

Erschöpft kommen sie an. Kafka, in der Mitte, läßt sich zwischen Dora und Robert die letzten 50 Meter mehr tragen, als er auf eigenen Füßen marschiert. Die Sonntagnachmittagsgäste verursachen eine eigenartige Stimmung

im Schanigarten. Wie eine kleine Familie nehmen sie an einem Tisch Platz. Kafka, blaß im Gesicht, zwingt sich zu einem Lächeln.
Gesundheit vorzutäuschen, ist eine harte, anstrengende Angelegenheit. Die Euphorie ist daran schuld, denkt Kafka, zum Kastanienbaum hinaufschauend. Die Blätter zittern im scharfen Sonnenlicht. Kafkas will etwas mitteilen und sucht seine Füllfeder. Robert reicht ihm die seine.
Kafka schreibt:
»Wie ich euch plage, das ist ganz verrückt.«
Dora hält seine Hand. Sie bestellen Bier.

*

An Max Brod schreibt er nachher im Bett:
»Liebster Max, nun ist also auch noch das Buch da, großartig anzusehen, grell gelb und rot mit etwas schwarz und sehr verlockend und überdies umsonst, offenbar ein Geschenk der Firma Taubeles – es muß ein Rest des Alkoholrausches gewesen sein – da ich jetzt jeden Tag ein bis zwei Injektionen bekomme und sich die Räusche kreuzen, bleibt immer ein Rest, daß ich Dich, von Doras Unschuld angetrieben, gerade und frech um die »Beschaffung« des Buches bat. Hätte ich doch lieber eine kräftige Alkoholinjektion, während Deines Besuches, auf den ich mich so gefreut hatte und der so trübselig verlief, dazu verwendet, um etwas menschenähnlicher zu werden. Allerdings ein böser Ausnahmetag wars nicht, das mußt du nicht glauben, er war nur schlechter als der vorherige, in dieser Art aber geht die Zeit und das Fieber weiter. (Jetzt versucht es Robert mit Pyramidon.) Neben diesen und andern Klagedingen gibt es natürlich auch einige winzige Fröhlichkeiten, aber deren Mitteilung ist unmöglich oder eben vorbehalten einem Besuch wie

dem von mir so kläglich verdorbenen. Leb wohl, Dank für alles
Grüß Felix und Oskar.
F«

SCHREIBFAULHEIT

Nach dem Frühstück gibt Dora nicht nach. Sie begleitet ihn mit dem Blatt Papier in der Hand, auf dem sie an die Eltern geschrieben hat, und drängt ihn, auch etwas zu schreiben. Montagmorgen, den 20. Mai. Es wird der heißeste Tag in diesem Frühling. (27 Grad 11 Stunden Sonne.) Kafka denkt nur ans Wasser und an das Trinken. Er will seine Hände in die Waschschüssel eintauchen und sehnsuchtsvoll an das Trinken denken. Der Expressbrief von zu Hause liegt unbeantwortet auf dem Tisch.
(Fußnote: Der Expressbrief der Eltern enthielt Mitteilungen über einen Ausflug Ellis und ihrer Familie und erreichte Kafka wahrscheinlich am Samstag, dem 17. Mai.)
Kafka schreibt zu Dora mit traurigen Augen:
»Warum habe ich es im Spital nicht einmal mit Bier versucht?«
Dora drängt:
»Bitte, sonst macht deine Mutter sich so viel Sorgen.«
Kafka schreibt auf den Zettel:
»Geh bitte hinunter und rufe in meinem Auftrag die Redaktion der »Prager Presse» an und frage nach dem Honorar für den Abdruck von ›Josefine, die Sängerin‹«
»Gut« sagt sie, »aber du schreibst auch den Brief an deine Eltern.«
Kafka stimmt lächelnd zu.

*

Während Dora unten Prag anruft, liest Kafka, was Dora an die Eltern geschrieben hat. Trotz vieler Schreibfehler (sie schreibt zum Beispiel Klopfstock anstatt Klopstock) ist es rührend, wie sie versucht, die düstere Lage zu literarisieren. Auf einem anderen Blatt schreibt sie:

»Wie er das gehört hat, sagte er mit leuchtenden Augen, wie eine Sonne, ›dann haben sie auch Bier getrunken‹, das sagte er aber in einer solchen Begeisterung und Aufgehen in der Freude, daß wir, die es gehört haben, mehr Bier genossen haben, als die die es wahrhaftig getrunken hatten. Er trinkt wie ich schon einmal geschrieben jetzt zu jeder Mahlzeit Bier und er genießt es so, daß es ein Ergötzen ist, ihn anzuschauen.«

Kafka lächelt zum Balkon hin, nimmt die Füllfeder und schreibt:

»Liebste Eltern, nun hat aber meine Schreibfaulheit wirklich alle Grenzen überschritten, nicht einmal für Euren lieben gemeinsamen Brief, der mir solche Freude gemacht hat, habe ich noch gedankt. Es ist aber nicht nur mit dem Schreiben so, in meinem ganzen Leben seit der Säuglingszeit habe ich mich von allem was nur ein wenig Mühe und Arbeit genannt werden könnte, ferngehalten wie jetzt; warum auch nicht, da ich Dora und Robert habe. Höchstens das Essen ist ein wenig anstrengender als es das stille Saugen damals gewesen sein mag. Aber auch das Essen suche ich mir zu erleichtern z. B. was Dir liebster Vater vielleicht gefallen wird –, durch Bier und Wein, Doppelmalz-Schwechater und Adriaperle, von welcher letzterer ich jetzt zu Tokajer übergegangen bin. Freilich, die Mengen, in denen es getrunken und die Art in der es behandelt wird, würden Dir nicht gefallen, sie gefallen mir auch nicht, aber es geht jetzt nicht anders. Warst Du übrigens als Soldat nicht in dieser Gegend?

Kennst Du auch den Heurigen aus eigener Erfahrung? Ich habe große Lust, dort einmal mit Dir in einigen ordentlichen großen Zügen zu trinken. Denn wenn auch die Trinkfähigkeit nicht sehr groß ist, an Durst gebe ich es niemandem nach. So habe ich also mein Trinkerherz ausgeschüttet.

Herzlichste Grüße Euch und allen

F

Geld brauchen wir augenblicklich nicht; übrigens höre ich von einem ungeheueren Geldgeschenk, ich wage gar nicht deutlicher danach zu fragen.«

*

Dora liest an der langen Antwort Kafkas an die Eltern. Er liegt im Liegestuhl und sie steht im Schatten.

»Das ist das erste Mal, daß du ein Wort direkt an deinen Vater richtest«, sagt sie lächelnd. Kafka macht die Augen weit auf, er nickt.

»Hast du dich mit ihm versöhnt?«

Kafka schreibt auf einen Zettel:

»Als kleiner Junge, als ich noch nicht schwimmen konnte, ging ich manchmal mit dem Vater, der auch nicht schwimmen kann, in die Nichtschwimmerabteilung. Dann saßen wir nackt beim Büffet, jeder mit einer Wurst und einem halben Liter Bier zusammen ... Du mußt Dir das richtig vorstellen, der ungeheuere Mann mit dem kleinen ängstlichen Knochenbündel an der Hand, wie wir uns zum Beispiel in der kleinen Kabine im Dunkel auskleideten, wie er mich hinauszog, weil ich mich schämte, wie er mir dann sein angebliches Schwimmen beibrigen wollte und so weiter. Aber das Bier dann!«

WASSER

Am Dienstag Atembeschwerden. Die Briefe sollen von Dora aufgegeben werden. Sie sagt beim Weggehen:
»Ich werde alles expreß schicken.«
Kafka schreibt auf den Zettel:
»Der Vater freut sich, aber er ärgert sich auch über den Expreßbrief.«
Sie nimmt den Zettel, und beim Lesen schließt sie die Tür hinter sich. Robert merkt eine Gereiztheit auf Kafkas Gesicht.
»Haben Sie schon die Bücher von der Schmiede gesehen?« schreibt er auf den Zettel. Robert sieht zu den Büchern, die zur Lektüre von der ›Schmiede‹ gesandt worden sind. Aber seine schlechte Laune hat einen anderen Grund, und zwar die zweite Korrektur, die man ihm aus Berlin geschickt hat: Er zeigt auf ›Josefine, die Sängerin‹. Man hat ›oder das Volk der Mäuse‹ nicht so gesetzt, wie er angeordnet hatte. Kafka ärgert sich vor allem wegen der Nichtbeachtung seiner Anweisungen. Er empfindet es als eine Art Respektlosigkeit und ist daher gekränkt, nicht aus Eitelkeit, denkt er.
Er weiß, er muß ihn jetzt mit den Büchern alleinlassen.

*

Oben in seinem Zimmer ordnet er die Gesprächzettel von gestern und heute, er datiert sie:
»Unendlich viel Auswurf, leicht und am Morgen doch Schmerzen, im Rausch ging mir durch den Kopf, daß für diese Mengen und die Leichtigkeit irgendwie der Nobelpreis ...«
Auf dem anderen:
»Warum waren wir in keinem Biergarten?«
Und dann:

»Bei dieser Trinkfähigkeit kann ich noch nicht mit dem Vater in den Zivilschwimmschul-Biergarten gehn.«
Dies war die Erklärung dafür, daß er berauscht war und nicht mehr gerade stehen konnte, notiert Robert auf dem Zettel. Er steht auf und geht zum Fenster. Kafkas trauriges Lächeln und sein Dulden verursachen bei ihm, vor allem in der Brustgegend, eine Art stechenden Schmerz, der medizinisch schwer zu erklären ist. Arme Dora, armer Robert, armer Kafka, sagt er zu den Tannen. Er geht dann zurück und notiert auf dem Briefpapier:
»Für die Eltern:
Es würde für Franz zwar schrecklich sein, käme die Mutter her (jeder neue Mensch regt ihn so sehr auf, ich glaube abgesehen von den Klinikereignissen – denn jeder neue Mensch ist ein Gruß vom Leben, von draußen, wo jetzt Frühling ist); gleich schlimm wäre freilich eine Rückführung in die Tschechoslowakei. Kein Vorwand würde so undurchsichtig sein, daß *seine* Blicke nicht durchdringen könnten.«

DURSTEN

Donnerstag, 23. Mai. Zu Mittag. Zu Dora:
»Einmal zum Spaß könnte ich Mineralwasser ...«, steht auf dem Zettel, den er ihr hinhält. Während Dora mit dem Gesicht zur Sonne, durch die Hitze verschwitzt, liest, kommt der zweite Zettel, darauf steht:
»Das Schlimme ist, daß ich nicht ein einziges Glas Wasser zu mir nehmen kann, ein wenig sättigt man sich an dem Verlangen.«
Die glühende Mittagssonne ist, so wie sie direkt über das Maital strahlt, erbarmungslos.

Nur die Grillen singen in der Stille unbekümmert weiter, alles andere scheint sich im Schatten verkrochen zu haben und nichts zu tun. Dora fächelt sich mit dem Zettel Kühlung zu. Sie weiß, wie ihm zumute ist, wenn er jetzt von der Unmöglichkeit des Mineralwassers träumt. Die Hitze steigert immer sein Verlangen nach Wasser.
Kafka schreibt weiter:
»Habe ich Dir von Riva am Gardasee erzählt? Wir waren vor Jahren mit Max und seinem Bruder Otto dort gemeinsam auf Urlaub. Wir konnten uns das vornehme ›Lido‹ nicht leisten, daher wohnten wir im kleinen außerhalb des Ortes gelegenen ›Bellevue‹. Wir verlebten die beschaulichsten Stunden in der kleinen Badeanstalt unter der Ponalestraße, in den ›Bagni della Madonnina‹. Das Wasser war kühl, kühl, kühl und klar. Nach dem Bad hatte ich immer Durst, so wie jetzt, und ich habe nachher immer zumindest zwei Flaschen Mineralwasser getrunken.«
»Wir müssen auch einmal dorthin«, ruft Dora in der Stille der Mittagszeit. Kafka schreibt nachdenklich auf die Rückseite des Zettels:
»Ich weiß nicht so recht. Max war nach dem Ersten Weltkrieg noch einmal dort, er fand die besonnten grauen Bretter nicht mehr vor, er konnte auch nicht mehr die ›funkelnden. Eidechsen über die Gartenwege schlüpfen sehen, die den Übergang von der autobefahrenen staubigen Straße zum kühlen Frieden des Bades gebildet hatten‹, sagt er.«
Dora liest den Zettel und schaut Kafka an. Er lächelt ihr zu.
»Worüber amüsierst du dich so?« fragt sie.
Kafka schüttelt den Kopf. Er will ihr nicht verraten, daß er jetzt bei der Beschreibung des Badeorts Max' Stil und seine Art zu erzählen nachgeahmt hat.

*

Vor dem Essen kommt die Injektion. Dadurch kann er die Schmerzen beim Schlucken leichter ertragen. Nach der Injektion schreibt er an Robert:
»Bismarck hat auch einen eigenen Arzt gehabt.«
»Bitte, übertreiben Sie nicht so, ich bin nur ein übermäßig gewachsener Medizinstudent«, sagt Robert. Kafka schreibt:
»Der Arzt war auch ein großer Mann.«
Und so geht es eine Weile weiter. Jedes Mal ist er nach der Alkoholinjektion belustigt. Das Nachlassen der Schmerzen heitert ihn immer ein wenig auf.
Kafka schreibt auf den Zettel:
»Tschiassny sagte, es sieht drinnen besser aus? Merken Sie etwas?«
»Unverändert«, antwortet Robert kühl und trocken. Kafka schreibt:
»Auch gut! Das Schlechte soll schlecht bleiben, sonst wird's noch schlechter.«

*

Alle drei sitzen vor den Suppentellern. Kafka zwingt sich, den Inhalt der ersten Löffel hinunter zu schlucken.
Dora und Robert starren ihn mit offenem Mund dabei an. Kafkas Gesicht verzerrt sich vor Schmerzen. Dora fragt ihn leise:
»Das Schlucken macht Schmerzen, nicht?«
Kafka denkt sich, eine rhetorische Frage, und beobachtet die beiden. Ihre Traurigkeit macht ihn auch traurig. Er schreibt auf den Block:
»Natürlich habe ich dadurch mehr Schmerzen, weil ihr so gut zu mir seid, in der Hinsicht ist eben das Spital sehr gut.«

WASSER

»Guter Rat: eine Scheibe Zitrone hineinlegen in den Wein«, schreibt Kafka für Hermine, die Krankenschwester. Während des Fiebermessens versucht sie zu entziffern, was er geschrieben hat. Lächelnd trinkt sie den Wein aus, ohne seiner Empfehlung zu folgen. Wie leicht man hier Wein trinkt, denkt Kafka. Hermine liest sein Fieber ab. »Saufen'S, Herr Doktor, nur saufen. Der Wein macht Ihnen bald g'sund«, sagt Hermine, und zum Dank streichelt sie ihm vor dem Weggehen mütterlich über seine dürren knochigen Wangen. Kafka wird rot im Gesicht und will Doras Lächeln nicht registrieren, die schadenfroh seine Verlegenheit bemerkt.

Kafka zu Dora auf den Zettel:

»Ich will folgsam sein, besonders wenn es angenehm ist.«

»Soll ich dir jetzt Wein einschenken?«

»Nach der Limonade«, schreibt Kafka, an der Limonade nippend.

*

Auf dem Balkon:

»Erzähle noch, wie deine Mutter getrunken hat!«

Daß ihre Mutter auch wegen TBC nicht trinken konnte, will er nicht hören.

»Aber früher, als sie das gute Wasser bekam, hatte sie Freude, nicht?« will Kafka genauer wissen. Dora sagt:

»Ja, Brunnenwasser vor allem, kaltes klares Brunnenwasser. Sie trank mit Freude.«

»Sie hatte niemals eine Nebenkrankheit, welche ihr das Trinken zeitweilig verboten hat?«

Dora schüttelt den Kopf. Kafka versinkt in eine tiefe Melancholie. Sie setzt sich neben den Liegestuhl und hält seine Hand in der ihren:

»Was hast du auf einmal?«
»Nur Wasser, lange Schmerzen, Durst«, schreibt Kafka auf den Zettel und schließt die Augen.
»Bitte, erzähl mir etwas.«
Kafka macht die Augen auf. Dora drängt:
»Von Riva und der Reise dorthin.«
Kafka benötigt eine lange Pause, um sich wieder zurückzufinden. Er schreibt:
»Wir waren dann auch in Malcesine, ein Riva nahe gelegenes Städtchen am Ostufer des Gardasees. Der Kastellan zeigte mir die Stelle, wo Goethe gezeichnet hat, aber diese Stelle wollte mit dem Tagebuch nicht übereinstimmen. Kennst Du die ›Italienische Reise‹ von ihm? Also wir konnten uns darin mit dem Kastellan nicht einig werden, ebensowenig im Italienischen.«
»Unter dem Datum des 14. September 1786 schreibt Goethe, er sei beim Zeichnen des alten Turms in der halbverfallenen Skaligerburg von einer sich ansammelnden Menschenmenge der Spionage für Österreich verdächtig worden und habe sich erst durch weitläufige Reden vor Standespersonen von diesem gefährlichen Verdacht reinigen können.«
Dora liest bis zu Ende und ruft:
»Dorthin werden wir auch fahren.«
Kafka schüttelt den Kopf.
»Warum nicht?« fragt Dora gekränkt.
Kafka schreibt:
»Weil sie mich auch vermutlich der Spionage verdächtigen würden.«
»Goethe haben sie aber freigelassen.«
Kafka schreibt:
»Er konnte sich auch ausreden, aber ich?«
Dora steht auf und geht auf den Gang. Sie ist seinetwe-

gen traurig, und dort auf dem Gang weint sie leise ihren Kummer in das Bassenabecken hinein.

VERDURSTEN

»Kierling, den 25. Mai 1924
Liebste Eltern, nur eine Richtigstellung: meine Sehnsucht nach Wasser (wie es bei uns immer in großen Gläsern nach dem Bier auf den Tisch kommt!) und nach Obst ist nicht kleiner als nach Bier, aber vorläufig gehts nur langsam. Herzl. Grüße.«
Dora sieht entäuscht auf diese wenigen Sätze. Franz will in diesem Zusatz den Eindruck korrigieren, den seine Eltern aus dem vorherigen Brief hätten gewinnen können. Feige, denkt sie, sehr feige, und beginnt mit Schreibwut:
»Ich will, wenn auch sehr verspätet, auf die so schöne letzte Karte von Sonntag antworten. Was das für ein Freuden-Austausch war! Ihre Karte und Franzens Brief. Wenn es doch immer so wäre. Sie hat nicht weniger Freude zur Folge gehabt als der Expressbrief. Franz hat sie beinahe auswendig gelernt. Ganz besonders stolz ist er auf die Möglichkeit, mit seinem ehrwürdigen und lieben Vater ein Glas Bier zu trinken. Ich möchte von Weitem stehen und zusehen. Ich bin von den bloßen häufigen Unterhaltungen über Bier, Wein, (Wasser), und andere schöne Dinge sehr oft beinahe betrunken. Franz ist ein leidenschaftlicher Trinker geworden.« Sie muß aus Platzmangel auf den Rand schreiben: »Kaum eine Mahlzeit ohne Bier oder Wein. Allerdings in nicht zu großen Mengen. Er trinkt wöchentlich eine Flasche Tokajer, oder anderen guten Wein. Wir haben 3erlei Wein zur Verfügung, um es so, nach rechter Feinschmecker-Art, abwechslungsreich zu machen.«

SCHERBEN

Ein gebrochenes Glas sorgt für Angst und Schrecken am Montagmorgen. Kalt und wolkig fängt dieser Tag an.
Das Glas, das heute früh aus seinen Händen fiel und zerbrach, macht ihm Angst und Sorge, obwohl Dora, um ihn zu beruhigen, mehrmals gekehrt hat.
Das Alleinsein erträgt er schwer. Und Dora läßt sich beim Einkaufen und auf dem Postamt Zeit. Er steigt aus dem Bett. Wenn die Stubenmädchen zum Saubermachen kommen, will er sie warnen. Müde und ängstlich beugt er sich zu Boden und tastet mit den Fingerspitzen den gelb gestrichenen Fußboden – er sieht aus wie ein verunglückter Terrazzoboden – Zentimeter um Zentimeter ab. Einige kleine Scherben findet er noch, sie steigern seine Unruhe und Sorge: Es können Splitter in eine Ecke gesprungen sein. Gegen die Angst blättert er im ›Hungerkünstler‹:
»Dann kam das Essen, von dem der Impresario dem Hungerkünstler während eines ohnmachtähnlichen Halbschlafes ein wenig einflößte, unter lustigem Plaudern, das die Aufmerksamkeit vom Zustand des Hungerkünstlers ablenken sollte; dann wurde noch ein Trinkspruch auf das Publikum ausgebracht, welcher dem Impresario angeblich vom Hungerkünstler zugeflüstert worden war; das Orchester bekräftigte alles durch einen großen Tusch, man ging auseinander, und niemand hatte das Recht, mit dem Gesehenen unzufrieden zu sein, niemand, nur der Hungerkünstler, immer nur er ...«
Dora unterbricht ihn beim Lesen:
»Grüß Gott, Herr Doktor!«
Kafka streckt die Hand mit der breit aufgeschriebenen Warnung hin, sie nimmt regennaß den Zettel:

»Dem Mädchen muß man von dem Glas sagen, sie kommt manchmal bloßfüßig«, liest sie.

HUNGER

Heute draußen: dicht bewölkt und kalt, 16 Grad.
Als Kafka nicht mehr schreibt und ihm nur höflich zunickt, denkt Robert: Er will allein sein. Er steht auf und sammelt die Gesprächszettel vom Tisch und geht hinauf in sein Zimmer.
Heute ist er besonders traurig gewesen. Zuerst datiert er alle Zettel mit dem Datum: »27. Mai Dienstag«, und dann beginnt er sie langsam zu lesen. Auf dem ersten steht:
»Man sieht ja zu deutlich, wie ein Medizinteufel dem andern den Weg macht.«
Hier hat sich Kafka über die neuen Pillen geärgert, und er wollte ihm nicht zuhören.
»Geben Sie bitte acht, daß ich Sie nicht anhuste« schrieb er an Hermine, die Krankenschwester, als sie das Thermometer aus seinem Mund nehmen wollte.
Eine andere Aussage:
»Wenn es wahr ist, und es ist wahrscheinlich – daß mein gegenwärtiges Essen ungenügend ist, um von innen her eine Besserung herbeizuführen, dann ist ja alles aussichtlos, von Wundern abgesehen«, zankt er pessimistisch auf einem anderen Zettel.
Und wie er dabei war, die Spritzen für die Alkoholinjektion bereitzustellen:
»Ich bin schon so vergiftet, daß der Körper die reine Frucht schon kaum verstehen kann.«
Warum war er heute so? Ein neues Stadium in seiner Krankheit? Robert hat sich seinerseits bemüht, sachlich

zu sein und ihn nicht zu belügen. Belügen kann man ihn so oder so nicht, aber seine antimedizinische Wut war heute besonders unerträglich. Als er das Wort »vorläufig« von Robert hörte, schrieb er:
»Immer dieses ›vorläufig‹, das kann ich ja auch von mir anwenden. Wir reden vom Kehlkopf immer so, als könne es sich nur zum Guten entwickeln, das ist aber doch nicht wahr.«
Robert nimmt alle Zettel in die Hand, als ob er sie wiegen würde: Es war ein trauriger Morgen. Als er Kafka gekränkt verlassen wollte, schrieb dieser:
»Es wirkt natürlich auch die Stimmung mit, das aufregende Geprächsthema z.B.«
Wollte er sich irgendwie entschuldigen, oder umgekehrt seine Abneigung zeigen?
»Selbst wenn ich mich wirklich von allem ein wenig erholen sollte, von den Betäubungsmitteln gewiß nicht«, schrieb er dann noch.
Robert steht auf und geht zum Fenster:
»Kritik oder Klageruf?« fragt er die Tannen.

ALLEINSEINWOLLEN

Kafka will allein sein. Er will beim Weinen weder Dora noch Robert dabei haben.
Ein Wetterleuchten ohne Donner beschäftigt ihn zuerst. Dann beginnt er zu lesen. Seit gestern ist er an einer bestimmten Stelle hängengeblieben, und obwohl er nicht glaubt, daran etwas ändern zu müssen, ist er mit der Stelle nicht zufrieden. Er liest sie noch einmal von vorn:
»Noch einmal jagte der Impresario mit ihm durch halb Europa, um zu sehn, ob sich nicht noch hie und da das

alte Interesse wiederfände; alles vergeblich; wie in einem geheimen Einverständnis hatte sich überall geradezu eine Abneigung gegen das Schauhungern ausgebildet. Natürlich hatte das in Wirklichkeit nicht plötzlich so kommen können, und man erinnerte sich jetzt nachträglich an manche zu ihrer Zeit im Rausch der Erfolge nicht genügend beachtete, nicht genügend unterdrückte Vorboten, aber jetzt etwas dagegen zu unternehmen, war zu spät. Zwar war es sicher, daß einmal auch für das Hungern wieder die Zeit kommen werde, aber für die Lebenden war das kein Trost. Was sollte nun der Hungerkünstler tun? Der, welchen Tausende umjubelt hatten, konnte sich nicht in Schaubuden auf kleinen Jahrmärkten zeigen, und um einen andern Beruf zu ergreifen, war der Hungerkünstler nicht nur zu alt, sondern vor allem dem Hungern allzu fanatisch ergeben.«

NICHTESSENKÖNNEN

Wetterleuchten: Es blitzt ohne zu donnern. Und am späten Nachmittag kommt es zum Gewitter ohne zu regnen.

Nicht essen zu können wird zum Dauerzustand. Beim Ausprobieren aller möglichen leicht einnehmbaren Speisen hat sich Joghurt als das einzig Eßbare herausgestellt. Seit drei Tagen ist Joghurt seine Hauptspeise geworden, und nicht einmal dies ganz ohne Schluckschmerzen. Doras Geduld wird überfordert. Sie füttert ihn, ein schlecht gelauntes appetitloses Kind.

Beim Essen zu Mittag, nach dem ersten Löffel, schreibt er auf den Zettel:

»Man kann es aus dem Gefäß essen, das ist zwar gut,

aber nicht rein, doch da ich nur wenig essen werde, ist es am besten, alles durchzuquirlen und ein wenig für mich ins Glas zu geben.«

Dora folgt ihm. Kafka nimmt aus dem Gefäß einen Schluck: Die üblichen Schmerzen und eine Pause, dann kommt der nächste Zettel:

»Das kann ich ohne Wasser nicht hinunterschlucken. Joghurt hätte mir vollständig genügt, genügt ja jedem, bei diesem Fieber. Es ändert sich mit dem Wetter, bei heißem Wetter ist es noch viel besser, dicker, außerdem ist es bei heißem Wetter noch besser...«

Dora gibt ihm das Glas Wasser. Sie beobachtet ihn beim ersten Löffel mit festem Joghurt. Kafka versucht zu schlucken, und als er Angst bekommt vor den folgenden Schmerzen, lenkt er ab. Er verfolgt eine Fliege im Raum. Er deutet etwas an. Dora versteht nicht, was er sagen will. Kafka schreibt auf den Zettel:

»Sie kann nicht essen, also keine Schmerzen.«

Wie ein Kind will er sein, und wie ein Kind will er bemuttert werden. Dora folgt der Fliege zur Balkontür hinaus. Dort stößt sie wieder zurück auf die Scheiben. Kafka schreibt müde:

»Sie will wieder zurückkommen.«

Er hat das Joghurt immer noch im Mund. Aber Doras wartende Geduld scheint nicht nachgeben zu wollen.

*

Sein Essen ist reduziert auf Joghurt, und dies wiederum auf zwei Löffel beschränkt, das beunruhigt sie. Kafka bittet um ihr Ohr, er flüstert. Dora hört nur Pfeifen und Piepsen durch seine Lippen. Sie reicht ihm den Papierblock und die Füllfeder. Kafka schreibt:

»Ich kann auch den gegenwärtigen Essensstand nicht lange erhalten bei den Schmerzen und dem Husten.«

Er läßt sich erschöpft das Papier und die Füllfeder aus der Hand nehmen und sich von Dora zudecken. Dora macht leise die Tür auf und geht mit dem Block in der Hand hinauf zu Robert. Sie klopft nicht einmal. Robert sieht sie lange an und liest auf dem Zettel.
»War es wieder nur Joghurt?«
»Zwei Löffel«, sagt Dora seufzend. Robert holt seinen klein beschrifteten medizinischen Zustandsbericht und legt ihn vorsichtig auf den Tisch. Er notiert unter dem Datum Mittwoch 28. Mai:
Zwei Löffel Joghurt.
Dora geht mit zittrigem Zeigefinger über die Wörter: »Gewichtsabnahme 8 kg«, und fragt:
»So viel?«
Robert sieht sie an.
»Totalgewicht 41 kg«, murmelt Dora mit zitternden Lippen. Sie tastet dann verzweifelt über die in rot geschriebenen Wörter: »Objektiver Lungen- und Kehlkopfbefund«.
»Was ist Phthisis desperata?«
»Bitte setz dich hin, ich will dir etwas sagen.«
Dora setzt sich mit bleichem Gesicht und beginnt zu schluchzen. Robert geht zum Fenster und schließt es. Das Gewitter und der Wind draußen sind bedrückend:
»Bitte hör mir zu! Es ist schon genug.«
Und dann als sie ihn anschaut mit ruhiger Stimme:
»Du darfst dich von seinem manchmal heiteren gelösten Zustand nicht täuschen lassen, es ist die Ouvertüre für das Drama: Atemnot, nicht mehr spucken können und den Kehldeckel nicht mehr schließen können werden die Folge sein.«
Doras Augen blitzen vor Angst. Robert sagt:
»Dann droht ihm der Tod durch Ersticken.«

Dora beißt sich in die Faust, um so leise wie möglich zu heulen. Robert geht zum Fenster. Soll er über die Möglichkeit der künstlichen Ernährung mit ihr reden? Er sagt nichts davon, es hat noch Zeit. Sie soll ihm nur versprechen, Kafkas heiteren und gelösten Zustand als Besserung zu sehen, und nichts darüber zu sagen, was sie jetzt gehört hat. »Gutes braves Mädchen, arme geduldige Dora«, denkt Robert, als sie mit gesenkten Kopf barfuß die schmalen Treppen hinuntergeht.

SCHWIMMENGEHENWOLLEN

Donnerstag, der 29. Mai, fängt mit Donnern an, aber bald wird alles heiter und gelöst (23 Grad, 11 Stunden Sonne).

»Die Kirschen sind rot!« ruft Dora hinauf zum Balkon. Kafka neigt den Kopf nach links. Durch die Spalten des Holzgeländers sieht er sie barfuß in ihrem leichten weißen Sommerkleid unten stehen und auf sein Lächeln warten.

Ihr Anblick, wie sie barfuß über den nassen Rasen ans Ende des Gartens läuft, wirkt in dieser Hitze auf ihn leicht und kühl. Robert zieht die Zweige herunter, und Dora pflückt die Kirschen.

Ihr Lachen, während sie sich im Bach die Füße wäscht, hallt im ganzen Maital wider. Sie treibt Robert mit dem Wasserspritzen zur Flucht.

Kafka hört sein Herz ruhig schlagen. Die Spalten des Holzgeländers öffnen sich mehr und mehr. Sie hebt den Rock hoch und steigt bis zu den Knien in den Bach. Kühl muß das Wasser sein, kühl wie Schneewasser, und man hört sie leise lachen. Sehr leise sogar. Im Lachen und

Wassergeräusch fühlt sich Kafka wie Laub, das im Kierlingbach schaukelnd hin und herschwimmt, Richtung Klosterneuburg, und Dora kann ihn nicht aus dem Wasser fischen.

*

Als er unter den kalten Händen Doras, die sein Gesicht berühren, aufwacht, schreibt er in Eile:
»Schwimmschulkarte«, »Sind Schwimmschulkarten angekommen?«
Dora sieht Robert an. Die beiden gehen ins Zimmer. Robert flüstert zu ihr:
»Es ist so, Ottla hat immer zu Beginn der Badesaison dem Bruder eine Jahreskarte für die Zivilschwimmschule besorgt.«
Kafka nimmt eine Kirsche in die Hand. Er will auch vergessen, was er vorhin über die Jahreskarte geschrieben hat. Die rosa-gelbe Farbe glänzt in der Sonne.

DURST

Dora sieht besorgt dem heiß werdenden Tag entgegen. Weit und breit keine Wolken. Ein Tag, an dem man viel härter gegen den steigenden Durst ankämpfen muß. Freitag, der 30. Mai, wird hart werden. Kafka muß 13 Stunden lang mit Geduld die Sonne ertragen und in der Stille die Schmerzen in der trockenen Kehle erleiden. Als er die Augen aufschlägt, steht Dora neben dem Bett. Er macht ein paar Mal den Mund auf, bis Dora ihm das Papier und die Füllfeder reicht:
»Es war so wie eine Verabredung im Halbschlaf. Mir wurde versprochen, daß es mir gelingen werde, den Lärm zu überschlafen, daß ich aber dagegen etwas anderes ver-

sprechen müßte, ich versprach es, habe es aber vergessen. Wo ist Robert?«

»Er ist nach Wien zu Professor Tschiassny gefahren. Er kommt nachmittags zurück.«

Kafka schreibt:

»Wie konnten wir so lange ohne R. sein?«

Dora schiebt einen Polster unter seinen Kopf und stellt das Frühstückstablett vor ihn hin. Kafka betrachtet das Glas Milch, das kleine Honigglas, die Butter und das weiche Brot. Er ergreift das Glas, es ist lauwarm. Er riecht am Honig und am Brot. Er deutet ihr an, sie solle es essen. Er will nur zusehen. Eine Ameise klettert über das Honigglas hinauf. Kafka starrt auf die Ameise. Er schreibt:

»In Waben esse ich ihn gern, das gibt es aber wohl nur im Herbst, und außerdem sind helle schöne Waben sehr selten.«

Dora ißt das Honigbrot unter langsamem Kauen und nickt ihm zu. Den hungrigen Blick Kafkas zu ertragen, wird für sie immer mehr zur Qual. Sie trinkt die Milch aus. Kafka überreicht ihr das Honigglas und macht ein Zeichen, daß sie es auf den Tisch stellen soll. Dora macht ein unverständiges Gesicht. Er schreibt:

»Daß die Ameisen ihn nicht aufessen.«

Dora füllt einen Suppenteller mit Wasser und stellt das Honigglas in seine Mitte. Kafka begrüßt diese geniale Idee mit einem traurigen Lächeln und verlangt die Druckfahnen vom ›Hungerkünstler‹. Er wartet mit dem Lesen, bis Dora mit dem Tablett das Zimmer verlassen hat. Er liest:

»Er mochte so gut hungern, als er nur konnte, und er tat es, aber nichts konnte ihn mehr retten, man ging an ihm vorüber. Versuche jemandem die Hungerkunst zu erklären! Wer es nicht fühlt, dem kann man es nicht begreiflich machen. Die schönen Aufschriften wurden schmutzig und unleserlich, man riß sie herunter, niemandem fiel es ein, sie zu ersetzen; das Täfelchen mit der Ziffer der abgeleisteten Hungertage, das in der ersten Zeit sorgfältig täglich erneuert worden war, blieb schon längst immer das gleiche, denn nach den ersten Wochen war das Personal selbst dieser kleinen Arbeit überdrüssig geworden; und so hungerte zwar der Hungerkünstler weiter, wie er es früher einmal erträumt hatte, und es gelang ihm ohne Mühe ganz so, wie er es damals vorausgesagt hatte, aber niemand zählte die Tage, niemand, nicht einmal der Hungerkünstler selbst, wußte, wie groß die Leistung schon war, und sein Herz wurde schwer.«

*

Dora kommt und stellt die Einkaufstasche auf den Sessel, sie wirft sich müde auf das Bett und hält Kafkas Hand:
»Kommst du gut voran?«
Kafka zeigt auf die Vase mit dem Flieder. Dora sieht dorthin und fragt:
»Was ist mit ihm?«
Kafka schreibt:
»Wie wunderbar das ist, nicht? Der Flieder – sterbend trinkt er, sauft er noch.«
»Solange sie trinken, leben sie auch.«
Kafka schüttelt den Kopf, er schreibt:
»Das gibt es nicht, daß ein Sterbender trinkt.«
Dora liest den Zettel und seufzt, sie steht auf und packt aus:
»Willst du einen Schluck Limonade?«
»Könnte ich heute vielleicht ein wenig Gefrorenes versuchen ...«, schreibt Kafka. Sie stellt die Flasche unter den Wasserstrahl in das Waschbecken und sagt:
»Jawohl, Herr Doktor!«

*

Nachdem er einen Schluck riskiert hat, sieht er sie dankbar an.
»Erzähl mir etwas von Felice, habt ihr einander auch gut verstanden?«
Kafka denkt zurück, er schreibt:
»An die Ostsee hätte ich mit ihr (und mit ihrer Bekannten) einmal fahren sollen, habe mich aber wegen meiner Magerkeit und Ängstlichkeit geschämt.«
»Hat sie dich verstanden?« will Dora wissen.
Kafka schreibt:
»Soweit es wert war, mich zu verstehen. So war sie in allem. Sie war nicht schön, aber schlank, edler Körper, den hat sie nach Berichten (Schwester von Max, ihre Freundin) behalten.«

ERGO – BIBAMUS

Samstag der 31. Mai beginnt mit einer Rüge:
»Er hat heute noch kein Wasser getrunken«, steht auf dem Zettel, den Kafka ihr hinhält. »Wer?« fragt sie. Kafka zeigt auf den Flieder in der Vase. Dora nimmt die Vase und gibt frisches Wasser hinein.
Vor dem Spiegel, sie verbirgt ihr Lächeln, »warte nur, bald sehen wir, wer den edleren Körper hat«, sagt sie sich, und beginnt langsam das Kleid auszuziehen. Sie steht vor ihm:
»Du sollst wegschauen, wenn ich mich wasche!«
»Wie wir hier leben, das wäre im Wienerwald unmöglich gewesen«, flüstert er lächelnd zu ihr.
»Ja«, sagt sie. Er tut, als ob er im Manuskript lese, aber sie merkt seinen Blick auf ihrem Körper. Während des Trocknens nähert sie sich ihm und flüstert in sein Ohr:

»Herr Doktor, Sie sollten sich schämen, Ihren Blick auf die Wasserstrahlen zu heften, um Ihren Durst zu stillen.«
»Darum liebt man die Wasserjungfrauen«, schreibt Kafka auf einen Zettel und lächelt ihr zu.

*

Kafka beobachtet vom Bett aus, wie die Dohle vom Holzgeländer auf den Balkonboden herunterhüpft und vorsichtig nach links und rechts blickend ins Zimmer marschiert:
»Doch vergingen wieder viele Tage, und auch das nahm ein Ende. Einmal fiel einem Aufseher der Käfig auf, und er fragte die Diener, warum man hier diesen gut brauchbaren Käfig mit dem verfaulten Stroh drinnen unbenützt stehen lasse; niemand wußte es, bis sich einer mit Hilfe der Zifferntafel an den Hungerkünstler erinnerte.«
Kafka sieht, wie die Dohle neben der Balkontür steht, fühlt sich aber durch sie nicht gestört, er schreibt weiter:
»Man rührte mit Stangen das Stroh auf und fand den Hungerkünstler darin. ›Du hungerst noch immer‹ fragte der Aufseher, ›wann wirst du denn endlich aufhören?‹ ›Verzeiht mir alle‹ flüsterte der Hungerkünstler; nur der Aufseher, der das Ohr ans Gitter hielt, verstand ihn. ›Gewiß‹, sagte der Aufseher und legte den Finger an die Stirn, um damit den Zustand des Hungerkünstlers dem Personal anzudeuten, ›wir verzeihen dir‹. ›Immerfort wollte ich, daß ihr mein Hungern bewundert‹, sagte der Hungerkünstler. ›Wir bewundern es auch‹, sagte der Aufseher entgegenkommend. ›Ihr sollt es aber nicht bewundern‹, sagte der Hungerkünstler.«
Kafka sieht zu der Dohle, die sich noch ein paar Schritte weiter traut, er fügt hinzu:
»›Nun, dann bewundern wir es also nicht‹, sagte der Aufseher, ›warum sollen wir es denn nicht bewundern?‹

›Weil ich hungern muß, ich kann nicht anders‹ sagte der Hungerkünstler. ›Da sieh mal einer‹, sagte der Aufseher, ›warum kannst du denn nicht anders?‹ ›Weil ich‹, sagte der Hungerkünstler, hob das Köpfchen ein wenig und sprach mit wie zum Kuß gespitzten Lippen gerade in das Ohr des Aufsehers hinein, damit nichts verloren ging, ›weil ich nicht die Speise finden konnte, die mir schmeckt. Hätte ich sie gefunden, glaube mir, ich hätte kein Aufsehen gemacht und mich vollgegessen wie du und alle.‹«
Warum geht sie nicht weg, was will sie hier. Die Dohle springt auf den Tisch und sagt:
»Das ist eine Lüge, du willst essen, aber du kannst nicht.«
Er liest weiter:
»Das waren die letzten Worte, aber noch in seinen gebrochenen Augen war die feste, wenn auch nicht mehr stolze Überzeugung, daß er weiterhungere.«
Dora kommt herein, die Dohle fliegt weg.
Kafka schreibt auf den Zettel:
»Ein Vogel war im Zimmer«, und sieht sie erschrocken an.
»Immer wieder Angst«, schreibt er.
»Wovor?«
Er schreibt auf den neuen Zettel:
»Leg mir einen Augenblick die Hand auf die Stirn!«
Sie legt ihre Hand auf seine Stirn, auf dem Tisch entdeckt sie Vogelmist. Kafka schreibt: »Jetzt sind wir ein schönes Stück entfernt von dem Tag, an dem wir in dem Wirtshausgarten ...«
Dora umarmt ihn, es ist in seinem Zustand unmöglich, jetzt dorthin zu gehen, denkt sie.
Kafka befreit sich sanft von ihr und schreibt:
»Ergo bibamus.«
Dora:
»Was heißt das?«

Kafka schreibt:
»Trinken wir also!«
»Was möchtest du trinken? Bier?«
Kafka holt eines von den Reclambüchern heraus, er macht Dora auf das Gedicht von Goethe aufmerksam und bittet sie, es vorzulesen. Dora sieht auf die aufgeschlagene Seite und murmelt zuerst die Verse vor sich hin. Und dann:
»Ich muß es zuerst üben.«
Kafka verzieht das Gesicht. Dora sucht sich die einfachste Strophe: »Nur diese Stelle lese ich dir vor, die anderen sind mir zu schwer.«
Und:
»Was sollen wir sagen zum heutigen Tag?
Ich dächte nur: Ergo bibamus!
Er ist nun einmal von besonderem Schlag; darum immer aufs neue: Bibamus!
Er führet die Freude durchs offene Tor,
Es glänzen die Wolken, es teilt sich der Flor,
Da scheint uns ein Bildchen, ein göttliches, vor;
Wir klingen und singen: Bibamus!«
Dora will ihm das Buch zurückgeben. Kafka flüstert ihr zu:
»Die zweite Strophe auch, bitte!« Dora überfliegt die zweite Strophe und sagt:
»Diese fällt mir aber nicht leicht«, und geht zum Waschbecken, sie sieht lächelnd Kafka zu, wie er das Buch hebt und seine Lippen beim Lesen beben:
»Ich hatte mein freundliches Liebchen gesehen,
Da dacht' ich mir: Ergo bibamus ...«

MUTTER

Der 1. Juni mit 27 Grad Hitze und 11 Stunden brennender Sonne (keine Wolken am Himmel) vergeht langsam in der herrschenden Windlosigkeit in Gedanken an die Eltern, vor allem an die Mutter. Die Vorstellung, daß die Mutter hier hereinkommt, und ihn, so wie er aussieht, (gespenstisch, mager, blaß), umarmt, ist beängstigend!
Es wird ein langer Brief. Zwei Doppelblätter (8 Seiten!).

»Kierling, Sanatorium Dr. Hoffmann, 2. Juni 1924
Liebste Eltern, also die Besuche, von denen Ihr manchmal schreibt. Ich überlege es jeden Tag, denn es ist für mich eine sehr wichtige Sache. So schön wäre es, so lange waren wir schon nicht beisammen, das Prager Beisammensein rechne ich nicht, das war eine Wohnungsstörung, aber friedlich ein paar Tage beisammenzusein, in einer schönen Gegend, allein, ich erinnere mich gar nicht, wann das eigentlich war, einmal ein paar Stunden in Franzensbad. Und dann ›ein gutes Glas Bier‹ zusammentrinken, wie ihr schreibt, woraus ich sehe, daß der Vater vom Heurigen nicht viel hält, worin ich ihm hinsichtlich des Bieres auch zustimme. Übrigens sind wir, wie ich mich jetzt während der Hitze öfters erinnere, schon einmal regelmäßig gemeinsame Biertrinker gewesen, vor vielen Jahren, wenn der Vater auf die Civilschwimmschule mich mitnahm.
Das und vieles andere spricht für den Besuch, aber zu viel spricht dagegen. Nun erstens wird ja wahrscheinlich der Vater wegen der Paßschwierigkeiten nicht kommen können. Das nimmt natürlich dem Besuch einen großen Teil seines Sinnes, vor allem aber wird dadurch die Mutter, von wem immer sie auch sonst begleitet sei, allzusehr

auf mich hingeleitet sein, auf mich verwiesen sein und ich bin noch immer nicht sehr schön, gar nicht sehenswert. Die Schwierigkeiten der ersten Zeit hier um und in Wien kennt ihr, sie haben mich etwas heruntergebracht; sie verhinderten ein schnelles Hinuntergehn des Fiebers, das an meiner weitern Schwächung arbeitete; die Überraschung der Kehlkopfsache schwächte in der ersten Zeit mehr, als sachlich ihr zukam – erst jetzt arbeite ich mich mit der in der Ferne völlig unvorstellbaren Hilfe von Dora und Robert (was wäre ich ohne sie!) aus allen diesen Schwächungen hinaus. Störungen gibt es auch jetzt, so z.B. ein noch nicht ganz überwundener Darmkatharr aus den letzten Tagen. Das alles wirkt zusammen, daß ich trotz meiner wunderbaren Helfer, trotz guter Luft und Kost, fast täglichen Luftbades noch immer nicht recht erholt bin, ja im Ganzen nicht einmal so imstande, wie etwa letzthin in Prag. Rechnet ihr noch hinzu, daß ich nur flüsternd sprechen darf und auch dies nicht zu oft, Ihr werdet gern auch den Besuch verschieben. Alles ist in den besten Anfängen – letzthin konstatierte ein Professor eine wesentliche Besserung des Kehlkopfes, und wenn ich auch gerade diesem sehr liebenswürdigen und uneigennützigen Mann – er kommt wöchentlich einmal mit eigenem Automobil heraus und verlangt dafür fast nichts ..., so waren mir seine Worte doch ein großer Trost – alles ist wie gesagt in den besten Anfängen, aber noch die besten Anfänge sind nichts; wenn man dem Besuch – und gar einem Besuch, wie Ihr es wäret – nicht große unleugbare, mit Laienaugen meßbare Fortschritte zeigen kann, soll man es lieber bleiben lassen. Sollen wir es nicht also vorläufig bleiben lassen, meine lieben Eltern?«

*

Er schläft, in Gedanken nach weiteren Argumenten suchend, ein. Im Halbschlaf fragt er sich: ist es die Schwäche, die ihn so fertig gemacht hat? Oder die Müdigkeit vom Erfinden all der Vorwände, um der Mutter von ihrer Reise nach Wien abzuraten?

*

Schwester Hermine sitzt auf dem Sessel und wartet auf den Fiebermesser, den er in seinem Mund hält.
Kafka schreibt Dora einen Zettel:
»Biete der Schwester öfter vom Wein an.«
Dora füllt das leere Glas, das im Nu ausgetrunken wird. Die beiden Frauen sprechen über die Gewichtszunahme von Baronesse Henriette Waldstätten-Zipperer, die täglich ein Kilo und insgesamt dreißig zugenommen hat.
Kafka funkt dazwischen mit einem neuen Zettel:
»Hier ist es schön zu schenken, weil jeder doch ein wenig Kenner ist.«
Die Schwester nimmt das Thermometer aus seinem Mund und erzählt weiter, dieses Mal über die angebliche Liebesaffäre …

*

»Wach auf! Sie ist weg«, flüstert Dora in sein Ohr. »Willst du auch einen Schluck?«
Kafka zeigt auf die aufgeklappt auf dem Nachttisch tikkende Uhr. Sie zeigt elf Uhr.
»Auf Feinschmeckerart: möchtest du einen kleinen Aperitif haben?«
Kafka nickt lächelnd. Nach dem ersten Schluck aus dem Weinglas schreibt er an Dora:
»Das ist ein Glück, zu schenken, was dem andern ganz gewiß und ehrlich und im Augenblick Freude macht.«

*

Das regelmäßige Tropfen des Wassers aus dem Hahn:

Es ist die letzte Seite von ›Ein Hungerkünstler‹, stellt Kafka mit Freude fest. Er beginnt noch einmal zu lesen:
»›Nun macht aber Ordnung!‹ sagte der Aufseher, und man begrub den Hungerkünstler samt dem Stroh. In den Käfig aber gab man einen jungen Panther. Es war eine selbst dem stumpfsten Sinn fühlbare Erholung, in dem so lange öden Käfig dieses wilde Tier sich herumwerfen zu sehen. Ihm fehlte nichts. Die Nahrung, die ihm schmeckte, brachten ihm ohne langes Nachdenken die Wächter; nicht einmal die Freiheit schien er zu vermissen; dieser edle, mit allem Nötigen bis knapp zum Zerreißen ausgestattete Körper schien auch die Freiheit mit sich herumzutragen; irgendwo im Gebiß schien sie zu stecken; und die Freude am Leben kam mit derart starker Glut aus seinem Rachen, daß es für die Zuschauer nicht leicht war, ihr standzuhalten. Aber sie überwanden sich, umdrängten den Käfig und wollten sich gar nicht fortführen.«

*

Dora legt einen nassen Lappen auf seine Stirn. Die Tränen wischt sie auch ab. Durch die heiße Luft trocknet seine Haut schnell. Dora fragt:
»Willst du was zu trinken?«
»So einen Zylinderhut aus Wasser«, schreibt Kafka. Das Wasser soll aus dem Hahn weiterfließen. Das Geräusch stillt seinen Durst.

*

Kafka schreibt Professor Tschiassny, der ihn nach seinem Befinden fragt:
»Jedes Glied müde wie ein Mensch.
Robert und Dora stehen besorgt um das Bett und sehen zu, wie Tschiassny alles untersucht.
Robert begleitet ihn hinaus. Kafka notiert auf den Zettel:

»So geht die Hilfe ohne zu helfen weg«, und macht die Augen zu.«

*

Robert schreibt in seinem Zimmer an Max:
»Er war über diese Maßnahme (künstliche Ernährung) so verzweifelt, daß ich es gar nicht sagen kann, geistig ist es ihm schwer. Aber Sie wissen, bei ihm ist das alles Eines – das Körperliche wirkt gleich wie das Geistige und umgekehrt! Seitdem will er nicht die Augen aufmachen. Wir mußten ihm zusichern, daß die künstliche Ernährung vergessen ist. Ich glaube, er erinnert sich an Schrammel, den Schuhmacher in der Klinik. Er ging mit einem hängenden Schlauch aus dem Hals hin und her. Franz schreckt sich vor dem gleichen Aussehen. Sie kennen ihn besser als wir. Wir sind verzweifelt. Er kann kaum trinken und essen.«
Er steht auf und geht im Zimmer auf und ab:
»Wo sind wir jetzt? In welcher Phase?« hört man ihn zur Mauer sagen, »Schluckpneumonie? Verhungern? Ersticken?«

*

»Goldregen kann man nicht bekommen?« schreibt Kafka versöhnlich an Dora, die mit den frischen Blumen die Zimmervasen versorgt. Sie ist froh, daß er endlich die Augen aufgemacht hat. Er schreibt etwas und wartet auf sie:
»Hast du nicht das Gefühl, daß Leonard während des Diktieren sein Glas Pschorr vor sich stehn hat?«
»Wer ist Leonard?« fragt sie ihn besorgt.
» … Söhne der Könige« schreibt er nach einer kurzen Überlegung. »In die Tiefe, in den tiefen Hafen«, steht auf dem nächsten Zettel.
Steigendes Fieber, denkt Dora, und eilt hinauf zu Robert, er soll etwas unternehmen.

»Daß Ihr etwa meine Behandlung hier verbessern oder bereichern könntet, müßt Ihr nicht glauben«, schreibt Kafka im Brief an die Eltern weiter. Dora, mit dem Gesicht zum Balkon, läßt sich durch den kühlen Nachtwind die Hitze des Tages nehmen. Sie beobachtet mit Qual, wie das Schreiben Kafka den Rest seiner Kraft kostet. Kafka nach kurzer Überlegung weiter:

»Zwar ist der Besitzer des Sanatoriums ein alter kranker Herr, der sich mit der Sache nicht viel abgeben kann, und der Verkehr mit dem sehr angenehmen Assistenzarzt ist mehr freundschaftlich als medicinisch, aber außer gelegentlichen Specialistenbesuchen ist vor allem Robert da, der sich von mir nicht wegrührt und statt an seine Prüfungen zu denken, mit allen seinen Kräften an mich denkt, dann ein junger Arzt, zu dem ich großes Vertrauen habe / ich verdanke ihm wie auch den oben erwähnten Professor dem Arch. Ehrmann / ... und der 3mal der Woche herauskommt ...«

Er macht halt. »Der Satz stimmt nicht«, denkt er, und er beginnt noch einmal:

»... Da ich mich so zu dem Besuch verhalte, allerdings noch nicht im Auto, sondern bescheiden mit Bahn und Autobus dreimal wöchentlich herauskommt.«

Er hat keine Kraft mehr. Dora nimmt den Brief und setzt sich zu Tisch. Sie schreibt mit dem Bleistift weiter:

»Ich nehme ihm den Brief aus d. Hand. Es war ohnehin eine Leistung. Nur noch ein paar Zeilen, die seinem Bitten nach, sehr wichtig zu sein scheinen:«

Den Rest für morgen, denkt sie, und nimmt neben dem Bett auf dem Sessel Platz. Kafkas Atemnot beunruhigt sie.

ZUM GRÜNEN BAUM

Am Nachmittag des 3. Juni (drei Stunden nach Kafkas Tod) sitzt Robert Klopstock im Schanigarten des Gasthofes »Zum grünen Baum« und betrinkt sich. Dora weint in seinem Zimmer. Kafka liegt in der Leichenhalle von Kierling.

Das Wetter ist 10 Grad kälter geworden. Zeitweise Regen, um 16 Uhr 18 Regenbogen. (So steht es im Bericht der Hohen Warte.)

Robert schreibt an Max Brod:

»Am Montag abend ging es Franz sehr gut, er war lustig, zeigte Freude an allem, was ich aus der Stadt mitgebracht hatte, aß Erdbeeren und Kirschen, roch sehr lange an ihnen, genoß ihren Duft, wie er überhaupt in den letzten Tagen alles mit verdoppelter Intensität genoß. Er wünschte, daß man vor ihm Wasser (auch Bier) in langen Zügen trank, was ihm unmöglich war; an dem Genuß der anderen freute er sich mit. Er sprach in den letzten Tagen viel über Getränke und Obst.«

Hier nimmt er ein großen Schluck vom Bier und schützt schluchzend das Briefpapier vor den Regentropfen, die durch den Wind von den Blättern des Kastanienbaums heruntergeblasen werden, obwohl es nicht regnet:

»Um zwölf Uhr nachts schlief er, um vier Uhr morgens wurde ich von Dora ins Zimmer gerufen, weil Franz schlecht atme. Ich erkannte die Gefahr, weckte den Arzt, der eine Kampferinjektion gab. Es begann der Kampf um das Morphium. Franz sagte zu mir: ›Sie haben es mir immer versprochen, seit vier Jahren. Sie quälen mich, haben mich immer gequält. Ich rede nichts mehr mit Ihnen. So werde ich eben so sterben.‹ Er bekam zwei Spritzen. Nach der zweiten sagte er: ›Schwindeln Sie nicht, Sie

geben mir ein Gegenmittel.‹ Dann der schon erwähnte Ausspruch: ›Töten Sie mich, sonst sind Sie ein Mörder.‹ Wir gaben ihm Pantopon, er war glücklich darüber: ›So ist es gut, aber mehr, mehr, es hilft ja nicht.‹ Dann schlief er langsam ein. Seine letzten Worte galten seiner Schwester Elly. Ich hielt seinen Kopf. Kafka, der immer die größte Angst hatte, er könne jemanden anstecken, sagte (wobei er statt meiner die Schwester sah): ›Geh, Elly, nicht so nahe, nicht so nahe …‹ und als ich mich ein wenig erhob, war er zufrieden:
›Ja so – so ist es gut.‹ Noch vor diesen letzten Szenen winkte er brüsk, daß die Wärterin weggehen solle. So brüsk, wie er sonst nie war. Dann riß er mit aller Gewalt den Herzschlauch weg, warf ihn ins Zimmer: ›Jetzt nicht mehr quälen, wozu verlängern.‹ Als ich mich vom Bett entfernte, um etwas an der Spritze zu reinigen, sagte Franz: ›Gehen Sie nicht fort.‹ Ich sagte: ›Ich gehe nicht fort.‹ Franz erwiderte mit tiefer Stimme: ›Aber ich gehe fort.‹«

*

Der Kellner nimmt das leere Bierkrügerl und stellt ein volles vor ihn hin, sie wissen schon alle, warum er weint. Er schreibt weiter:
»Die arme Dora, sie war bis jetzt am Bach und weinte … Im Schlaf flüstert sie ununterbrochen, man versteht nur: ›Mein Lieber, mein Lieber, mein Guter du!‹ Ich versprach ihr, daß wir heute Nachmittag wieder zu Franz gehen werden ins Leichenhaus. Zu ihm, der ja so allein, so ganz allein ist, wir haben ja gar nichts zu tun und sitzen hier, und ihn lassen wir dort, allein im Finstern, unbedeckt – o mein Guter, mein Lieber du.
Und so geht es immer. Wie es hier bei uns zugeht (ich spreche noch immer so ›uns‹, wir nannten uns nämlich

als Franzens Familie), ist nicht zu beschreiben und soll auch nicht beschrieben werden. Nur wer Dora kennt, kann wissen, was Liebe heißt. So wenige verstehen es und das vergrößert Qual und Schmerz. Ihr aber ja, nicht wahr, ihr werdet es verstehen! ... Wir wissen ja noch gar nicht, was mit uns geschehen ist, langsam, langsam wird es immer klarer, und schmerzhaft dunkler damit. Besonders wir wissen es nicht, die ihn noch immer bei uns haben. Jetzt gehen wir wieder hin, zum Franz.«
Dora steht seit einigen Minuten neben dem Tisch. Robert zahlt und steht auf. Dora hält ihn unter dem Arm und sie gehen langsam zur Leichenhalle.

PRAG

» ... So starr, streng, unnahbar ist sein Gesicht, wie rein und streng sein Geist war. Streng – ein Königsgesicht von edelstem, ältestem Geschlechte. Die Milde seines menschlichen Daseins ist dahin, nur sein starres teures Gesicht. So schön ist es wie eine alte Marmorbüste«, liest Max Brod Roberts Briefende.
Am 11. Juni 1924 ist es in den Redaktionsräumen des Prager Tagblattes heiß und stickig.
»Der Arzt stellt den Tod durch Herzlähmung fest«, wiederholt Max, während er am Fenster steht und zum Hradschin hinausblickt. Er macht den Kragen auf und atmet tief und traurig einige Male die Luft ein. Als erster Redner muß er bei der Trauerkundgebung auftreten. Wie spät ist es jetzt? Wo ist sein Gedächtnisbuch?
Er holt es aus dem Schrank, und blättert wahllos in ihm herum. An einer Stelle liest er:
»Mein Lieber Max, stürze Dich nicht in Kosten wegen

einer Rohrpostkarte, in der Du mir schreibst, daß Du um 6.05 nicht auf der Franz-Josefs Bahn sein kannst, denn das mußt Du, da der Zug, mit dem wir nach Wran fahren, um 6 Uhr 05 fährt. Um 3/4 8 gehen wir den ersten Schritt gegen Davles, wo wir um 10 Uhr bei Lederer ein Paprika essen werden, um 12 Uhr in Stéchowitz mittagmahlen, von 2 bis 1/4 4 gehen wir durch den Wald zu den Stromschnellen, auf denen wir herumfahren werden. Um 7 Uhr fahren wir mit dem Dampfer nach Prag. Überlege es Dir nicht weiter und sei 3/4 6 auf der Bahn. – übrigens kannst Du doch eine Rohrpostkarte schreiben, daß Du nach Dobéichowitz oder anderswohin fahren willst. K.«

Traurig lächelnd blättert er weiter:

»Lieber Max geschrieben auf der Gasse, wie wir uns jetzt immer schreiben werden, denn die Stöße der Vorübergehenden beleben die Schrift ... «

Was soll er nach 22 Jahren Freundschaft den Leuten erzählen? Auf eine Seite hatte er vermerkt:

»Kafka wiederholt oft den Satz: Der Geruch nasser Steine in einem Hausflur, von Hofmannsthal.«

Und weiterblätternd, stoppt er. Hier vielleicht?

»Im Berliner Aquarium sprach er zu den Fischen in den leuchtenden Kästen (meine Frau erzählte es mir später mit Erschütterung), Jetzt kann ich euch schon ruhig anschauen, ich esse euch nicht mehr.«

*

Ungeduldig steht er auf, das Buch kann kaum der Vorbereitung dieser Rede behilflich sein. Er schaut auf die Pendeluhr. In drei Stunden muß er im Drei-Reiter-Saal des ehemaligen Deutschen Hauses und des jetzigen zur kleinen Bühne adaptierten Theaters vor den Leuten stehen und über Franz Kafka sprechen. Aber was?

Er setzt sich wieder müde hin. Auf der aufgeschlagenen Seite steht:

»Als er einmal nachmittags zu mir kam, weckte er meinen Vater, der auf dem Sofa schlief. Zur Beschwichtigung die Arme hebend und leise auf den Fußspitzen durchs Zimmer gehend, sagte er:
›Bitte betrachten Sie mich als einen Traum.‹«

ENDE

Verwendete Literatur

Brief an den Vater, in: Das Kafka Buch, hrsg. von Heinz Politzer, Fischer Bücherei 1965 (HP)
Tagebücher 1910 – 1923, hrsg. von Max Brod, S. Fischer 1973 (TB)
Briefe 1902 – 1924, hrsg. von Max Brod, S. Fischer 1980 (BR)
Briefe an die Eltern aus den Jahren 1922 - 1924, S. Fischer 1990 (BE)
Briefe an Milena, hrsg. von Willy Haas, S. Fischer 1986 (BM)
Briefe an Ottla und die Familie, hrsg. von Hartmut Binder und Klaus Wagenbach. S. Fischer 1974 (BO)
Sämtliche Erzählungen, hrs. von Paul Raabe, S. Fischer 1970 (EZ)
Max Brod, Über Franz Kafka, S. Fischer 1980 (ÜK)
Max Brod, Streitbares Leben, Kindler 1960 (MB)
Rotraud Hackermüller, Kafkas letzte Jahre, Kirchheim 1990 (RH)
J. P. Hodin, Erinnerungen an Franz Kafka, Der Monat, Juni 1949, S. 89 - 96 (JH)

Nachweis der Zitate

5: 1924 [...] bestattet BR, S. 389; Werfel setzte [...] ist Werfel? ÜK, S. 178; **9**: Geben Sie [...] nicht anhuste BR, S. 484-491; Wie mag's [...] bloßfüßig BR, S. 484-491; **10**: Gib mir [...] Mut bekomme BR, S. 484-491; Und Flieder [...] nicht bekommen? BR, S. 484-491; **11**: So eingefallen [...] schaut er aus RH, S. 144; **12**: Reiseverbindung [...] abgeholt RH, S. 99; **15**: Lieber Robert [...] mich nicht BR, S. 479; **16**: Robert [...] haben BR, S. 477f.; ist manchmal [...] Fläschchen BR, S. 477f.; **17**: Liebste Eltern [...] dagegen BE, S. 66; **18**: Um doch [...] Grüße BE, S. 66; Wenn jemand

[...] meinerseits BE, S. 66; **20:** Lieber Max [...] und Oskar BR, S. 480; Auf dem [...] zufrieden sein TB, S. 279; **21:** Ich freute [...] im Bett TB, S. 279; und meine [...] dem Leser TB, S. 279; **22:** in der Mitte [...] Auswurf BR, S. 484; **25:** dagegen das [...] abzusehen wäre TB, S. 555; **26:** Liebste Eltern [...] Grüße allen BE, S. 67; **28:** Als ich ihn [...] des Einsamen JH, S. 91; Gesunder [...] Kehlkopf RH, S. 114; **30:** Liebste Eltern [...] Adresse sagen BE, S. 68f.; **31:** Wenn es [...] gut BE, S. 68f.; Liebster Robert [...] aufrichtig BR, S. 480; **32:** und Deine Hand [...] in Dir BM, S. 96; **33:** ich bin müde [...] Ewigkeiten BM, S. 149; was soll [...] Leibe klopft BM, S. 106; **34:** Du Begriffstutzige [...] Brust BM, S. 216; **36:** Vater [...] Wasser HP, S. 17; **38:** Liebste Eltern [...] euch allen BE, S. 69; **41:** Was machen [...] im Grünen BR, S. 29; Stelle dich [...] eisernen ÜK, S. 99; **42:** Liebste Eltern [...] euch allen BE, S. 70; **44:** Herr Hermann [...] vergnügt BE, S. 70; **47:** Liebste Eltern [...] euch allen BE, S. 71; **48:** Bitte [...] herzlichst BE, S. 71; Die erste [...] hat usw. BR, S. 87f.; **49:** Die dritte [...] Gäste BR, S. 89; Die vierte [...] 2 Mark BR, S. 94; Liebste Eltern [...] schmutzig an BE, S. 72; mir geht [...] angenehm ist BE, S. 72; **51:** Gut [...] leichter RH, S. 111-113; **52:** jetzt da [...] Grüße BE, S. 72; Robert [...] Gewalttaten BR, S. 481; **53:** Ich hab [...] ausführlich BR, S. 481; **54:** Tag der Aufnahme [...] war alles RH, S. 111; **55:** Liebste Eltern [...] Grüße Euer F. BE, S. 73; **57:** Das Spiel [...] sehr offen JH, S. 91ff.; **58:** Mein lieber [...] zum Licht ÜK, S. 105; Weimar [...] Durst ÜK, S. 226; **59:** Und jetzt [...] schwach hervor EZ, S. 96; Gewiß [...] Stadt EZ, S. 286; **60:** Läufst du [...] lassen ÜK, S. 386; die unveränderliche [...] Augenblick ÜK, S. 386; **61:** in dem [...] fährt ÜK, S. 386; Klosterneuburg [...] Kierling BE, S. 73; **62:** Robert [...] Niederösterreich BR, S. 481; **65:** Es ist [...] geraten BR, S. 14; **66:** Werfel [...] wegzulassen ÜK, S. 179; Liebster Max [...] Krankenhauses BR, S. 481; **69:** Spätabends [...] Tbc TB, S. 178; **71:** Lieber Max [...] Hitze BR, S. 119; **72:** Liebste Ottla [...] Bettwäsche BO, S. 143f.; Es hätte [...] Geheimnisse habe BO, S. 21; **74:** Liebste Eltern [...] dabei machen BE, S. 56f.; **77:** Er legt [...] Spiegel JH, S. 93; **78:** Gib dich [...] auch TB, S. 346; Was hast du [...] können TB, S. 346; **79:** Liebe Ottla [...] lassen BO, S. 196; **80:** Auf diese [...] Frauen TB, S. 351; Weg zum Wald [...] Arbeit TB, S. 331; **81:** Also endlich [...] herzlichste Grüße BE, S. 74; **82:** Liebste Eltern [...] Euer F. BE, S. 74; **84:** Schlußansicht [...] gelitten hat TB, S. 318; **85:** Unsere Sängerin [...] Gesanges EZ, S. 172; Es ist aber [...] Pfeifen EZ, S. 173; dann hält [...] töten EZ, S. 173; **86:** Alles vergessen [...] nicht TB, S. 312; **89:** Am Donnerstag [...] warum nicht BO, S. 39; **90:** Merkwürdiger [...] Weg TB, S. 352; So klar [...] zurück TB, S. 352; Und inzwischen [...] die Menschen TB, S. 353; **91:** Wir sind [...] zurückgegangen ist BE, S. 75; **92:** Schade [...] treffen BE, S. 75; Der Patient [...] heiser BE, S. 75; **96:** Heute wieder [...] Grüße F. BE, S. 76; **97:** Liebster Max [...] mein lieber Max BR, S. 482; **108:** Ich beneide [...] verzweifeln TB, S. 339; **110:** Liebe Ottla [...] wolltest Du? BO, S. 63; **112:** Liebe Milena [...] mitzubringen BM, S. 77; **114:** Jedem [...] Erstickens TB, S. 355; **116:** Liebste Eltern [...] Grüße F. BO, S. 154; **119:** Hier [...] Material BR, S. 484; **120:** In den [...] täglich sehn EZ, S. 163; Ich könnte [...] auswirken kann BE, S. 76; Franz ist [...] an Alle BE, S. 76; **121:** Wäre mein [...] ein wenig BR, S. 472; Liebste Eltern [...] Euch und allen BR, S. 76f.; **122:** Lieber Max [...] ist alles BR, S. 335; **125:** Sie haben [...] Säufer war BR, S. 484; Da bekommt [...] Auswurf BR, S. 484; **127:** Erstaunt [...] halten BR, S. 332; **128:** Lieber Herr [...] lindern kann BE, S. 124; **131:** Ich liege [...] auch nicht BR, S. 331; **133:** Keine [...] Änderung BR, S. 484; an schönen [...] zu lassen EZ, S. 164;

135: Sehen Sie [. . .] ein Morgen BR, S. 484; **138:** Und Flieder [. . .] die Sonne BR, S. 484; Gestern Abend [. . .] ausgetrunken BR, S. 484; **139:** Schräg [. . .] Blätter weg! BR, S. 484; Wie viel [. . .] aushältst BR, S. 484; Wenn die [. . .] gebrannt BR, S. 484; Mit Mädchenbriefen [. . .] schön klang BR, S. 362; **140:** Das gestrichelte [. . .] öffentlichen Gärten TB, S. 387f.; **141:** Bißchen Wasser [. . .] Glassplitter BR, S. 484; aus einem [. . .] auch zu sehen TB, S. 316; Weil ich [. . .] es so? BR, S. 484; Verhaltenen [. . .] immer BR, S. 484; **143:** Nach dem [. . .] falsch sein BR, S. 484; **144:** Es ist ja [. . .] gleich vorüber BR, S. 484; So traurig [. . .] unnütz ist BR, S. 484; Er aber war [. . .] mit sich selbst EZ, S. 155; **145:** Mit wenig [. . .] vielleicht leichter BR, S. 484; **146:** Ein kleiner [. . .] geschickt aus TB, S. 128; Es ist eine [. . .] Wunde TB, S. 128; Gleich ist [. . .] Kindes bringt TB, S. 128; Die Anwesenden [. . .] nach Osten TB, S. 128; **147:** Die Beschneidung [. . .] ist TB, S. 132; **148:** Das Glied [. . .] heil TB, S. 132; **149:** Es ist [. . .] so komme ÜK, S. 181; Daraufhin [. . .] herunter ÜK, S. 181; **150:** Jetzt, Mädchen [. . .] usw. MB, S. 165; Meine Mutter [. . .] geht so MB, S. 165; **151:** Besonders [. . .] gebrechlich sind BR, S. 484; Bitte schau [. . .] berühren BR, S. 484; Zeig mir [. . .] genug Blumen BR, S. 484; **152:** Irgendwo [. . .] Zeitung BR, S. 484; Den Mann [. . .] wieder BR, S. 484; Die Geschichte [. . .] Waage BR, S. 484; Ein Drittel [. . .] gestrichen BR, S. 484; **153:** Als Höchstzeit [. . .] festzustellen EZ, S. 155; **153:** Wie leicht [. . .] Nase geht TB, S. 388; **154:** Warum [. . .] Biergarten BR, S. 484; Wein [. . .] Mücke BR, S. 484; In früheren [. . .] Siegfried BR, S. 484; Wenn es [. . .] ich froh BR, S. 484; **155:** Italien [. . .] Sizilien BR, S. 484; Du lobst [. . .] ungerecht BR, S. 484; **156:** Das ist [. . .] miteinander ÜK, S. 182; Sie tauchen [. . .] Familienbad ÜK, S. 182; **157:** Im Louvre [. . .] geht TB, S. 399; **158:** Liebe Ottla [. . .] bitterer BO, S. 104-109; **159:** Max [. . .] Geburtstag BR, S. 484; Nr. 27 [. . .] Leipzig BR, S. 484; Ich habe [. . .] kommen BR, S. 484; **161:** Kann man [. . .] Luftbad BR, S. 484; Frag [. . .] Interesse BR, S. 484; **162:** Die kleinen [. . .] zu sperren sucht BR, S. 484; Haben Sie [. . .] ein wenig BR, S. 484; Wo ist [. . .] Frühling? BR, S. 484; **163:** Wie leicht [. . .] Wasser BR, S. 484; **164:** Da hast Du [. . .] Dein Franz BR, S. 56; **167** Als Löwy [. . .] zu können TB, S. 90 - 95; **168:** Rohe Juden [. . .] dann viel TB, S. 91; Ich hatte für [. . .] sonst nichts TB, S. 90; **169:** Frau Tschissik [. . .] vorwurfsvoll an TB, S. 92; Während ihrer [. . .] zukehrt TB, S. 92; Sie hat [. . .] hätten TB, S. 92; **170:** Endlich war [. . .] nachzuwerfen TB, S. 92; Durch den [. . .] aufzuschreiben TB, S. 92; **172:** Dann also [. . .] Resultate EZ, S. 163; **173:** Bitte keine Milch [. . .] schrecklich BR, S. 484; **175:** Jetzt habe [. . .] nicht stören BR, S. 484; Aber dann [. . .] Damen EZ, S. 163; **176:** Was macht [. . .] hungern MB, S. 101; Es regt [. . .] erleben BR, S. 484; **177:** Ich hab schon [. . .] Stärke BE, S. 77; **178:** Und die Aussicht [. . .] hätten BE, S. 77; Jetzt ruft es [. . .] herzlichst Dora BE, S. 77; **179:** Glaubt ihr [. . .] wagen könnte? BR, S. 484; **180:** Können die Schmerzen [. . .] Zeit? BR, S. 484; Selbst wenn es [. . .] müssen BR, S. 484; **181:** Kennen Sie [. . .] getrunken? BR, S. 484; Noch nie [. . .] wie jetzt BR, S. 484; Franz hat [. . .] wie jetzt BO, S. 216; **182:** Wie ich [. . .] verrückt BR, S. 486; **183:** Warum [. . .] versucht? BR, S. 484; Geh bitte [. . .] Sängerin BR, S. 488; **184:** Wie er das [. . .] anzuschauen BE, S. 216; Liebste Eltern [. . .] zu fragen BE, S. 79; **185:** Als kleiner Junge [. . .] dann! ÜK, S. 180; **186:** Der Vater [. . .] Expreßbrief BR, S. 488; Haben Sie [. . .] gesehen? BR, S. 484; Unendlich viel [. . .] Nobelpreis BR, S. 490; Warum [. . .] Biergarten? BR, S. 490; **187:** Bei dieser [. . .] gehen BR, S. 490; Für die Eltern [. . .] könnten BO, S. 215; Einmal [. . .] Mineralwasser BR, S. 486; Das Schlimme [. . .] Verlangen BR, S. 488; **188:** Habe ich Dir

[. . .] getrunken ÜK, S. 91; Ich weiß nicht [. . .] hatten ÜK, S. 91; **189:** Bismarck [. . .] gehabt, BR, S. 486; Der Arzt [. . .] Mann BR, S. 486; Auch [. . .] schlechter BR, S. 484; Natürlich [. . .] sehr gut BR, S. 487; **190:** Guter Rat [. . .] Wein BR, S. 487; Erzähle [. . .] getrunken hat! BR, S. 486; Aber früher [. . .] Freude BR, S. 486; Sie hatte [. . .] verboten hat? BR, S. 486; **191:** Wir waren [. . .] können BR, S. 486; **192:** Ich will [. . .] geworden BO, S. 216; Kierling [. . .] Herzl. Grüße BO, S. 157; Kaum eine [. . .] machen BO, S. 216; **193:** Dann kam [. . .] nur er EZ, S. 163; **194:** Dem Mädchen [. . .] bloßfüßig BR, S. 488; Man sieht [. . .] macht BR, S. 487; Geben Sie [. . .] anhuste BR, S. 486; Wenn es [. . .] abgesehen BR, S. 488; Ich bin [. . .] verstehen kann BR, S. 488; **195:** Immer dieses [. . .] nicht wahr BR, S. 489; Es wirkt [. . .] z.B. BR, S. 489; Selbst wenn [. . .] gewiß nicht BR, S. 489; Noch einmal [. . .] fanatisch ergeben EZ, S. 163; **196:** Man kann [. . .] zu geben BR, S. 484; **197:** Das kann [. . .] besser BR, S. 484; Sie kann [. . .] Schmerzen BR, S. 484; Sie will [. . .] zurückkommen BR, S. 484; Ich kann [. . .] Husten BR, S. 484; **200:** Es war so [. . .] Robert BR, S. 489; **201:** Wie konnten [. . .] sein? BR, S. 489; In Waben [. . .] selten BR, S. 489; Daß die [. . .] aufessen BR, S. 489; Er mochte [. . .] schwer EZ, S. 163; **202:** Wie wunderbar [. . .] er noch BR, S. 489; Das gibt es [. . .] trinkt BR, S. 489; Könnte ich [. . .] versuchen BR, S. 489; **203:** An die Ostsee [. . .] geschämt BR, S. 489; Soweit es [. . .] behalten BR, S. 489; Er hat [. . .] getrunken BR, S. 489; Wie wir hier [. . .] gewesen BR, S. 489; **204:** Darum [. . .] Wasserjungfrauen BR, S. 489; Doch [. . .] erinnerte EZ, S. 163; Man rührte [. . .] Hungerkünstler EZ, S. 163; Nun dann [. . .] alle EZ, S. 163; **205:** Das waren [. . .] weiterhungere EZ, S. 163; Immer [. . .] Angst BR, S. 487; Leg mir [. . .] Stirn! BR, S. 431; Jetzt sind [. . .] Wirtshausgarten BR, S. 483; Ergo bibamus BR, S. 488; **207:** Kierling [. . .] Eltern BE, S. 80; **209:** Biete der [. . .] Wein an BR, S. 484; **210:** Nun macht [. . .] fortführen EZ, S. 163; **211:** Goldregen [. . .] bekommen? BR, S. 490; Hast du [. . .] hat? BR, S. 490; Söhne der Könige BR, S. 490; In die [. . .] Hafen BR, S. 490; **212:** Daß Ihr etwa [. . .] glauben BE, S. 82; **212** Zwar ist [. . .] herauskommt BE, S. 82; Da ich mich [. . .] herauskommt BE, S. 82; Ich nehme [. . .] scheinen BE, S. 82; **213:** Am Montag [. . .] Obst ÜK, S. 185; Um zwölf Uhr [. . .] fort ÜK, S. 185; **214:** Die arme [. . .] zum Franz ÜK, S. 185; **215** So starr [. . .] Marmorbüste K, S. 185; **216:** Mein Lieber Max [. . .] willst. K. BR, S. 79

Deuticke
A-1010 Wien I., Rockhgasse 6

Umschlaggestaltung: Robert Hollinger
Druck: Wiener Verlag, Himberg bei Wien
Printed in Austria

ISBN 3-216-30071-4